화가 노정란,
삶의 고백

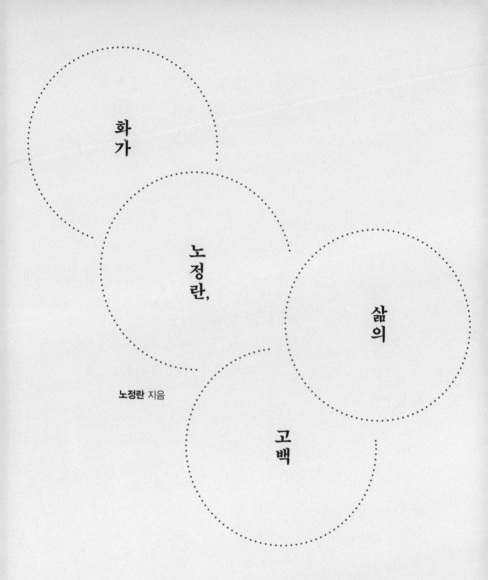

화
가

노
정
란,

삶
의

노정란 지음

고
백

OO 문학수첩

삶　　　　　의　　　　　고　　　　　백

　　　　　　　　　나는 올해가 일흔여섯 살이다. 그동안
나는 한길을 걸어왔다. 美를 탐구하는 길.
　어제도, 오늘도 그 길을 걸어갈 것이란 말이다. 그동안 살아오면
서 많은 분들의 도움을 받았다. 부모님, 남편, 애들과 친구들―정연
희, 박영준, 박혜숙이다.

　나는 이 글을 쓰며 그들을 생각한다.
　부모님은 나에게 이화여중에 미술 특기반으로 입학을 시켰고, 남
편은 나를 작품을 못 하게 방해한 적이 없고, 애들은 나를 그림을 그
리는 엄마로서 자랑스럽게 생각하고 있다. 그리고 세 명의 친구들
은 오늘날까지 나를 작가로서 인정해 주고 있으니 무척 고맙다.
　나는 지난 50여 년의 글을 모아왔다.

물론 못 쓴 날들도 많다. 그렇지만 꾸준히 글을 쓰며 내 생을 고백해 왔다.

이것은 지난날의 내 삶의 이야기이다. 그 고백은 일기로 편지로 남아있는 것이고, 이것들은 그림들과 함께 내 삶의 고백이다.

여기 1부는 나의 일기와 작품론 등이다.

매일매일은 아니지만 어쩌다가 나의 마음이 흔들릴 때에 일기를 썼다. 이것들은 내 일상의 고백이며 나의 작품생활과 관련된 나의 삶을 찾아 헤매는 나의 美의 탐구이다.

2부의 세 작가는 나의 미국에서의 화력畫力에 도움을 주고 작품을 계속하게 만드는 원동력이다. 그들은 편지를 통하여 서로에게 화력을 불어넣으며 작가로서의 생을 완성해 가는 데 도움을 주었다.

2025년 3월
노정란

차례

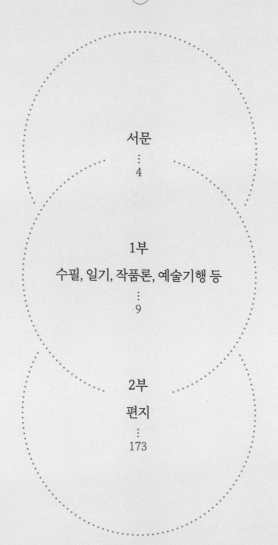

아 뜰 리 에 주 변

이 땅에서 다시 작업을 계속한 지 거의 2년이 되고 있다.

그동안 거처는 세 번을 옮기게 되었고 작업실은 한 곳에 자리를 하였다. 경기도 고양시 오금동, 구파발 전철역에서 3킬로미터 농촌 쪽으로 인접한 곳이다. 어느 댁 선산의 산기슭 끝과 밭 사이다.

쇠 파이프로 골조를 짜고 비닐과 인조 솜으로 세 겹을 덮었다. 지하수가 올라오고 공업용 전기가 들어온다.

천장이 높은 온실 모양으로 아주 환한, 그럴싸한 작업장이다.

들창 사이로 한여름에는 훈훈한 바람, 한겨울에는 차가운 샛바람이 기어 들어오지만, 철 따라 새소리, 바람소리, 늦가을 낙엽 뒹구는 소리와 알밤이 후두둑 떨어지는 소리가 들려오고, 빗소리는 비닐 지붕 위에 따발총알 떨어지듯 툭탁거린다. 박씨 조상님들의 능으로 향하는 황톳길 오솔길로 올라서면, 요즈음 아카시아 향기가 흩날려 내 화실 주위를 감싼다.

작년 5월 귀국 후 얼떨결에 개인전을 치러놓고, 그 이후 아직도 '청 못Blue Nail' 시리즈를 생각하며 작업하고 있다.

요즈음, 날개의 비상하는 모습이 내 눈앞에 선하다.

오색 풍선이, 아지랑이가 자유롭게 날아오른다. 음력 사월 초파일 초저녁 불꽃 밝히는 연꽃 등이 둥둥 떠있다. 아주 조그마한 무쇠 못이 날개를 달고 무한한 자유로운 하늘로 날아다닌다.

흰 구름 사이로, 보드라운 솜꽃을 찌르는 듯이, 아니면 지중해 푸른 물결 타고 무쇠 못 한 쌍이 떠다닌다.

그 못이 때로는 사람의 모습으로 혹은 땅속에 깊은 뿌리를 박고 우뚝 선 소나무의 강인한 밑둥치의 모습으로 혹은 송이버섯이 소리 없이 서서히 자라는 모습으로 서있다.

그렇다. 우뚝 서 버티어야 한다. 어떠한 유혹으로부터도—교란, 향락, 부패, 눈속임, 아부, 탐욕, 권모술수, 위선, 거짓, 진실이 아닌 것, 추한 행동—남을 아끼듯이 나 스스로를 아끼기 위하여 버티어야 한다.

꼿꼿이 서있자. 그리고 그러한 유혹으로부터 멀리 떠나 자유롭게 신선한 공기를 마시며 날아오르고 싶은 것이다. 그러한 화면을 만들고 싶은 것이다, 요즈음. 그래서 내 영혼과 감각이 깨끗하고 자유롭기 위하여 천만 년을 우뚝 선 돌덩이 산봉우리를 쳐다보고, 유유히 흐르며 굽이치는 강물을 내다보고, 깊은 숲 속의 깊고 묵묵한 이야기에 귀를 기울이려고 노력한다.

그리고 조용히 내 가슴을 숲의 가슴과 맞대어 본다. 그러면 미 대륙의 산천과 사람들의 사는 모습, 이 작고 오밀조밀한 대한민국이라는 나라의 산천과 인간, 그 순화와 생태와는 그리 큰 거리가 있는 것이 아님을 느끼게 된다. 인간이란 다 똑같고 자연은 다 똑같은 것이다. 문화의 차이, 습성의 차이, 인간들이 하는 짓 따위의 차이에 신경 거스르지 말자. 그리고 생명을 지닌 모든 것을 사랑하자. 그냥 내 이 작업실에 박혀 내 속의, 이 우주 속의, 살아있는 생명 속의 이 시간에 충실하자. 생명이 끊기는 순간은 예술과 창작 모든 것의 정지이기 때문에.

이 고요한 작업실에서 꿈틀대는 작은 쇠못들의 영상들아─요즈음 이 내 심상의 증인이 되어다오.

나 의   눈 을   혼 돈 스 럽 게   만 드 는   것 들

거리의 모습에 관계없이 건물을 덮어버릴 듯이 크게 매달린 현수막이나, 현란한 색과 거부감 나는 재료와 흉측한 크기로 만들어진 간판들이 건물의 앞면, 옆면, 입구까지 가로막고 있으며, 또 가옥의 입구와 전봇대 등에 몇 겹씩 붙은 광고 스티커 등이 나를 가로막을 때, 나의 눈은 피곤해지며 짜증이 나고 혼돈스러워진다.

가끔 한 건축양식에 나같이 건축에 서툰 눈에도 뜨일 정도로 몇 가지 양식을 동시에 복합적으로 겸비한 건축물을 올려다볼 때 나의 눈은 혼돈스러워진다. 때로는 서울 외곽 도시나 남한의 낯선 도시들을 지날 때 도시의 모습들이 지역 문화 색깔을 잊어버린 채 또 그 산세나 기후 풍토와 상관없이 극히 자연스럽지 않은 모습으로 현대화라는 미명 아래 서로 똑같아지려는 모습으로 개발되어 가는 풍경을 볼 때, 나의 눈과 의식은 혼돈스러워진다.

거리가 30년 전이나 지금이나 또 앞으로 언제까지라도 벌어질 듯한 공사판의 쇳덩어리와 헐어낸 쓰레기더미 사이로 아슬아슬 비켜가는 아이들의 모습이 나의 신경을 건드리며, 그 사이를 질주하는 차들이 행인을 의식하지 못하는 듯 또 사람들이 차를 경계하지 않는 듯한 장면들은 나의 눈을 불안스럽고 혼돈스럽게 만든다.

길거리에 어울리지 않는 위치에 방치된 쓰레기통의 불안한 색과 모양새 그리고 정기적으로 치우는 날짜가 없는 듯 가끔은 악취를 풍기며 난잡하게 쌓여있는 쓰레기더미와, 또 그 사이 사이에 들뜬 청색 플라스틱 화분에, 초라하게 자라나는 거리 조경 꽃들이 결코 아름다운 환경을 만들려는 의도와는 거리가 멀게 쓰인 예산 낭비로 보여 혼돈스럽다.

멀쩡하게 꾸며진 공공건물이나 사무실 입구 복도 등에 번쩍거리는 값비싼 수입 대리석 위에 이리저리 산만하게 놓인 화분들은 고무타이어를 시퍼렇게 눌러 만든 듯 노골적인 모양이고, 더군다나 화초들은 진분홍 나일론 끈으로 이리저리 동여매여져, 실내 전체의 시각적인 환경을 다 버려놓은 듯해서, 나의 눈은 혼돈스럽다.

잘 꾸미고 싶다는 집 거실에 꽂힌 조화 또는 그립고 사랑스러운 조상이나 가족의 무덤 앞에 놓인 현란한 가짜 플라스틱 꽃들은 나의 눈과 감정의 밀도까지도 혼돈시킨다.

조형의 기본 요소나 시각적인 진실을 왜곡한 장식적인 요소만이 남아있는 미술품들이 이 거리 저 건물 입구와 이 화랑 저 화랑 안에서 보이며, 싸구려 이미지의 미술품들이 비싸게 거래될 때 숫자나 경제에 대한 나의 판단은 혼돈스러워진다.

미술품 전시장 입구를 장례식장 입구 이상으로 장식하며 늘어서서 전시장의 작품을 감상하는 데 치명적인 방해를 하는 화분이나 꽃바구니에, 보내주시는 분들의 이름이 흉하게도 크게 적혀있어 여러분들이 모이는 이 장소를 빛내어 주겠다는 듯이, 또 '축 발전'이라고 적힌 것은 무엇을 발전시키겠다는 것인지, 발광스러운 진분홍 나일론 리본이 죄 없는 화초가지의 목을 조이며 매달려 있는 모습들을 볼 때, 나의 눈은 불쾌해지고 혼돈스러워진다.

이 시대 작품의 질과 작가의 질을 논함에 있어 전문가와 취미자의 기준은 분명히 이야기할 수 있는 지면이나 화면 또 상업 화랑의 수가 점점 줄어드는 것 같다는 예감이 들 때, 각 분야 전문인의 역할에 대한 나와 판단은 혼돈스러워진다.

이 시대의 조형적인 양심이어야 할 미술의 역할이 사치품으로 취급되거나 무위도식하는 이들의 놀거리나 사교도구로 이용되거나 전락해 가는 데 그칠 가능성이 있을 수 있다는 위험함을 보았을 때

나의 의식은 혼돈스러워진다.

　작품의 질이 진실되고 좋은 작가들이 어려움을 겪는 반면에 경박한 내용의 작품을 대량 생산해 내고 있는 일부 작가 군들이 치부하고 있는 것을 가끔 볼 때, 나의 눈은 다시 한번 혼돈스러워진다.

　문화라는 단어를 아무 장소나 일상단어 뒤에 쉽게 남용하면서, 문화인의 의식과 삶의 모습으로 행동하기를 피하며, 문화의 방향감각 없이 살고 있는 무리들을 볼 때, 나의 눈은 극히 혼돈스럽다.

　왜냐하면 시각적으로나 의식적으로 아름답지 못한 이 모든 혼돈스러운 모습들은 이 땅에 살고 있는 젊은이들의 의식 형상에 혼돈스러운 영향을 끼침과 동시에, 이상적이고 문화적인 삶의 환경이 못 되기 때문에 트집을 잡아보는 것이다.

1988

사　이　에　서　의　　　방　황

　　　　　　　　　　나는 창세부터 존재하고 있었으리라 믿
는 조화된 아름다움의 균형을 찾고 싶다.

　그것은 자신이 이 땅에 살아 숨 쉬고 있는, 또 하나의 창조물로서
의 역할일 것이라고 느끼기 때문이다.

　나는 현실과 이상의 조화를, 또 참됨과 아름다움을 찾기 위하여
정신적으로, 영적으로 항상 맑게 깨어있고 싶다. 내 그림 속에서 이
조화를 갈구하며 일하고 있으며 그 결과에서 음과 양의 조화가 보
이기를 바란다. 어린아이의 천진함과 직관은 소중한 것이다. 그것
은 신선한 새로운 세계로 들어가기를 갈구하는 사람들에게 필수적
이라 생각된다.

　나는 바흐와 베토벤의 음악의 세계를 그린다.

　마티스의 세계에서 인생의 환희를, 고흐에게서는 열정을 느끼며,

프랑켄탈러와 마크 로스코의 세계에서 많은 것을 배운다.

이 세대의 안젤름 키퍼로부터는 겸허한 인간의 내면세계가 품고 있는 헌신에 관하여 배운다.

빛나는 태양과 퍼붓는 비, 바람에 흔들리는 나뭇잎과 하늘거리는 풀잎은 나를 우울하게 만들고, 격돌하는 파도와 반짝이는 푸른 바다는 나에게 기쁨을 준다.

무거운 흙덩어리를 밀어올리며 피어오르는 작은 새싹들은, 나에게 희망을 안겨준다. 인생은 환희로운 아름다움과 흐느끼는 슬픔으로 차있고, 나는 그 사이에서 방황한다.

1988. 4

Princess Dress in Springtime, oil on canvas, 72×72cm, 1972

봄 의 침 묵

밤 두 시
이곳 산동네로 이사 온 이후
봄의 야생초 꽃들이 피기 시작하면
화실 앞의 소나무 가지 속에서
밤마다 고요한 밤하늘을 향하여
고운 노래를 울려 퍼트리는 산새가 한 마리 있습니다.
어제도 오늘도 또 내일도
고요하고 고요한 속에서,
침묵의 소리도 들릴 것 같은 밤에,
별빛이 쏟아져 내리는 소리도 들릴 것 같은
이 해맑고 따사로운 봄의 밤에,
은빛 달빛에 어루만져진

하얀 백합이 향내를 풍기고 있는 이 깊은 봄의 밤에,

저 이름 모를 산새는

이 밤도 뉘를 그리며 고운 소리 일구어 지저귀고 있는지.

아마도 지나가 버리려는

봄의 침묵이 안타까워서인가 봅니다.

1989

화 려 한 우 울 속 에 숨 쉬 는 색 채

많은 사람들이 내 그림을 볼 때마다 "당신의 색감色感은 기막히게 타고났소"라고들 이야기한다. 그 색이 내 그림의 강점이란다. 살아있는 색, 감미로운 색, 묘한 색 신비로운 색, 깊은 색, 그리고 화려한 우울 속에 숨 쉬는 색채 등등. 내 화면의 색에 대한 그 자세한 표현들이 다양하다.

나는 생각해 본다.

그림에서 색이란 작품이 만들어지는 요소의 하나이다. 예를 들어 구도, 색감, 질감 등 그러한 요소들을 통해 결과적으로 보이는 것은 주제, 즉 영상image인 것이다.

그것이 작가의 전달 내용message이다. 확실한 메시지 없이 색이 앞서 보이고 여러 색만 문질러 버린다면 어딘가 정확한 내용이 결여

되어 있는 작업이 아닌가 하고 여러 번 생각을 해보았다.

내 둘째아이가 딸인데 올해 만 일곱 살이다. 두 살 때부터 그림을 그린다는 것이 붓으로 그리든 색연필이나 펜으로 그리든, 형상은 확실치 않고 여러 색을 마음 내키는 대로 문지르면서 즐거워하며 골몰해 있는 것을 여러 번 보아왔다. 나의 그림을 보아온 환경의 영향도 있겠지만 사물을 볼 때 형태감보다는 색채감을 강하게 타고난 것 같다.

그 애가 나를 많이 닮은 것 같아서 나는 생각해 보았다. 나는 색에 약하다. 감각적이며 이지적이기보다는 너무 순간의 감각에 흔들린다. 그래서 내 작품의 주제가 거의 서사적이기보다는 서정적인 쪽으로 흐르는 것인가 보다.

나는 고등학교와 대학교 시절만 생각하면 항상 즐거웠던 것 같고, 아름다웠던 시절이었던 것같이 회상된다. 남녀공학 대학에 들어간 고등학교 친구들을 만나면 그들 학교에서 일어난 재미있는 이야기를 듣곤 했었다.

색채학 시간이었단다. 첫 시간에 교수가 '色'이란 글자를 흑판에 써놓고, "여러분, 색이란 무엇이지요?" 하고 질문을 하니 제일 뒷자리에 의자 뒤에 느긋하게 기대 앉아있던 한 남학생이 나직한 목소리로 "여자죠, 뭐"라고 해서 학생들이 동감하며 킥킥 웃었다는 이야기를 듣고 재미있어했었다.

'색과 여자', 남자분들이 즐겨 쓰는 용어라 내가 이런 말을 언급하자니 좀 쑥스럽긴 하지만 어차피 내가 색이란 문제를 놓고 생각해 보니 거의 20년 전인 옛날 일화이지만 살아있는 생명체에서 느끼는 감각적인 요소의 일부가 색감이 아닌가 싶어서 생각이 났던 것뿐이다.

대학에 처음 들어가서 미팅이란 것을 했다. 다녀온 다음 날은 과 친구들과 파트너가 어땠고 하면서 신나게 떠든다. 나는 거의 내 파트너나 또 남의 파트너 이름을 기억한 적이 없다. 그냥 어떻게 특징 있게 생겼었다든가, 무슨 색의 양말을 신었다든가 등으로 묘사를 하곤 했었다.

그리고 친구들과 둘러앉아 어떤 진지한 이야기를 하다가도 내가 무척 좋아하는 음악이 흘러나오면 순간 그 음악에 한참 취해버려 내가 무슨 이야기를 했는지 상대방에게 무슨 이야기를 했는지 까마득하게 잊어버리곤 했었다. 그래서 나 보고들 감각적이라고 했다. 그것이 내 그림에서 풍겨나온다고 한다. 하지만 나는 그 감각이 깊고 깊어 내 심층과 영혼에 환희로운 아름다움과 흐느끼는 슬픈 곡조를 불어넣어, 나 스스로 감동할 수 있고 상대방을 감동시킬 수 있는 매력 있고 호소력 있는 그림을 만들고 싶다.

장미꽃이 왜 아름다우냐고, 또 뜰에 핀 이름 모를 꽃을 왜 아름답

게 느끼느냐고 물으면 설명을 열거할 수 있겠는가? 달빛과 안개빛
이 왜 고우냐고 물으면 명확한 대답을 줄 수 있는가?

이슬비가 억수같이 퍼붓는 빗속으로 보이는 풍경이 왜 아름다우
냐고 물으면 보고서를 쓸 수 있겠는가? 아름답게 느끼기 때문이다.
느끼는 것 그 자체가 인간의 어떤 상태인 것이다. 감각이 살아있는
사람만이 색을 느낄 수 있고, 인간으로서 또 작가로서 신선한 감각
이 항상 살아서 꿈틀대지 않는다면 어찌 살아있다고 하리요.

한국에서 대학원 졸업 당시 지휘자 한 분과 이야기할 수 있는 기
회가 있었다. 그분은 교향악단의 심포니를 지휘하는 그 순간 각 악
기의 음색과 화음 속에서 아름답게 조화된 상태의 색의 화면을 본
다고 했다. 순간 캔버스 위에 각 악기의 음색에 해당할 것 같은 색
물감을 빌려 작업을 시도해 보곤 하였다고 한다. 살아있는 색과 살
아있는 음악, 살아있는 인간, 이러한 것들이 우리 주위를 또 인간관
계를 밝고 아름다운 관계로 승화시켜 주었으면 좋겠다.

천연색의 그림이 아니고 흑백사진으로 찍었을 때도 분명히 내용
(이미지, 즉 작가의 전달 내용)이 확실하게 보여이는 작품이 더 빨리
보는 이의 시선과 관심을 끌게 된다고 한다.

예를 들어 로스코와 피카소는 처음 데뷔 당시 비슷한 수준의 화상

에게 작품슬라이드를 보냈다. 하지만 안개처럼 뿌옇게 퍼지는 로스코의 색보다 피카소의 황소같이 강한 그림의 구체적인 내용에 화상이 더 관심을 가졌었기 때문에, 피카소가 화랑가에 더 일찍 데뷔를 했다고 한다.

그렇지만 로스코의 신비로운 색의 종교적인 깊이를 누가 당해내리요.

검은 먹 색 속에서 일곱 가지 무지개 색을 본다는 회화의 한 이론이 있다. 얼마나 밀도 있고 아름다운 이야기인가. 아름다운 색이란 밝고 고운 색만이 아닐 것이다. 그 고운 색들이 곱게 보이기 위해서는 어둡고 외롭고 우울한 색들이 항상 옆에 동행하기 마련이다. 마치 즐거움 뒤에는 항상 어려움이 따르고, 어려움 뒤에 즐거움이 따르듯이. 그래서 삶에는 음양의 조화를 부르는 조건들이 밑에 항상 서리고 있는 것이 아닌지.

빛나는 태양과 퍼붓는 비가 있고, 강한 바람에 흔들리는 나뭇가지와 정지되어 있는 잎사귀가 있고, 격돌하는 파도와 거울같이 고요한 바다가 있듯이, 이 생에는 아름다움과 추함이 같이 만나는 것이다. 그것이 화면 속에서 개개의 색으로 엉클어져 뒹구는 것이다. 그 갖가지 감각들은 높고 무한한 진공상태에 떠있는 것이다. 그 이미지가 나의 보이지 않는 임이다.

내가 평소에 존경하는 선배 여자화가 한 분이 계신데, 그분의 편지에 적힌 '마음에 드는 좋은 작품을 만드는 것은 마치 밤새 꿈속에서 손에 닿을 듯 만져질 듯하면서 아침에 눈뜨면 보지 못하는 임과 같이, 될 듯 말 듯 만들어지지 않는 것'이 그림이 아닐지, 힘겹게 애써 가는 길, 그 과정이 그림을 만들어 가는 작업을 해나가는 길인가 보다. 인간은 누구에게나 자기 십자가를 하나씩 지고 태어나는가 보다.

나는 하필이면 내 길이 그림을 그려야만 하는 팔자로 태어났는지, 그것이 내 십자가인가 보다.

더군다나 막연한 그 색이란 것이 강점이자 또 하나의 가장 약점으로 내 화면에 등장하고 있으니 말이다. 그 색의 나열 때문에 내가 표현하려고 하는 전달매체가 약해지거나 흐려지고 있는 것 같아서 고민될 때가 많지만 언젠가는 해결을 볼 것이라고 생각되기 때문에 노력을 많이 해본다. 그래서 어떤 비평가가 3년 전 내 그림을 보고 언급한 대로 '화면 공간이 숨 쉬고 정신이 숨 쉬는 무한 속으로 높이 자유롭게 떠올라 가는' 자유로운 그림을 만들 수 있겠지.

1988년 햇빛이 밝은 캘리포니아에서

다 원 주 의 시 대 에 서   여 성   조 형 예 술 가 의   역 할

현대는 '다원주의'시대이고 양극의 극
과 극이 만나고 있습니다.

이미 동양의 것들은 서양으로 향하고, 서양의 것들은 동양으로
향하고 있습니다. 옛것과 미래의 것이 동시에 존재하며 각 민족의
문화는 섞이고 섞이어 '비빔밥 문화'를 만들고, 비빔밥 미술품을 제
작하며 '용광로 문화'가 되며 국가 간, 인종 간, 문화 간, 남녀 간, 종
교 간, 민족 간의 경계를 넘고 있습니다.

그러므로 우리는 현대 '열린 사회' 속에서 안목을 다원화해야 합
니다.

홍수 같은 정보와 지식이 인터넷을 통해 들어오고 있으며, 세계
인과의 의사전달을 위하여 영어가 필수이고 우리의 정보와 감각이
세계적으로 열려있어야 합니다.

여러분의 눈과 귀를 열고 인터넷이 열린 상태에서 저는 1주일 전 여러분에게 긴 편지를 썼습니다.

사랑하는 미술대학 신입생 후배들에게;

저는 지금 따뜻한 봄날 이른 아침, 한쪽에서는 빨래가 마르고 있고, 한쪽에서는 어제 칠해놓은 그림물감이 말라가는 방 안에서 햇빛 밝은 책상머리에 앉아 여러분을 생각하며 이 글을 씁니다. 여러분은 대부분이 서기 2001년에 미술 학사학위를 받게 될 것이고 다원주의 시대 속에서 호흡하며 창조적인 일을 할 조형예술가들이 될 것입니다.

저를 포함한 여러분, 그러면 우리 조형예술가들은 누구입니까?

수준 높은 순수 미술작품을 만들어 내는 사람들입니다. 그리고 미적으로 아름답고 기능적인, 또 국제 감각과 경쟁력을 가진 수준 높은 디자인을 하는 사람들입니다.

성숙한 인간생활에 필요한 사물들을 제작해 낼 수 있는 창조인들이 조형예술가이겠지요.

이미 바우하우스^{Bauhaus} 운동에서도 미적 조형성이 인간생활 구석구석에 함께 존재해야 한다고 했습니다. 우리의 창조적인 감성의 발상은 주거공간이나 건축물에 투영이 되고, 생활용품이나 실내공간 속에 투영이 되고, 기계제품이나 인간의 의상 속에 투영이 되고,

생활용기 속에 또 흙으로 빚어낸 작품 속에 투영이 되고, 섬유예술에 또 평면이나 입체회화 속에, 아니면 조각작품 속에 투영이 되고, 또 화선지나 비단 위에 투영이 됩니다.

그러므로 우리 조형예술가들은 이 시대의 감각을 이해하고 피부로 느끼고 추한 것과 아름다운 것을 구별할 수 있는 감성을 키우고, 추한 것과 아름다운 행동을 분별 있게 할 수 있는, 즉 미적으로 성숙한 조형예술인이 될 수 있도록 커가야 할 것입니다.

우리 인간은 환경에 쉽게 영향을 받습니다.

우리들에게 '문화적인 삶의 환경'은 중요합니다. 조형예술가들은 눈의 감각이 발달한 사람들입니다. 우리는 태어나 세상을 보기 시작하면서부터 의식과 감정을 키워왔지요. 그러므로 시각적으로 '문화적인 환경'을 만드는 것은 아주 중요합니다.

예를 들어 어린아이가 이리저리 질주하는 자동차 사이로 학교에 가야 한다거나, 마구 방치해 놓은 공사판의 위험한 쇠붙이 사이에서 뛰어놀아야 하고, 쓰레기 더미가 1주일 내내 노골적으로 쌓여있어 시각적·후각적으로 불쾌감을 자아내게 하고, 집 밖에 나오기만 하면 간판들이 유치찬란한 색과 번쩍이는 재료로 건물들을 뒤덮어 눈을 피곤하게 하거나, 가게 앞마다 무질서하게 마구 내다 쌓아놓아 어린아이가 길을 가다가 걸려서 넘어질 것 같은 장면들을 보고 자라나야 할 수밖에 없는 이 시각적인 환경에서는 좋은 수준의 디자인 내지 좋은 작품의 이미지가 나올 수 없겠지요. 나온다 하더라도 그 결과는 무한 경쟁 속의 세계적인 수준에서 질적으로 멀리 떨어질 수밖에 없겠지요.

한국의 자연 자체는 세계 어느 나라와 비교해 보아도 아름답습니다. 아름다운 금수강산이라고 하지요? 또 우리의 나른한 의식을 일깨워 주는 뚜렷한 사계절이 있습니다.

그리고 아름다운 한옥이 있었고, 물론 현대의 실용성으로 볼 때 부엌이나 목욕실, 화장실들이 개선되었어야 했지만요, 이조목기와 회화작품이 있었고 불교미술과 민화, 실과 천을 이용한 아름다운 섬유예술품들이 있었습니다. 그리고 석탑과, 조상의 무덤을 주위 산천과 어울리게 장식한 마치 현대의 환경 조각작품과 맞먹는 석조물들이 있었습니다.

이러한 것들이 현대화 내지 서구화라는 미명 속에 또 서구식으로 잘살아 보자는 의도 속에 많이들 사라져 가고 한국 문화의 특색이 점점 나약해져 왔습니다. 물론 그 사이에 전쟁이 있었고 나라를 잠시 빼앗긴 적이 있었습니다.

그러나 인도나 네팔을 보십시오. 경제적으로 우리보다 못하다고는 하지만 문화의 특색이 아직도 살아있어 전 세계 관광객들이 들끓고 있습니다.

이태리나 불란서인들이 그들의 문화유산을 지켜가며 세계적으로 영향력 있는 건축가나 산업디자이너나 패션디자이너들을 배출해 내고 있습니다.

그들과 깊은 대화를 나누어 보면, 그들은 그들의 미적 문화유산을 정확히 배워왔고 가치를 알고 있으며 그것을 현대적으로 계승시켜 세계화시키고 있다는 것을 알게 됩니다.

이 다원화된 시대에서 우리는 서양의 것들에 영향만 받고 있을 수 없습니다.

이 시대의 문화는 서로 영향을 주고받으면서 존중되어야 합니다. 동양의 것과 서양의 것 또 옛것과 지금의 것들이 합해져서 미래의 새 문화를 이 땅에 정착시켜야 합니다. 그러기 위하여 우리들은 많은 것들을 알고 있어야 합니다. 조형 예술품 사이에서도 장르의 경계가 무너지고 있고, 소위 서양화가라는 사람은 동양화를 배우고 있고, 소위 동양화가라는 사람들은 서양화의 재료나 기법에 대하여 배우고 있으며, 조각가가 색의 표현에 대하여 경험해야 하며 화가들도 흙을 주무를 수 있어야 합니다. 재료나 기법상의 경계가 무너져 가고 있습니다. 컴퓨터를 영어의 알파벳 배우듯이 알아야 행세를 하며, 디자인 감각의 차원도 달리할 수 있습니다. 사진의 생리와 붓 터치의 감각이 한 작품 속에 공존합니다. 선택의 폭이 넓어진 셈이지요.

지금은 한국미술학도들이 서양에 많이 유학을 갑니다. 그러나 언젠가는 한국 학생들이 외국에 나가 있는 숫자만큼이나 서양의 미술학도들이 이 땅에 유학 와서 그들의 전통 속에 없는 한국의 조형언어를 배우고 가게끔 노력하고 준비하고 있어야 합니다.

이미 20세기 초에 서양의 미술인들이 인도의 명상 세계를 알고 갔고, 일본의 선 종교에 심취하여 20세기 현대미술 작품의 미학적 배경에 많은 밑거름이 되었습니다.

세계 6대주의 모든 민족의 문화는 그 나라의 경제 수준의 높낮이에 따라 우열을 가릴 수 없습니다. 물론 경제적인 힘이 그 나라 문화를 좀 더 알릴 수 있는 데 도움은 되겠지요.

그러나 문화는 서로 우월한 것이 아니고 각기 다른 것뿐입니다.

부다페스트의 미술대학 교정에 스위스에서 온 미술학도가 고전미술을 배우러 와있고, 베를린의 미술학도가 모스크바와 상트페테르부르크에 가서 인상파 시기의 작품에 대하여 연구하고 있고, 한국 미술학도가 이태리 피렌체에 가서 미술품 복구에 대하여 연구하고 있으며, 뉴욕의 빌딩 숲에서 현대 조형언어를 찾으려고 고민하고 있듯이, 더 많은 외국학생들이 한국에 건너와 옹기를 빚게 되고, 불화나 당채, 수묵화의 재료에 대하여 배우고, 조선의 보자기나 수놓는 기술을 배우고, 한옥과 한복 짓는 법을 배워가야 할 수도 있는 시기가 올 날들을 상상해 볼 수도 있다는 말입니다. 즉 다원화된 이 문화 현실 속에서 우리는 좀 더 뚜렷이 내 것과 남의 것을 알고 또 표현할 수 있는, 국제적인 조형감각을 지닌 조형예술인이 되어야 한다는 것입니다.

제가 미국 유학시절에 들었던 두 가지 인상 깊은 이야기가 기억납니다.

"너는 동양에서 서양회화를 배우러 왔지만, 동양에서 곧장 서양으로 뛰어넘으려고 하지 마라. 왜냐하면 너는 영원히 제2의 피카소가 될 수 없다. 이미 피카소는 존재하였기 때문이다. 그러므로 너는 동양을 알고 서양을 알아서 동서양이 접목된 작품을, 즉 미래의 제3의 작품을 만들어 내야 한다. 그것이 동양에서 서양으로 온 또 동양으로 왕래할 작가들의 책무이다."

미술관장 일을 했고 미술비평가인 명망 있는 그분의 이야기는 '나'라는 존재를 다시 알게끔 도와주었습니다.

또 다른 이야기는 저는 미국에서 세 가지 종류의 힘든 소수계에 속했다는 것입니다. 'Oriental, Woman, Artist', 즉 triple minority 죠. 동양, 여자, 작가—세 개의 약자. 서양이라는 다수 속의 동양, 남자라는 다수 속의 여자, 작품생활을 하지 않는 즉 조형예술인이 아닌 모든 다수 속의 작가이기 때문에 힘이 든다는 것입니다. 그러나 언젠가 그 소수가 다수로 바뀔 날들이 올 것이라 확신합니다.

여자 이야기가 나왔으니 이제 여성 조형예술인으로 이야기를 좀 혀가겠습니다.

요즈음 한국의 가치 풍토 속에 특히 많은 사람들이 물질 만능주의 의식에 젖어있는 이 사회 속에서 미술품이 마치 소유자의 재산의 척도인 양 또는 고급 사교계의 사교도구로 전락해 가고 있는 듯 합니다. 마치 미술작품을 만드는 작가들, 특히 중년 이후의 여성작가들은 삶의 경제적인 여유가 있어서 취미생활 정도로나 일하고 있는 듯 보고 있는 경우가 종종 있습니다. 수집가나 미술품을 파는 화상 또 일부 작가라고 나서는 여성들의 책임이겠지요. 창작행위는 물론 의식주가 해결된 후 어떤 여유 있는 상태에서 가능하겠지요.

그렇지만 반 고흐를 보십시오. 살아생전에 작품을 팔 수 있는 작가는 아니었습니다.

그러나 그는 힘든 삶과 진솔한 대화를 나누었고, 그의 작품은 사후에 많은 사람들을 감동시켜 왔고 역사상 가장 비싼 미술작품 중 하나로 거래도 되었습니다.

작가가 될 예술인이라면 모든 유혹을 떠나, 즉 경제성과 작품의 유행성 등과 타협하지 않는 나 스스로의 진솔한 삶의 흔적을 남기려고 노력해야겠지요.

현대미술 디자인 각 분야에, 아직도 그 근본 이론을 지탱해 주고 있는 바우하우스 정신도 인간의 생활자체가 조형적이어야 하며, 그것은 경제적인 여유 이후에서 가능한 것이기 이전에, 삶이 시작하면서 조형 행위는 존재한다는 것입니다.

물론 모든 예술 형태의 후원사업은 경제적인 안정과 여유에서 오는 것이고 그 경제적인 뒷받침은 필요합니다. 그것은 여러분이 미술대학 입학을 가능하게 하는 데 도움을 주었고 르네상스시대의 메디치가가 그랬고, 뉴욕의 록펠러 재단이 그랬고, 현재 한국의 많은 기업들이 미술사업을 후원하려고 노력하고 있습니다. 그리고 특히 미술을 사랑하는 많은 여성들이 관심을 가지고 일을 합니다.

작가로서, 디자이너로서, 미술관 연구원으로서, 또 미술교육자로서, 비평가로서, 미술행정가로서, 또 미술재단 운영자로서, 수집가로서, 미술품 매매인으로서 등 많은 분야에서 여러분의 선배들이 일하고 있고 그 인구는 앞으로 더 늘어날 것입니다.

  그러나 그들이 여유 있는 계층 출신의 또 여유 있는 계층만을 위한 '집단 이기주의자'들이 되지 말아야 하고 앞에서 언급한 '문화적인 환경'을 가진 나라로 이 사회를 밑에서부터 변화시키려고 노력해야 할 것입니다. 만약에 여러분들이 졸업 후 어떠한 이유로 작가나 디자이너가 안 되어서, 그 때문에 약간의 열등감에 빠진 나머지 쉽게 취미로 그린 장식적이기만 하고 예쁜 그림들을 그려 비싼 화랑 대관료를 지불하고, 호화로운 오픈 파티를 열며, 보내는 이의 이름을 대문짝만 하게 써붙인 유치한 색의 큰 리본을 장식한 꽃 화분들을 전시장 안팎으로 도배하는 작품 발표회를 하면서, 작가인 척하는 소극적인 취미자가 되지 말아야 합니다. 차라리 동회나 구청, 행정기관의 문화담당관이나 문화 예산을 합리적으로 사용할 수 있는 행정가가 되십시오.
  그래서 간판 문제, 쓰레기 문제, 도시계획문제, 환경오염 문제 등을 남성보다 감수성이 예민하고 섬세한 우리 여성 조형예술인들이 적극 해결할 수 있는 역할을 맡아야 할 것입니다.

  결론적으로 우리 여성 조형예술가들의 역할은 좋은 작품을 만들어 내는 창작자가 되는 데 초점을 맞추어야 합니다. 그리고 그다음 수준 높은 '문화 환경'을 만들어 갈 수 있는 문화경영자 내지 문화행정가가 되어야 합니다. 우리 여성 조형예술인들은 이 사회에서 소수 계층에 속하는 숫자이지만, 서양 중심적인 문화와 싸우고 남성 문화행정인과 싸우고 창조적인 조형예술인들이 무엇인지 모르는 모든 이들과 맞서서 그들을 문화적으로 인도하여야 합니다.

그리하여 우리의 삶의 질을 높이고 이 사회를 참다운 조형예술이 자리 잡을 수 있게끔 지도할 수 있는 끊임없는 '문화개혁자'가 되어야 할 것입니다.

자, 제 그림이 다 말라가고 있나 봅니다. 이 편지를 곧 끝마칠 때입니다.

지금 제 작업실 창밖에는 히아신스와 수선화의 새싹이 얼었던 무거운 땅을 밀어 헤치고 수줍은 녹색을 띠며 올라오고 있습니다.

사랑하는 여러분들도 땅을 헤치고 새로운 세상으로 나오십시오.

그리고 창조적이고 설득력 있는 조형언어를 가지고 아름답고 강하게 이 우주 속에 피어나시기를 바랍니다.

1998년 이화여자대학교 조형예술대학 신입생환영회 연설

A House, A Tree, A Woman acrylic on canvas, 165×420cm, dyptic 1988
Seoul Museum of Art (SEMA) collection, Korea

정 연 희 씨 , 박 영 준 씨 ,   박 혜 숙 씨 에 게

조용한 아침, 지난 며칠 동안 여러 상념에 젖어있다가 글을 쓰기로 했습니다. 말이라는 것은 각자의 입장 (지나치게 표현하자면 이익)에 따라 다른 내용으로 전달될 수도 있다는 것을 알았기 때문에 세 분께 동시에 보냅니다.

우리가 미국에 와서 잃은 것도 많지만 얻은 것도, 배운 것도 많습니다. 작품 전시회를 통해 배운 것을 이야기합시다.

그동안 제가 미국 땅에서 동참했던 group전을 통해 보면 대강 두 가지 방법이었던 것 같습니다.

하나는 작품의 경향, 수준으로 서로 작가로서 professional respect를 할 수 있는 작가들이 모여 의견을 합하여 art museum 이나 art center 등에 group exhibition proposal을 넣어 전시회

가 가능해지거나(정연희 씨와 몇 군데 몇 작가가 신청해 보는 것도 의논해 보았었지요) 또 하나는 art museum, art center, college gallery 등 non profit 단체에서 curatorial exhibition을 마련하지요. 그럴 때는 theme, image, medium 등으로 작가와 작품을 찾아 curate를 하여 그 성격에 따라 전시회 title이 따르고, 보통 curator가 전시를 엮은 의도 등의 essay를 쓰게 되지요(그중에는 이방인 등에게 주는 소위 multi-culturalism 어쩌고 저쩌고 하는 전시도 있지만요). 보통 후자의 전시장이 더 좋은 quality로 나타납니다.

이 이야기는 뭐 우리가 보통 상식으로 알고 있는 사실들이지요.

여기서 commercial gallery는 언급 않겠습니다. 정연희 씨께서는 "우리같이 전시회를 하던 사람들"이라고 하였으니, "우리"가 했던 것을 이야기해 봅시다.

한국 국립현대미술관 '이달의 작가전'에 출품들을 할 수 있었던 것은 정연희 씨의 그동안 이 관장님과의 개인적 친분이 많은 도움이 되어 가능할 수 있었고 감사하게 생각했습니다.

LA 한국문화원의 4인전은 서 영사와 박혜숙 씨 또 이달의 작가전에 계속 출품했던 작가들로서의 package exhibition이었던 것으로 알고, 저를 포함해 주어서 고맙게 생각했고, 일부 잡음이 있었다고는 하지만, 전시 반응은 좋았다고 생각합니다.

Angel's Gate Cultural Center의 전시는 Cultural Center와 Josine의 전시구상으로, art festival opening ceremony가 한국 자유의 종각 앞에서 있고, Korean-American의 cultural한 back ground를 가진 현대작가의 작품을 보여주는 것이 LA Art Festival 성격에 부합되는 것이라 전시회를 열고 싶으니, 저에게 한국작가 자료를 모아달라고 해서 제 나름대로 열 명의 작가 것을 전해주었고 Josine이 가지고 있는 자료와 제가 전해준 자료 중에서 curator인 Josine이 네 작가를 선정하였고, 작품도 선정하고 essay도 썼던 것입니다. 그때 catalog는 정연희 씨가 catalog 인쇄용으로 써달라고 Korea Arts Foundation of America를 통해 전한 기부금과 KAFA가 Angel's Gate Cultural Center 쪽에 전한 기부금으로 찍을 수 있었고, 좋은 전시회였다고 생각합니다. Josine도 "좋은 전시회인 것 같다. 처음 시작할 때 좋은 전시회가 될 확신이 있었기 때문에 엮었다. 그리고 Art Week에서 평을 내주어 다행이다"라는 대화가 오갔지요.

그 이후 생각나는 것이 Mexico 현대미술관 해외거주 한국작가전입니다.

저는 가보지는 못했지만 catalog의 appearance에서 오는 작품들의 수준에 대해서 정연희 씨와 이야기한 바 있고, 직접 전시를 보고 온 박혜숙 씨가 실망했었다는 이야기를 나눈 것이 기억나고, 제가 지난 10월 서울에 갔을 때 금호미술관의 박강자 씨께서 "최가 밤낮으로 전화하여 여기 있는 작가들을 도와주었어야 한다고 도움을 요청해서 매우 부담스러웠다"는 이야기를 들었을 때, 저도 participate했던 작가로서 begging을 한 것 같아서 민망했습니다.

저는 그때 이후 결심한 것이 있습니다.

respect할 수 있는 curator가 엮거나, 작가들이 서로의 작품을 사랑해 주고 respect해 줄 수 있는 작가들끼리의 전문성으로 이루어질 수 있는 전시회 외에는 곤란할 것이라고 결론을 얻은 것입니다.

물론 어떤 세상일이라도(전시회도 세상일이라) 이상적인 완벽한 것은 없습니다. 그리고 구더기 끼는 것 무서워 된장 못 담그지 않지만, 이왕 담글 된장이면 맛있고 품질 좋은 장을 담고 싶은 것입니다.

작가가 studio에 stay하면서 할 일, curator, art critic, educator, historian, museum, collector, supporting, art foundation 등 각자 professional한 견지를 가지고 서로 도와주면서도 각자 할 일이 따로 있다는 것입니다. 어느 사회이건 인맥, 학맥, 돈맥, 무슨 맥…의 형태가 작용합니다.

한국이라는 더 지독히 작용합니다. 그러나 깊은 흐름을 볼 때는 실력 있고 깨끗한 물만이 굽이쳐 흘러 넓고 깊은 바다로 흘러 내려가고 있는 것입니다. 돈과 명예, 출세의 욕심이 인간의 양심에 수북한 털을 쌓이게 하여도, 한 세대와 한 사회의 인간적인 양심을 지키는 것은 종교인과 예술인이어야 한다고 생각합니다. 그리고 그 예술인들이 피땀 흘려 만들어 낸 훌륭한 음악이 연주 장면에서 쏟아져 나오고, 좋은 전시는 전시장에서 감동이 오는 것이지요.

그 감동과 quality는 화려한 무대나 의상 또 두꺼운 색판 전시 catalog에서 오는 것도 아닙니다. 도움은 되지만요. 이런 것 다 우리가 보통 때 생각하는 이야기들이지요.

우리들은 나이, 자라온 배경, 현재의 여건 등은 달라도 이 사막의 미 서부 땅에서 작가라는 힘겨운 직업을 가진 여성으로서 만나 서로 따뜻하게, 위로하며, 웃기며, 울리며 친구로서 또 서로 respect하는 동료로서 힘이 되어왔습니다. 앞으로도 그럴 것입니다. 하지만 이 우리라는 작가들이 어떤 전시회를 탐하는 사단이나 peer group이 되어서는 안 되고, 어떤 전시회를 엮는 일, 참여하는 일, 양보하는 일, 이익 보는 일, 손해 보는 일에는 더 높고 넓은 차원에서 눈을 열고 disclosure할 수 있는 generous한 태도가 필요하다고 봅니다.

예술의전당 전시회 건에 대해서 생각해 봅시다.

저는 박영준 씨가 말씀하신 대로 한 작가를 "작살을 내느니", "비인간적이니"의 성급한 이야기가 아닙니다. 또 정연희 씨가 말씀하신 대로 "한 작가를 빼고 하자"라는 식의 "누구 등에 업혀 전시회 하는 것이 싫어서 그러느냐", "그들의 policy를 바꾸겠다는 거냐", "하기 싫으면 혼자 빠지면 되지", "투서를 보내겠다는 거나 다름없다"는 것도 아닙니다. 저는 예술의전당 policy를 모릅니다. 그리고 투서라는 것은 본 적도, 써본 적도, 받아본 적도 없습니다. 박혜숙 씨가 "다른 작가들 다 가만히 있는데 혼자 문제를 일으키느냐" 했을 때, 박혜숙 씨를 만나 오랜 동안 저의 소견을 이야기했다고 봅니다.

"나만 혼자 딴소리하고 있다면 나는 참석 안 한다."

그러한 전제에서 제가 두 가지 방법을 suggest했지요.

첫째는 이곳 현지에 있는 작가로서 현재 언급되어 있는 작가 외에 "최를 포함하여 주위의 좋은 작가를 찾아 자료를 주고(저도 박혜숙 씨에게 몇 작가를 추천하여 studio 연락처를 주었지요), 형식상이 될지도 모르지만, 전시의 공정성을 객관화시키기 위하여 예술의전당 측에서 이곳 미협 등을 통해 관심 있는 작가에게 apply하게 하여, 예술의전당 curator 측에서 전시의 효과상 아홉 명 정도가 넘지 않는 작가를 선정하여 직접 작가에게 개별 통지하여 전시를 엮게 하는 방법이 있습니다. 이 방법은 박영준 씨께서도, 전시 수준이 높아도 그들 수준이고 낮아도 그들 수준이니 원칙적으로 이 방법이 공정할 것이라고 동의하셨습니다.

둘째는 예술의전당 측에서 여기 사정을 몰라 판단하기 힘들면 이곳 현지의 art critic이나 curator(한국인은 아직 없으므로 respectable한 미국인)를 몇 작가가 의논하여 찾아, 그 curator가 예술의전당 측과 일하여 나중에 카탈로그가 나와도 그 전시 내용에 대한 essay를 그 curator가 쓰도록 하여 전시회를 엮는 방법입니다(guest curator는 500~1000불 정도로 pay한다는 것으로 알고 있으며 그 비용은 예술의전당 측에서 책정할 수 있어야 함).

이러한 두 가지 방법을 박혜숙 씨께 suggest했고 "기회가 있을 때 내가 예술의전당 측에 공공기관의 전시는 이러한 방법이어야 여러 가지로 좋을 것입니다"고 말하겠노라고 내 소신을 전했지요.

이러한 두 방법은 누가 먼저 냄새를 맡고 시작했든, 아니면 소위 정치라는 것을 하고 다녔든, 최라는 작가가 아니면 노라는 또 아무개라는 작가가 동참을 하게 됐든 안 됐든 간의 문제가 안 됩니다.

예술의전당의 policy가 이렇고, 한국적인 여건에서 아직 엉성한(?) 틈을 이용하기 이전에, 이곳 미국에서 우리가 합리적이고 좋은 점이라고 배운 것을 제안해 볼 수 있는 것이 현지에 있는 작가로서의 의무이며 권리라고 봅니다. 이미 우리가 미술대학을 갓 졸업한 작가들이 아니기 때문에 아무개가 물어놓았다고 몇 작가끼리 몰려가는 방법은 안 택하는 것이 좀 더 professional한 태도가 아니겠냐는 것입니다. 물론 박혜숙 씨께서 최라는 작가의 현재의 작품성 내지 어떤 것 때문에 최와 의논 없이 박혜숙 씨 자신이 직접 어떻게든 좋은 작가들의 좋은 전시회를 이루어 보려는 노력은 압니다. 만일 예술의전당 측에서 게을러서든 아직 전문성이 부족해서든, 작품들을 기증 받지 못해서 등으로 전시회가 최소화되면 안 하고 다음에 더 좋은 기회를 만들면 되지 무어가 그리 급합니까?

곽훈 씨도 처음부터 "전시의 정확한 information을 못 받은 것 같다. 박혜숙 씨가 전시회 이야기를 하였을 때 후배들의 사기를 위하여 참석할 의사를 비쳤다. 최가 다리가 되어있는지 몰랐다. catalog 관계로 상업 화랑이 involve되거나 예술의전당 측에서 작품 기증 이야기가 나오면 나는 동참하지 않겠다" 그리고 정연희 씨가 통화한 다음에 "어떤 작가는 작품을 기증하고 어떤 작가는 안 해도 되고 하는 것은 원치 않는다. 공공기관에서 하는 전시회에 작가가 돈이나 작품을 써야 된다는 것은 바람직한 일이 아니다. 작가들이 catalog에 신경 쓸 거 없이 예술의전당 측의 예산이 되는 대로 신문지 같은 종이 한 장짜리도 만들 수 있게 한다면 참가하겠다. 정연희 씨께 전했다"고 전화를 하셨습니다.

예술의전당이라는 장소 때문에, 넓은 space의 유혹 때문에, 서울

바닥의 매스컴이나 두꺼운 카탈로그, resume의 한 줄 첨가, 이런 것들이 눈앞에 아롱거려 근본적인 판단이 가려진다면 눈이나 안경을 깨끗이 씻고 잠깐 다시 한번 생각을 해볼 필요가 있다고 봅니다.

물론 이번 전시회가 한 작가가 idea를 내어 몇 작가가 group exhibition proposal을 하는 형식으로 시작되는 것이라면, 애초에 함께하려는 작가들에게 미리 알려 동의된 작가들의 이름으로 proposal을 넣어야 했고, 어떤 한 작가나 본인들에게 전시 조건, 진행, 세부내용이 공개 안 된 상태로 진행될 수 없겠지요. 최 씨가 시작한 일이라면 왜 내용을 처음부터 함께 의논 못 합니까?

어떤 사태의 발전을 위해서는 시간이 걸리더라도 revolution한 방법보다는 evolution 쪽을 택하는 것이 인간적이라 생각됩니다.

아무튼 어떤 식으로 전시회가 진행되든 잘 되어가기를 바랍니다.

제 개인의 요즈음 여건 때문에 무언가 잘못 판단하는 것이 아닌가 하고 제 머리를 식히고 생각해도 또 머리를 덥히고 생각해도 이러한 판단밖에 안 서는군요.

저의 소견을 다 이야기한 것 같고 더 이상 세 분께 이번 전시회에 대한 언급을 안 하겠습니다. 아름다운 5월, 아름다운 생각들을 간직하기 바라며 곧 또 즐거운 마음으로 만납시다.

1992

Statement

나는 살아있는 생명체로서 이 우주의 삶의 질서에 순응하고 싶다.

무거운 흙을 밀어 올리는 새싹, 피어오르는 꽃 한 송이, 휘몰아치는 바람, 해와 달의 움직임, 어두운 밤하늘 별의 반짝임, 어린 아가의 탄생, 사람과 사람들 사이의 사랑 등을 본다.

그것들이 나의 직감과 감성 또 오감과 육감을 통하여 나와 이 우주를 연결시키고 있으며 미적인 시각언어aesthetic visual language의 매체를 통하여 승화된 아름다움의 세계로 도달되기를 바란다. 나의 이러한 본능적인 욕구가 나를 화가의 길로 걷게 하고 있는 것 같다.

이 생각은 내가 사춘기가 지난 16세 때부터 결정되었고, 지금 나는 한 편의 좋은 작품을 만들기 위하여 최선을 다하고 있는 겸손한 40세의 여성으로서 매일매일 작업하고 있는 것이다.

What is that you a trying to do as an artist?

예술가로서 나는 이 우주의 조화된 질서와 만나고 싶다.

그 질서는 숭고하고 지고한 미美의 세계일 것이고 그 美가 때로는 강렬하게 때로는 섬세하고 촉촉한 가운데 조용하게 출현되기를 바란다.

그리고 그 출현된 작품은 질적으로 성숙하고 상당히 전문적 professional이기를 바란다. 이 사회에서 많은 좋은 인간들의 공감과 감동을 얻는 작품을 만들고 싶고 그 작품을 통해 화가로서 인식되고 존재하고 싶다.

What is the subject of your art?

자연과 나와의 조화이다.

즉 음과 양의 조화harmonious balance of yin and yang의 추구의 연속이 나의 작품의 주제를 만든다. 이 땅에는 창세부터 존재하고 있으리라 믿어지는 조화된 아름다움과 균형이 있다.

현실과 이상의 조화, 물과 불의 조화, 남과 여의 조화, 슬픔과 기쁨의 조화 등 항상 극과 극이 서로 상반되며 조화 속에 만나고 있다. 그 만남은 갈등을 거쳐서 신비스럽게 출현한다.

내 작품의 주제는 두 극단적인 조건 사이에서의 방황의wondering between the two 결과가 신비스러움을 띠고 연속된다Mystic series.

Does being a Korean or being a woman affect your life as an artist?

Being a Korean:

나는 한국에서 대학과 대학원에서 그림을 전공하고 26세 때 이 나라에 와서 다시 미술석사를 공부했다. 작품상, 즉 창조의 질이나 내용에서는 한국인의 피를 가진 화가로서 이곳 화단의 주된 움직임과 유지되는 것을 못 느끼지만, 아직도 남아있는 언어의 장벽과 내 화실과 화랑, 미술관, 컬렉터들과의 연결 과정의 시스템 속에서 어느 정도 이방인임을 느낀다. 그러므로 여기에서 태어난 2세, 3세의 화가에 비해서 두 배 이상의 노력이 필요한 것 같다.

예를 들어 화가에게 가능한 학교에서 가르치는 직업을 갖는 문제도 언어의 장애 때문에 약간의 위축감을 느끼고 방해를 받는다.

Being a woman:

결혼을 하여 가정을 가지고 애들을 뒷바라지해야 하는 나의 입장으로서는 여자로서의 작가생활이 참 힘들다. 혼자 생활하는 작가에 비해 두 배의 노력이 필요한 것 같다. 우선 육체적으로 시간이 분산되고 정신도 작품에만 집중할 수 있는 많은 정신력이 흐려질 때가 많다.

그렇지만 내가 아직도 혼자 생활하고 있다면 여자로서의 본능적인 외로움이 많이 따랐을 것도 같다.

Are these dilemmas right now for you as an artist?

두 가지가 있다.

하나는 작품성에서 또 하나는 경제적인 문제에서이다.

가끔 작품의 실마리가 안 풀릴 때 '나는 소질이 없나? 이 노력을 가지고 다른 분야의 직업을 가졌다면 더 성취감이 있었을 텐데' 하는 질문을 나 스스로에게 던질 때가 많다. 물론 그때마다 좀 더 작품을 붙잡고 늘어지면 그 순간이 지나가기도 하지만, 아직도 회의가 올 때가 많고 다른 화가들, 특히 여성화가 친구들의 격려가 많은 힘이 된다.

또 경제적인 문제에서는 예술의 세계는 돈과는 무관한 속에서 추구해야 하는 것을 알면서도, 경제적인 어려움, 즉 좀 더 넓은 스튜디오(재료 등 잡다한 비용은 충당이 되지만) 등을 구하는 문제 등에 부딪칠 때면, 순수하게 작업만을 추구하고 앉아있기만은 답답할 때가 있지만 언젠가는 화가로서 성공할 때가 올 것을 기대하며 노력하고 있다.

Do you or not see yourself in the American main stream art world?

나는 내 작품성이 미국 화단의 주류, 나아가서는 현대 세계 화단의 주류main stream of contemporary international visual art concept의 감각을 의식하며 표현되고 있다고 생각한다.

나는 2차대전 이후 추상 표현주의의 영향을 받은 선생들에게 배웠고 Dadaism, Surrealism, Pop Art 등 또 그 이후 Neo Expressionism 등의 영향을 받았으며, 작품의 표현성은 동양의 음양철학을 배경으로 spiritual한 image를 가지고 있다고 한다.

1945년 이후의 미국 현대미술이 유럽에 뿌리를 두고 있었다면 1980년 이후의 미국의 현대미술 특히 서해안의 현대미술은 동양의 정신적인 영향을 받고 있다고 믿으며, 내가 한국에서 온 화가로서 동서를 접하며 연결하고 있다는 데서 자부심을 갖는다.

Mind Landscape, Full of Harmonized and Balanced Joy
삶 의 造化 와 균 형 을 담 은 心景 의 造形

나의 작품은 내 心景Mind Landscape이다.

그 심경은 삶의 음과 양을 조화, 평화, 균형의 美로서 상징적으로 표현하고 있다.

삶의 음과 양을 마치 해와 달, 물과 불, 빛과 어두움 여자와 남자 등이 상반되면서도 서로 조화와 균형을 이루는 상태에서 이 우주에 존재하듯이 나의 작품 세계에서도 존재시키고 싶다.

내 작품 내면적인 세계는 지난 10년의 철학적, 심리적, 시각적 경험으로 이루어지고 있으며 그 경험들은 추상적인 표현 방법으로 표현되고 있다.

심리적, 철학적 경험을 상기해 보겠다. 지난 3년 이후 요즈음의 나의 작품은 수평으로 긴 화면을 만든다. 때로는 몇 개의 화면을 옆으로 길게 연결시켜 기차가 지나가듯이 만든다.

　그동안 결혼하고 애기를 낳고 키우면서, 여러 인간과 부딪치면서 생기는 희비애락을 통해서 인생은 50년이든 80년이든 매일 또 매년 연속되는 시리즈라는 것을 깨달았다.

　위로 치솟는 감정과 열정을 삭이고 녹여, 지구의 인력 속으로 끌어내려 중후감 있는 인생과 화면을 만들고 싶다. 그래서 나의 화면 옆으로 길게 누운 속에서 어쩔 수 없이 치솟는 생에 대한 또 자신에 대한 열정을 헤아릴 수 없는, 강하면서 또 다양한 색의 나열, 무의식적으로 붓 자국을 무수히 만들고, 그 위에 섬뜩하면서 중후한 한두 개(둘이라는 숫자는 외롭지 않고 서로, 상반되면서도 조화되는 가운데 균형을 유지하므로)의 큰 덩어리로 이루어지고 있다.

　이러한 의식으로 작업을 진행할 때, 나는 정신적으로 육체적으로 순수한 상태이고 싶다.

　내 마음과 마찬가지로 내 작품도 조화와 평화를 창조해 내는 순수한 것이기를 바란다.

　마치 스님이 자아를 탈피하려고 도를 닦고 있듯이(하지만 난 아직 도사이고 싶지는 않지만) 자아를 탈피한 상태에서 순수하게 내 화면과 마주하며 창조하고 싶다. 그래서 내가 붓으로 환^{stroke}을 그릴 때는 그 터치가 치기가 있는 것같이 무의식적으로 마구 휘몰아친 것 같은 화면을 만들고 있는지도 모른다.

시각적인 경험을 상기해 본다면, 미국 캘리포니아주에 6년간 살면서 넓게 확 퍼져 트이고 옆으로 길게 누운 듯한 언덕과 등선, 또 수평선의 인상을 많이 보아왔다. 그리고 그 사이의 도시 속에 건물 사이로 삐죽삐죽 솟은 야자수와 사이프러스나무는 붓 터치를 율동적으로 늘어놓은 듯한 풍경이었다.

태양을 사랑하고 항상 꽃이 피어있고 해풍과 밀물과 파도를 즐겨 찾는 싱싱한 젊은이가 들끓는 곳이었다. 잠시 걷거나 10분 내지 20분만 차를 타면 언제나 내가 좋아하는 파도와 수평선을 보고, 바다 냄새를 맡을 수 있는 곳, 일광욕을 즐기면서 깨끗하고 건강한 자연을 맛볼 수 있는 곳, 그 속에서 강한 색감, 자신 있는 붓 터치를 찾게 되었는지도 모른다.

지난 몇 년 동안 나는 종이(한지 나 수채화 지)나 캔버스 천에 제소 gesso를 발라 아크릴 물감으로 그려왔다. 유화보다는 아크릴이 나의 심층에 쌓인 이미지를 즉흥적으로 순간순간 떠오르는 대로 진행시킬 수 있기 때문이다. 캔버스는 종래 나무들에 팽팽하게 조여 쓰던 것을 피하고, 천 자체가 자연스럽게 늘어진 상태로 벽에 핀으로 붙여놓고 그리든가 바닥에 눕혀놓고 그렸다.

느슨하고 자연스럽게 끝난 네 모서리는 화면의 연장처럼 보이는

데 이것이 더욱 나의 감각에 맞았다.

붓은 서양의 유화붓의 딱딱한 느낌에서 피하고 싶고, 또 더욱이 아크릴 물감이 수성이므로 한국의 양털로 만든 평필이 가격도 합리적이고 크기도 다양해서 그것을 사용한다.

털이 부드러워 내가 원하는 크기의 붓 터치를 자유롭게 낼 수가 있다.

그리고 붓의 방향은 아름답게만이 아닌 또 인공적으로 어떠한 형태를 모방해 보려고 하는 것도 아닌, 즉 나의 잠재의식 속에 있는 심오한 경험 속의 직감을 표현으로 이끌어내는 작업인 것이다.

어떤 때는 광적이고 딱딱하게, 또 어떤 때는 부드럽고 섬세하게 표현하고 있다. 그 색과 붓 터치는 마치 희로애락을 상징할 수도 있겠다.

나는 이러한 작업을 여러 겹으로 쌓아올린다.

원색과 색조가 짙은 색은 따뜻하거나 차가운 회색조 바탕으로 선뜻선뜻 나타난다. 그 위에 때로는 자로 잰 듯이 날카롭고 기하학적인 이미지가 대조적으로 떠있다.

그것은 마치 신이 만든 자연과 인간인 내가 만든 인위적인 자연의 대조, 또는 숙명과 그와 대응하려는 인위적인 의지, 또는 필연과 우연 등 서로 상반되는 요소가 대치되면서 긴장 속에 조화가 이루는 상태로 표현한다.

어떤 작품에서는 그 두 이미지가 선명하게 또 어떤 작품에서는 모호하게 흐르면서 서로 녹아버리듯이 나타나고 있다. 이것은 내가 그때마다 작품을 끝내고 싶은 감각에 의해서 결정되는 것 같다.

나는 화면 전체를 난폭할 정도로 솔직하고 적극적이고 자유분방하게 표현하고 싶다. 하지만 때로는 고요한 전원교향곡이 울려퍼지는 듯한 감각으로 나타내고 싶은 때도 있다. 나에게는 언제나 모순적인 요소가 잠재하고 있는 것 같다.

창조라는 것은 언제나 나 자신의 기존 관념질서를 깨치는, 즉 내 생의 경험인 마음의 풍경을 모순 덩어리로 나타내는 것인가 보다.

여　　인　　의　　　　　　　창

　　　　　　　　지금 창밖에는 어제 밤부터 흰 눈이 소복소복 내려서 이 산중턱의 골짜기가 새하얗고 아름답다. 온 세상이 흰 눈으로 덮인 듯하다.

　　그러나 햇볕 밝은 캘리포니아는 지금쯤 따뜻하고 풍요롭고 안락하겠지.

　　그 바다물결, 움틀대는 파도, 출렁이는 청록빛 깊은 바다물가의 건강하고 젊은 청년들의 물결 등이 동시에 내 눈앞에 어른거린다.

　　더욱이 캘리포니아 겨울밤의 깊고 깊은 흑청색의 먼 밤하늘, 그 속에서 얼룩이듯이 반짝이는 별빛은 가까우면서도 신비스럽기까지 했다.

　　그곳의 여유롭고 느린 듯하면서 단순한 그 자연환경과 삶 속에서 사람들은 각자의 속도를 느끼면서 산다. 이곳 한국은 너무 빠르게

Mind Landscape Ca 83-10, acrylic on canvas, 80×241cm, 1983 private collection, USA

여유 없이 복잡하게 자기를 모르고 살아가는 것 같다.

이 두 가지의 속도와 삶의 환경을 오가며 지난 7년간을 지냈다.

소위 이중언어와 이중문화, 다 컸지만 애들과 헤어져 있게 된 이산가족의 생활 속에서 정신적으로 정서적으로 안타깝게 세월이 지나간다. 어쩌면 들떠있는 생활을 하고 있는지 모르겠다.

자주 주위분들이 "한국이 좋은가? 미국이 좋은가?" 묻는다. 한국이란 나리와 미국이란 나라는 아주 다른 나라다.

비교를 할 수 없는 경제력, 생활수준, 언어의 차이 동양서양문화의 차이 등등… 그런 두 틈바구니에서 나는 양쪽의 좋은 점을 찾아서 적응하고 살려고 한다.

한국에는 할 일들이 많다. 자학증에 걸린 것 같은 내 문화의 전통을 찾아내어 잘 손질하여 후손에게 넘겨주는 일. 그래서 문화의 정서불안증에서 좀 더 벗어나는 일. 그래서 한국의 젊은이들이 좀 더 안정되고 밝은 표정을 가질 수 있게 하는 일 등인 것 같다.

미국에도 할 일이 많다. 미국 땅에 늦게 자리 잡기 시작한 소수민족으로 자리 잡는 일, 후세들이 좋은 교육을 통하여 실력을 쌓아, 경제력을 갖추고 문화의 정체성을 파악하고 능력을 키워 이 사회 이 집단에서 떳떳하게 자기를 실현시키고 인정을 받고 공헌을 하여, 본인의 행복과 가족과 사회 행복에 기여할 수 있게 하는 일등이랄까.

이 과정들이 문화라는 보자기로 개인과 사회를 감싸지 않으면,

한국인으로서 또 한국계 미국인으로서 인정받을 수 있는 틀을 갖추기 힘들 것이다.

인간이 동물이지만 짐승이 아닌 것이 결국 인간은 문화를 이룩해 왔기 때문이다.

나성의 한국타운 주변의 거리 풍경이 몇 년 전보다 안정되어 보인다. 좀 더 정돈되었다고 할까? 그러나 좀 우려되는 것은 혹시나 천박하고도 크게 만들어진 간판이 난립하여 눈을 피곤하게 하여 머릿속까지 어지럽히는 서울의 거리 풍경처럼 남가주 나성구 마을의 거리가 바뀌지 않을까이다. 거리의 풍경은 그 마을에 사는 사람들의 삶의 질, 정서, 문화의 수준을 그대로 내보이는 것이다.

그 마을은 그 주민의 것이고 그 주민을 위한 아름다운 곳이 되어야 한다. 그러니 신경을 써야 한다.

한국의 서울에서처럼 눈이 내리든, 미국의 나성에서처럼 반짝이는 모래 위에 햇볕이 쨍쨍 쏟아지든, 결국 우리의 짧고도 짧은 인생의 행복을 추구하는 과정이 인생이리라.

때문에 조심스럽고도 적극적으로 노력하며, 삶의 높은 질을 추구하고 모든 아름다운 인간 사이의 관계를 의식하며, 생의 자취 즉 향기 높은 문화민족의 문명을 후세에 남겨야 한다.

2001

신 비 로 운 열 망
Mystic Desire

이 조그만 화실에는 거미줄, 작은 개미들과 귀뚜라미가 많다. 전화는 없다. 작업하며 가야금이나 그리스의 민속음악 테이프를 돌릴 수 있고 서양 고전음악을 들을 수 있는 라디오가 하나 있다.

들창이 하나 있고 천장에서 들어오는 햇빛을 받을 창문은 없다.

좀 어두운 편이다. 캔버스들과 종이 한지를 배접해서 밑색을 발라놓은 것, 물감통과 붓 등이 어수선하게 항상 널려있고 작업대가 둘, 작은 이젤 하나, 서랍이 달린 책상 위에는 잡지책, 일기장, 잡기장들이 올려있다.

미국에 와서 이러한 작업 조건에서 작업을 한 지 10여 년이 넘었다.

지금 손에 뻣뻣한 물감을 묻히고 낡고 삭은 작업복을 입은 채 조용히 생각해 본다.

국민학교(예전의 초등학교) 4학년 때, 어머니가 그림 공부를 시켜볼까 본다고 어느 고등학교 미술 선생님께 데려가기 시작하면서 그림을 그리게 되었다.

내가 다닌 국민학교는 일부가 성곽지와 연결되어 있어 고궁의 뜰에서 주워 온 잿빛 기왓장 위에 연보라 무궁화와 노란, 주홍, 호박 꽃등을 얹고 달개비 꽃잎을 장식하여 소꿉장난을 하곤 했다.

또 어쩌다 유리조각을 찾아내면 깨끗이 닦아 땅을 조금 파고 여러 꽃잎, 잎사귀와 색종이 등을 섞어 넣고 유리조각을 조심스럽게 얹어 놓아 흙을 덮고, 다시 흙을 살살 헤쳐내어 흙 사이로 다시 유리조각 밑에 숨어있는 영롱하고 어여쁜 꽃잎들을 찾아내고는 들여다보며 즐거워했었다.

그 당시는 참 묘하고도 신비스러운 꿈을 많이 꿨다. 끝없게 푸른 논밭 위를 사지를 활짝 펴고 피터팬처럼 날아다닌다든가, 비취색 곱돌로 만들어진 것 같은 좁고 끝이 없이 깊고 맑은 우물 속으로 내 작은 몸이 깊게 깊게 빨려 들어가고 있다든가. 아직도 그 곱돌 색은 영롱하게 가끔 내 그림 속에 출현되는 것 같다.

흰 눈이 펑펑 쏟아진 후 학교운동장 흰 벌판 위로 뒹굴어 다니던 작은 내 모습, 어슴푸레 불이 켜진 저녁 흰 눈 사이 꽁꽁 언 오솔길 따라 추위로 언 두 발로 타박타박 걸어 교회 문에 들어서면 크리스

마스트리의 화려한 꿈의 세계가 이끌어 주었다.

이른 봄 외가댁에 다니러 가면 언제나 대청마루에 걸려있어 나를 기다려 주었던 색 띠 넣어 곱게 짠 동그란 나물바구니. 한여름 시냇물 속 새우와 송사리를 잡으러 들어간 물속의 맨발 사이로 긴 풀잎들이 누워있고, 고요한 작은 물살 사이로 모래알들이 떠오르던 장면.

가을 누런 논밭 사이의 외로운 허수아비의 모습. 메뚜기를 잡는다고 볏단을 흔들던 기억.

추석에 새 옷을 입고 동네골목을 형제들과 뛰어다니며, 반짝반짝 싱싱하게 익은 밤알과 연녹색과 자색이 어울려 장식된 대추알을 가지고 놀던, 또 강낭콩을 깔 때마다 묘하게 다른 색으로 익어버린 콩알들이 깍지 속에서 떨어지면 꽃자줏빛으로 잘 익은 것은 내 방으로 가지고 와서 아끼며 들여다보던 기억. 지금도 그 잘 익은 강낭콩 색은 만들기가 힘들다.

기와집의 기왓장을 한 장 한 장 수채화로 물감으로 칠해가며, 그 앞의 흐드러진 코스모스꽃하고 참 잘 어울린다고 생각했던 그 어린 시절의 영상들이, 지금 이 작은 화실 속에서 늦가을 김장밭의 잘 익은 조선무와 배추가 황토 속에 힘 있게 뿌리를 박고 있는 만큼이나 생생하게 떠오른다.

그 이후, 중학교 미술실의 삐걱거리던 층계를 밟으며 물을 나르던 추억. 고등학교 노천극장 위로 나르던 비둘기 떼 또 한여름 "검푸른 잎이 바람에 흔들 나팔꽃 저녁에 피는구나~~~" 합창하던 화음의 율동. 대학시절 다정한 친구들과 찾아다니던 쪽지 섬의 물살과 자갈밭의 열기. 구기동 골짜기 비봉 위에 걸린 장마 후 구름의 자태는 아직도 내 그림 속에 보인다.

그 이후— 그 이후—,

지중해변의 반짝이던 설렘. 베니스의 퇴색한 창틀을 배경으로 날리는 빨래들, 샌프란시스코 밤하늘 배 위의 찬란한 폭죽과 그 아래 현란하고 오색스럽게 피어있던 달리아의 요염한 자태는 아직도 이 화실에서 나를 사로잡고 있다.

멋진 벗들과의 아름다운 만남의 눈빛. 그와의 사랑, 열정, 애태움, 그리움, 기다림 등 살아있는 감각과 생명체에 대한 살아있는 기억은 항상 이내 작은 화실 속의 화면 가운데, 위에 혹은 구석에 웅크리고 앉아 나를 마주 보고 있는 것 같다.

인생의 체험은 항상 신비롭고 새로운 경이로움에 차있다. 기억도, 현재도, 또 미래도 언제나 내가 갈구하는 신비로운 열망의 세계에로 향한 뜀박질이다. 이내 화면들은 앞으로 남은 아름답고 생명력에 차있기를 바라는 내 진실한 생에의 경이로운 열망이다.

1990

Mystic Desire #70, acrylic on canvas, 172×233cm, 1993

색   놀   이

　　　　　　　한겨울 대나무 비로 쌓인 눈을 쓸어본
다. 빗자루의 결, 그 속에 묻어 나오는 층층의 흙과 낙엽이 그림을
만든다. 그 그림 속에서 수십 결의 색을 본다.

색놀이이다.

색을 쓸면서 논다. 쓸기의 결, 세월의 결, 색의 결이 나의 작품이다.

나는 원하는 색이 나올 때까지 색을 섞고 또 섞어서, 화면에 붓고,
빗자루로 쓸고, 붓고 쓸기를 반복한다. 밑색이 다 마르고 난 후 다
른 색을 붓고 쓸기도 하고, 밑색이 반쯤 말랐을 때 새로운 색을 위에
아니면 그 곁에 붓고 쓸기도 하고, 두 종류나 세 종류의 색을 동시에
붓고 그 위를 쓸기도 한다. 각각의 색은 홀로 존재하기도 하고, 곁의
색과 융화하고 함께 반응하며 떨기도 한다.

수평으로 쓴다. 휘몰아치는 감정의 굴곡을 추스르고 통제하며 의

식적으로 수평으로 쓴다. 물이 수평을 이루며 흐르듯이 쓸고 또 쓸고—세월을 쓸고, 혼탁한 것들을 쓸고, 마음을 쓸고, 상처를 쓰고, 기쁨을 쓸어내린다.

색들의 진동, 메아리 그리고 색들의 교향곡이 화면 가득히 그리고 온 화실 안에 울려퍼진다. 색의 혼은 살아서 움직이며 내 영혼을 맑게 적시며 이 우주의 깊은 진공 속으로 빨려 들어간다.

쓸기를 끝내고 난 후, 앞으로 나는 닦기를 하겠다. 깨끗이 쓴 후에 닦기—'쓸고 닦기'이다. 청소를 한다. 그 무엇을 청소하는 것이라도 좋다. 내 화면을 걸레로 닦을 것이다. 온 화면 구석구석을 색걸레로 닦을 것이다.

그리고 먼 후에 어쩌면 가까운 장내에, 나는 색으로 농사를 짓겠다. 색농사이다. 농부가 흙을 갈아 아름다운 흙의 결을 만들어, 그 속에 씨를 심고 생명을 키워, 무덥고 힘든 세월을 묵묵히 참고 기다려 곡식을 거두듯이, 나는 화면에 색을 갈고 뒤집어, 색의 씨를 심어, 색으로 농사를 지어 그 결과를 기다리겠다.

이 우주에 절대자와 절대적인 질서가 존재한다면, 나는 땀 흘려 색농사 지은 이 화면을 통하여 그 절대자의 미의 세계와 겸손히 만나고 싶다.

2009. 10

'로스코'와 '노'스코 색놀이의 차이

지금 화실에서 나의 그림들을 바라보며 글을 쓴다.

'색놀이 쓸기Colors Play Sweeping' 연작을 해온 지도 10여 년 이상의 세월이 흘렀다. 내 나이 예순 살쯤 되던 즈음, 내 생을 멈추고 싶었고 생의 의미를 다시 찾게 된 계기들이 있었다. 그 당시 화면을 다 지우고 굵은 빗자루로 쓸어버리며 위로를 받았다. 화면에 색들을 겹겹이 쌓아 올려 색의 결, 세월의 결, 기쁨과 아픔의 결을 만들며 색을 수십 번 쌓아 올렸다. 색을 가지고 놀이를 하며 위로를 받은 결과는 100여 점의 큰 화면을 만들게 되었다.

그런데 나의 그러한 그림들이 로스코Mark Rothko의 작품을 모방한 것일 거라는 이야기들이 간혹 들린다. 로스코에게 물어보라, "노의 그림들이 당신 것을 모방했다고 보느냐?"고.

"절대로 아닌데…"라고 할 것이다.

그의 화면은 가까이 서서 보며 색의 확산으로 온몸을 감싸는 듯할 것이고, 나의 화면은 거리를 두고 쳐다보며 색의 결들과 대화하며 화면 중심에 있는 색의 뼈대를 볼 것이다.

인쇄된 나의 그림들을 언뜻 보며 가볍게 판단해 버린다면 카페인이 들어있는 커피와 콜라를 마시며 두 가지는 같은 음료라고 혼동하는 꼴이다.

이미 오래전에 동양의 어느 현자가 "가장 아름다운 것은 형태가 없다"고 했느니라.

울고 웃고 색놀이 하자.

요즈음 나의 그림들은 색의 감각질感覺質, qualia이니까.

2022. 1.

1 9 8 9 년

화면에 너무 욕심을 내지 말고 단순화시켜야 한다.

보통은 된다. 그 선을 뛰어넘는 작품을 만들 수 있어야 하는데, 나 자신 스스로의 도를 더 닦아야 하고 더 많이 그려야 한다. 여러 가지를 늘어놓지 않으면서도 조용히 강하고 선명하게 호소할 수 있는 작품을 만들고 싶다.

'인생은 짧고 예술은 길다'라는 문구가 실감 나는 세월이 흐르고 있다. 이제부터 10년, 나는 나 자신과 애 둘을 위하여 피나는 노력을 기울여야 한다. 육체가 약해지면 안 되는데, 최소한 10년은 건강하게 버티어야 하는데… 몇 년은 fellowship과 grant를 계속 신청해 보아야겠다. Studio space를 좀 넓게 가질 수 있으면 소원이 없겠다. 작업장은 산실인데….

1990년 전시 일정: 1월 Long Beach Museum Rental Gallery, Mackenthaler Cultural Center, 7월 Downey Museum, 9월 Angel's Gate Cultural Center, 10월 Andrew Shire Gallery, 12월 서울 Duson Gallery.

제길헐! 화실 벽을 하얗게 칠해야겠다.

3.2

벌써 3월이다.

무르익은 작품은 안 나오고 겉도는 작업만 하고 있는 것 같다. 머릿속이 복잡하고 혼미하다. 맑은 정신 속에서 맑은 화면이 나와야 할 텐데.

누구를 항상 마음에 두고 그리워한다는 사실은 괴롭다. 순간순간의 감정이 영원으로 이루어질 수가 없기 때문일까? 순간이 영원이 될 수 있다면 인생이 아름다워질 수 있을 텐데. 그렇게 되도록 내 마음은 노력해야 하는데.

한 입으로 여러 말 하지 말자. 마찬가지로 한 작가는 한 가지밖에 표현할 수 없는 것이 아닌지? 그림 속에 자꾸 욕심을 내어 여러 가지를 그려내려고 하니 점점 힘들어지는 것이 아닌지? 아니면 그 어떤 것 한 가지를 표현하려고 찾아 헤매기 때문에, 그 어떤 것 한 가지 때문에 힘든 것이 아닌지?

5. 7

5월초, 작년 이맘때 폴란드의 바르샤바 쇼팽박물관에 갔었지. 라일락꽃들이 피어오르고 물망초 작은 꽃다발을 든 눈망울이 맑은 어린아이들이 타박타박 걷던 모습들이 눈에 선하다.

구바르샤바의 좁은 골목을 누비던 그 순간들은 이미 지나가버린 한편이로다.

memory, memory, 내 그림들은 memory의 지나간 자국을 더듬는 것인지도 모른다. 그러한 것들을 어루만지고 긁어모아 미래를 향해 던져버리자. 그러니 꿈을 잊어버리지 말아야지.

밖에 봄의 따뜻하고 찬란한 빛이 내려 쪼이면 쪼일수록 내 마음은 더욱더 어두워지는 것은 왜 이럴까? 방황? I need a man, one man to share my dream, love, passion and everything. One man who takes care of me and my children.

그림이 혼미하고 답답해진다. 확 뚫린, 선명하고 맑은 그림을 만들고 싶은데.

올 봄은 봄같이 왔다. 가끔 비가 조용히 내려 촉촉해지면 내 마음도 가라앉고 촉촉해지는 것 같다.

영섭이, 진선이의 reading comprehension을 더 잘하게 하는

데 신경을 써주어야 되는데, 쉽지 않네. 한 인간을 잘 키워낸다는 책임감 본능, 이런 것들이 나의 작품에 몰두하는 데 방해가 될 때도 있지만, 그렇기 때문에 잠을 덜 자고라도 노력을 해야 하는데….

오랜만에 밤의 조용한 나만의 시간을 가져본다.

심포니음악이 항상 흘러나오는 라디오, 와인, 박하담배 한 대— 이런 것들이 밤의 명상 속에서 작업에 집중할 수 있는 힘에 도움을 준다.

캘리포니아의 5월 초, 이 차고 화실의 귀뚜라미 소리는 내 작품들과 살아있는 생명과의 연관성을 찾게 해준다. 그리운 임을 밤새 그리워하며 만날 순간을 기다리며, 몸과 마음의 불을 태우고 있는 안타까운 순간순간들을 일깨워 준다. '살아있는 귀뚜라미여, 내 네 마음을 알 것도 같다.'

'헛소리하지 말고 강하게 살자. 약해지면 안 돼. 강하게 살아라.' 무엇이, 어떻게 사는 것이 강한 것인지 모르겠다.

진실되고 솔직하고 싶다. 진실한 여성, 사랑 받고 사랑 주는 여인이 되고 싶다. 따뜻하고 부드러운 미소를 머금으며 사랑을 베풀 수 있는 여인이고 싶다.

'한 송이 국화꽃을 피우기 위해 봄부터 소쩍새는 그렇게 울었나 보다. 한 송이 국화꽃을 피우기 위해 오뉴월 먹구름 끼고 소나기는

Blue Peach #26, mixed on korean paper, 94×64cm, 1991 private collection, Korea

그렇게 내렸나 보다.' 한 송이 국화꽃, 향기 그윽한 품위 있는 국화꽃, 내가 좋아하는 국화꽃.

고고한 난초가 나의 이름이라면, 나는 고고하게 살고 싶다.

달빛이 자욱하고 따뜻하게 내리 쬐는 이 한밤에 피아노 협주곡이 내 온몸을 흔들어 놓는다.

5. 22

'Blue peach', '청색의 복숭아'. 불가능한 이러한 것을 향한 열망 때문에 청복숭아를 그리나 보다. 'Impossible dream', 'illusive dream', 'mystic desire' 이러한 주제들을 생각해 본다.

생산라인에 들어간 그림들을 그리지 말자. 정신 똑바로 차리고 내 작품의 세계를 인정해 주는 art dealer와 collector를 만나자. Art는 장식적인 기능이 일부 있지마는 그것이 목적이 아니다. 정신의 세계, 지고한 미를 표현하는 예술의 세계 자체가 art이다. Truthful beauty를 선명하고 솔직하게 표현해야 한다. 그것을 고수하기 위하여 끝까지 버티며 추구할 때 성공할 수 있을 것이다.

5. 29

지난 4일 동안 정신없이 친구들과 아이들과 어울려 놀았다.

이제 이 조그만 작업실에서 나를 성숙시키는 시간을 다시 시작한다. 머릿속이 복잡하고 산만하지만 다시 안정을 찾고 작업을 시작해야지.

"Painting comes from the artists, Artists have to be mature enough to make mature paintings"라고 나에게 이야기해 주는 Josine은 상대방의 기를 죽일 정도로 강한 여자이지만 나에게는 좋은 스승이다. 사물과 예술, 인생의 '본질'을 보려고 하는 면에서는 말이다.

그러나 나는 수줍게 피어있는 물망초 꽃이 되고 싶은 것을 어떡하나. 사랑 받고 사랑 주는 그리고 행복한 여자가 되고 싶다.

현실적인 능력을 갖고 있으면서, 속이 바다같이 깊고 넓은 마음과 감성의 소유자를 만나고 싶다.

저 붉은 날개, 손가락, 이파리는 왜 화면 한가운데 버티고 있는 것인지. 억지 춘향인가? 작품에서 억지를 부리지 말자. 자연스러운 아름다움이 흘러나올 수 있는 화면이 좋은데.

6. 7

오랜만에 화랑 몇 군데를 돌았다.

Ruth Bachofner gallery는 내 작품의 경향에 비해 좀 가다듬고 조용한 작품들을 취급하지만 그곳을 뚫어보는 것도 좋음직하다.

작품을 할 때 서둘지 말고 차분히 내 생각을 전개시켜 보자.

어제 Candice Guen의 화실 방문은 인상적이고 나에게 여러 용기를 주었다. 나이, 가정, 화실의 조건들이 비슷해서 동감을 얻었는지도 모른다.

화면의 끝 네모진 가장자리를 해결하자.

6. 8

오늘은 애 둘의 activity가 많다.

영섭이는 졸업파티, 피자 파티, movie. 진선이는 piano workshop.

아이들이 명랑하고 건강하며 적극적인 능력을 소유하고, 커서는 제 직분을 다할 수 있는 인간으로 커주었으면 좋겠다. 둘이 대학 들어갈 때까지 어미로서 최선을 다하고 싶은데. 앞으로 5년에서 8년은 나 자신에게나 어미로서 중요한 시기이다.

신이여 나에게 용기와 힘, 능력을 주시옵소서.

무엇을 어떻게 그려야 하는 문제는 지난 20년 동안 내 머릿속과 가슴속을 채워왔다. 조용한 노력, 내 안에 자리 잡고 있는 깊은 심층으로부터의 노력이 필요하다.

6. 9

어제 과천 현대 미술관에 갔다. 옛 친구들, 내 나라, 내 고향의 산천을 가지고 있다는 것은 나의 마음을 안정되고 풍요롭게 해준다.

길을 가다가 혹은 차창 밖을 바라보다가 문득문득 내 화폭을 생각한다.

26년 나서 자라고 나의 핏줄이 흐르고 있는 이 땅의 정기, 감각이 아직도 나의 identity이고 내 화면의 philosophy와 aesthetic image 속에 흘러나오게 하는 것이 이 작은 반도 국가이구나.

짙은 계절 뚜렷한 사계절 속의 훈훈한 자연이 예술적인 민족 기질을 만들고 시적인 화면을 만들게 하는 것 같다.

7. 13

누군가를 항상 그리워하고 있다는 것은, 항상 외로움을 느끼고 있다는 것은 행복의 괴로움인가 불행의 만끽함인가.

한국에서의 화랑 일이 잘되었으면 좋겠다. 정기적으로 2년에 한 번씩 전시회를 할 수 있다면 선화랑, 서미화랑, 두손화랑 정도가 나에게 어울릴 것 같다.

신이여, 신이 계시다면 나에게 힘과 능력을 주시옵소서.

진실되고 감동적인 작품이 나오고 그 작품을 사회에 소화시킬 수 있고 또 동시에 내가 생활을 이어갈 수 있다면 내 생 자체가 독립되고 새로운 삶이 시작될 수 있을 텐데, 그리고 영섭이와 진선이도 부양할 수 있을 텐데.

7. 15

권옥연 선생님은 좋은 작가이시며 나에게는 좋은 스승님이시다.

언제나 솔직하시고 직선적인 또 정스러운 표정은 나에게는 아버지 이상으로 따뜻하게 느껴진다.

"나만이 할 수 있는 그림을 그려라."

이 말씀을 잊지 말아야지. 다듬어진 그림, 정성드린 그림, 너무 튀어나오지 않는 그림, 깊이 있는 그림, 잔잔하면서도 강한 호소력이 있는 그림이 좋은 그림이라신다. 나만의 선, 나만이 만들 수 있는 삼각형, 원 등을 찾기 위하여 노력하고 작업하는 것이다.

인물상을 그려보자. 사람의 모습은 모든 것을 지니고 있다.

Human figure, it has everything. It show, means everything. It has all the beauty.

7. 23

다시 이 캘리포니아 화실에 들어왔다.

서울에서의 한 달, 지루했지만 몇 가지 잔잔한 일들을 해결한 것 같아서 그런 대로 보람 있었다. 와인 한 잔과 가야금 소리는 나의 어수선하고 어지러웠던 머리와 마음을 가라앉혀 주는 것 같다. 비단결 같은 화면을 만들고 싶은데…

습한 장마철의 서울과 한여름 건조하고 따가운 햇빛의 캘리포니아하고는 참 대조적이다. 새벽 3시, 잠이 오지 않는다.

마음을 정리하고 그림을 다시 시작하자. 이 길만이 나를 구제하고 나 자신을 찾는 길일 테니까. 먼지 안 끼는 화실이 있었으면 좋겠다.

인물들을 그려보아야겠다.

다시는 눈물을 흘리지 말자 하면서도 자꾸 눈물이 나온다. 내 인생 결혼 이후의 인생은 영섭이, 진선이가 있다는 사실 이외에는 아무것도 행복을 가져다주지 못한 것 같다.

평범한 생을 살고 싶다. 보통 여자가 갖는 평범한 생. 예쁜 집을 그리고 싶다.

7. 27

잠이 오지 않는다.

오늘 LA Art Festival office에서 Josine과 Phillis를 만났다. Long Beach Art Museum에 그림을 가져다주고 Downey Museum에서 그림을 찾아 왔다. 언제까지 이런 신성한(?) 노동을 해야 하는지.

서둘지 말자. 나의 성급한 성격 때문에 때로는 차분한 판단을 그

르칠 때가 있는 것 같다.

8. 1

7월이 지나고 8월. 8, 9, 10월은 열심히 작업하자. 11월 Andrew Shire Gallery 전시회 열고 12월 서울행 두손화랑 3인전 이후, 내년 가을 선화랑 전시 준비를 착실히 해나자. 열심히 진실되게 살려고 노력하자.

'선한 일을 행하며 조용히 피어 있는 물망초 꽃이 되겠다'고 스물네 살 때 기록했었지. 어떤 이는 나 보고 달리아 꽃 같은 면이 있다고 했던가.

이화여중고 6년간 열세 살부터 열여덟 살까지 교훈—자유, 평화, 사랑 속에서 여자인 내가 살아야 하는 데 필요한 또 갈망하는 모든 요소들이 내포되어 있다. 참 좋은 학교, 좋은 친구들을 만난 곳이다. 그런 면에서 부모님께 감사하게 느낀다. 머리를 비우고 마음을 비우자.

이 길만이 나의 지금의 마음의 아픈 상처를 어루만지며 이 시련을 극복하는 길일 테니까.

주위에 남편의 도움support을 받는 작가들이 있다. 무능하지 않은 남편을 만난 친구들이 가끔 부러울 때가 있다. 정말 언제까지 이 가

난과 빛과 돈에 쫓기는 매일매일을 계속 살아야 하는지. 어떤 때는 그냥 죽어버리면 이러한 경제적인 고통을 잊어버릴 수도 있을 텐데 하는 순간의 생각도 하지마는, 진선이 영섭이가 출가할 때까지는 어미 노릇과 책임이 있기 때문에 어떻게 해서라도 이 나날들을 견디어야 할 것이다. 좋은 그림을 만들어 그것으로 생활을 이끌어 가게 되면 좋으련만. 언젠간 때가 오겠지.

아무리 내 현실적인 여건이 힘들더라도 Korea Arts Foundation of America(한미미술재단)을 만들어 놓은 것은 참 잘한 것 같다. 이 재단이 1년에 artist fellowship 한 명, 그 외에 한두 차례 정도 art community를 위해서 값어치 있는 일을 할 수 있을 것 같다.

지금 현재 생활을 견딜 수 없다면 이혼을 하든가 내가 그림을 포기하고 생활전선에 나서는 일인데, 두 조건 다 내가 돈을 벌어들여야 이 작은 살림이 유지되고 애 둘 대학까지는 보낼 것인데. 제발 그림이 좀 팔렸으면 좋겠다.

다정한 사람들이 그립다.

나를 도와주는 사람들이 그립다. 나를 보살펴 줄 사람들이 그립다. 나는 외롭다. 언제나.

8. 2

요즈음 이 시가 자꾸 떠오른다.

<저녁에>

저렇게 많은 별 중에서

별 하나가 나를 내려다본다. 이렇게 많은 사람 중에서

그 별 하나를 쳐다본다. 밤이 깊을수록

별은 밝음 속에 사라지고 나는 어둠 속에 사라진다.

이렇게 정다운 너 하나 나 하나는 어디서 무엇이 되어 다시 만나랴.

참으로 아름다운 시이다.

'Blue Peach(청 복숭아)'를 그린다. 복숭아의 우아하고 섬세한 형태, 색감, 양감 등을 나는 감히 그려낼 수 없다. 청색의 복숭아, 불가능한 현실물, 먹을 수 없는 복숭아. Ultramarine 색은 마른 후에 청산가리 같은 색을 띠며, 화면 가운데, 위에, 아래에 둥실둥실 떠있다. 초현실적인 꿈 내지 불가능한 꿈의 세계를 동경하고 있나 보다. 나는 한국의 늦가을 하늘에 떠있는 홍시 감의 형태가 내 화면에서 청복숭아로 변하기까지 거의 2년이 걸리는 작업을 계속하고 있다. 음과 양의 조화의 세계를 그리다 보니, 그것이 아마도 실현 불가능한 이미지이기에 이제 내 화면에서 청복숭아 이미지로 떠있나 보다.

청 복숭아

날개 달린 복숭아

짓 푸른 가을하늘 치어다보면 둥실 둥실 떠 있는

홍시 감의 환상

Mystic desire-My illusive dream!

8. 3

오늘은 Korea Arts Foundation of America의 모임이 있는 날이다. 잘되었으면 좋겠다.

Fellowship guide line을 만들기 시작해야 하는데, 그리고 IRS의 nonprofit tax exemption number를 받아야 하는데.

8. 6

혼미한 주말이 지나고 다시 월요일 아침. 화실.

옆집 정원사가 잔디 깎는 모터 소리가 들리기 시작한다. 미국 교외 도시 주택가의 전형적인 여름 낮 풍경이다.

또 다섯 작품을 한지에 시작한다. 뿌리깊은나무사의 한지는 참 질기고 좋다. 캔버스 천에서 느낄 수 있는 탄력성과 종이의 섬세함이 있다.

어린 시절—아마도 일곱이나 여덟 살 혹은 아홉, 열 살쯤 거의 밤마다 묘한 꿈속에 잠겨 신비롭기도 하고 살짝 흥분되는 것 같은 기분에 젖어있곤 했던 때가 기억난다. 오랫동안 잊어버렸던 기억이나, 며칠 전 진선이에게 꿈 이야기를 해주다가 다시 생각이 났다.

내 작은 몸 하나가 겨우 들어갈 것 같은 옥색 곱돌 우물의 옥색 물이 고여있는 작은 우물 속, 그 심연 속으로 오래 오래 빨려 내려가던, 그래서 내 몸이 점점 작아져 가던 꿈, 또 연녹색의 끝없는 논밭 위로 높이 두 팔을 활짝 펴고 날아다니던 모습의 꿈을 꾸던 때가 엊그제 같은데.

8. 7

아무도 안 그리는 그림, 아무도 안 만드는 그림을 만들어 내야 한다고? 이 세상을 그렇게 보고 내 생을 그렇게 살라는 것이지.

하자. 열심히 작업하자. 그러면 내 것이 만들어지겠지. 성숙한 내 것이.

8. 8

이라크의 후세인 대통령이 중동 오일 전쟁을 시작했단다. 이것이 세계 3차대전의 발로가 아닐는지?

가뜩이나 어려운 우리 살림에 더욱더 힘든 시기가 될 것 같다. 더욱 절약하며 긴축한 살림을 하지 않으면 안 되겠다.

9월 Angels Gate Cultural Center, 11월 LA Andrew Shire Gallery, 12월 Seoul Duson Gallery, 91년 5월 Denver Alpha Gallery, 봄 Mexico Modern Art Museum, 10월 Seoul Sun

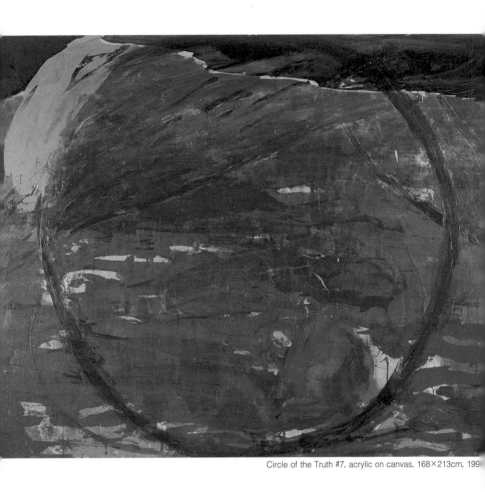

Circle of the Truth #7, acrylic on canvas, 168×213cm, 199

Gallery, 92년 Seoul Seomi Gallery.

좋은 작품들이 나와야 하는데. 노력해야지.

나는 결혼한 이후로 항상 돈이 없다. 내가 버는 돈은 내 용돈, 작품 재료들, 비싸지 않은 각 나라의 선조들의 숨결이 숨어있는 골동품들과 옷 등을 살 수 있었으면 좋으련만, 항상 그렇지 못해온 것이 내 현실이니, 돈을 벌기 위해 닥치는 대로 그리고 닥치는 대로 애들을 가르치자. 돈, 돈, 세 끼 먹고 살 수 있는, 애 둘을 먹이고 교육할 수 있는 돈이 필요하다.

8. 9

머릿속이 혼미하다. 하루하루 먹고 사는 걱정 때문에 항상 머릿속이 혼탁하다. 혼자서 애 둘 데리고 이 살림을 어떻게 해나갈지. 길이 생기겠지. 우선 학생들을 더 가르치고, 그림 팔 길을 열심히 뚫어야겠다.

그림이 안 된다. 머릿속이 복잡하니 그림이 어떻게 되어가고 있는지 눈에 보이지가 않는다.

8. 15

황병기 씨의 가야금소리는 조용하게 울려퍼지는 Mystic Desire 의 세계로 파고들어 가는 것 같다. 나의 작품에 조용한 영감을 불어

넣어 준다. 베토벤, 모차르트, 바흐의 음악 세계와 함께.

그림을 그리기란 정말 힘들다. 사진처럼 그대로 묘사하기도 힘드는데, 나만이 만들 수 있는 그림을 그리기란 정말 저 높은 하늘의 별을 따는 것 같다. 아마도 내 머릿속이 비어있어서가 아닌지. 'Maybe I am not mature enough to be an artist?!'

8. 20

서울 여행의 후유증에서 지금 많이 마음의 안정을 찾은 것 같다. 이 안정 속에서 좀 더 파고드는 작품들을 만들어야 하는데. 작업하는 시간을 더 늘려야겠다.

8. 22

청복숭아가 두 개 나란히 놓여있는 저 종이작품을 오늘은 꼭 끝을 보아야 하는데. 둘이라는 숫자는 힘들다. 서로 조화를 이루며 공존하기가 화면에서도 인생에서도 힘들다.

8. 23

밤새 어수선한 잠결에서 깨어난 아침, 이 작고 어두운 화실의 피아노협주곡은 내 머리를 맑게 깨워주고 나의 의식을 살아나게 한다.

8. 27

9월 10월은 36×36inch 캔버스 작품 네 점과 'House' 소품 네 점을 완성해야겠다.

7월 말 서울에서 돌아와서 그간 한 달 사이 한지 작품 열다섯 점을 낑낑거리고 한 결과 몇 점은 어느 정도 내 생각이 전달된 것 같다.

9. 7

벌써 9월이 지나고 있고 진선이는 5학년, 영섭이는 9학년 high school 학생이 되었다. 영섭이가 앞으로 4년간 건강하고 최선을 다하여 본인에게 어울리는 또 앞으로 일생 보람을 느끼며 일할 수 있는 전공을 택하여 좋은 대학에 진학할 수 있었으면 좋겠다.

간절히 바라고 기도하면 이루어진다고 했는데 앞으로 4년 정말 영섭이를 위하여 기도해야겠다.

요즈음 날씨가 너무 덥고 건조하여 낮에는 작업에 집중이 안 되고 밤에는 피곤하여 침대 속으로만 기어들어 가고만 싶고 애들도 학교 다니기 힘들겠다.

하지만 시원한 보름달의 밤이 되면 이 캘리포니아 여름밤이 정이 든다. 차가운 달빛, 따뜻한 달빛이 내 화면에 비추이기를 바란다.

10. 2

경제적인 해결에 도움이 되기 위해서 학생들 art lesson을 시작했다. 매 토요일 오전 오후 열 명. 책임을 맡는다는 것이 정신적으로 부담을 주지만 일주일에 하루만 신경 쓰면 되므로 주중에는 무조건 작업에 온 힘과 정열을 모으려고 한다.

머릿속이 맑고 깨끗해야 하는데, 요즈음 진선이가 방학이고 엄마가 계시고 은행잔고 걱정 등 머리가 복잡하다.

10. 6

오전에 한 group lesson을 끝내고 잠깐 쉬는 시간. 가르친다는 것은 보람 있고 재미있다. 학생들이 조금씩 배워 나가며 발전이 있을 때 반갑다.

고향의 맑은 가을. 추석 녘의 보름달처럼 깨끗하고 신비로운 것이 있을까? 달님의 외롭고 고고한 자태, 해맑은 자태를 쳐다보며 내 얼굴을 맑게 하자.

10. 31

오늘은 Halloween 날, 애들이 신나 한다. 영섭이는 나이가 좀 지났지만 진선이는 아직 집집마다 사탕 얻으러 돌아다니는 것이 즐거운 나이이다.

Andrew Shire Gallery 전시회 작품 준비는 대강 끝난 것 같고, 전시만 남았다.

앞으로 1년간 깊고 맑은 작품을 하고 싶다. 조용히. 서울의 선화랑 전시에는 정말 내 마음에 드는 작품들이 나와야 할 텐데.

John Millei 작품은 큰 것도 인상적이었지만 작은 종이작품은 오래오래 내 가슴에 남는 동감 가는 작품이다. 감각이 살아있고 spiritual한 세계를 제시하고 있다.

11. 13

9일 Andrew Shire Gallery 전시를 오픈했다. 나 스스로 생각에 조금 아주 조금 그림이 좋아진 것 같다. 약간의 예술적 성숙이랄까? 화랑 운영이 좀 더 professional했으면 좋겠는데. 그림이 좀 팔려서 화랑에 또 나에게 보탬이 되었으면 좋겠다. 보는 이들의 반응은 좋은 것 같다.

거의 한 달 동안 작업에 집중 못 한 것 같아서 머리가 혼미하다. 또 새롭게 시작하는 기분으로 작품을 시작해야지. 이제부터 작품이 팔리면 10%는 무조건 KAFA에 넣을 결심을 해본다. 교회에 보내는 것보다는 사회의 artist에게 환원하는 것이 좀 더 인간적인 또 자연스러운 신의 뜻일 것이다.

하얀 배경, 은빛 회색의 배경이, earth tone 등을 생각하며 맑은 화면을 만들고 싶다. 'Mystic Desire'의 세계에서도 허구의 꿈이 아닌 illusive image를 찾고 만나야 한다.

11. 22

오늘은 미국의 Thanksgiving day였다. 가족과 친구들을 위하여 turkey와 ham 등을 준비하였다. 오랜만에 집에 손님들이 왔다. 무엇보다도 애 둘이 좋아해서 즐겁다.

밤 1시, 바람이 윙윙 골짜기를 끼고 이 작은 언덕에 불어온다. 아마도 가을을 떠나보내고 겨울이 날아들려는 소리인가 보다.

1 9 9 1 년

1. 2

서울에서의 전시를 조마조마하게 치르고, 혼잡한 12월이 지나 지금 다시 1991년 1월 초.

다시 이 작은 작업실에 앉아 그림을 시작한다. 오랜만에 차분하고 조용한 나만의 시간을 가져본다. 올 1년 차근차근 대작 한 서른 점 정도 성실한 작품을 만들어 보아야겠다. 다작을 하면 역시 많은 확률의 실패작이 나오는 것 같다. 서울 두손화랑에서의 캘리포니아 3인전의 내 작품에 대한 반응이 좋아 다행이다. 원과 blue peach가 엮어내는 'Mystic Desire' 연작을 계속 파고들어 봐야 되나 보다.

진선이와 영섭이가 올 1년도 건강하고 학교성적이 앞서가며, 좋은 친구들과 좋은 교류를 갖게 되기를 바란다.

1. 24

마음이 혼잡하다. 경제적 안정이 안 되는 데서 오는 시달림, 매달 집값 낼 걱정, 애 둘 양육비 생활비 등 모든 것이 항상 뒷머리 속을 차지하고 앉아있어 눈이 흐려지고 골이 복잡하다. 그래도 머리를 맑게 하여 작업을 계속해야만 애들을 키우며 나 자신이 버틸 수 있는 길인데… 나를 구제할 수 있는 길인데…

2. 4

저 사각형 안의 그림들을 사각형이 아닌 이 몸과 마음 또 우주의 형상으로 떠올려야 하는데, 참 힘들다. 작은 꽃 한 송이를 통해서 우주를 볼 수 있다고 했는데. 요새는 그 꽃 한 송이를 잊어버린 것 같다.

2. 6

기를 찾자. 생활 속에서 또 화면 속에서 기를 잊어버리지 말자.

2. 13

더 이상 감정과 정신을 방황하지 말고 마음잡고 작업에 몰두해야 겠다.

Alpha Gallery에 보낼 열 점, 공을 들여 좋은 작품이 나와야겠는데. 앞으로 한 달은 집중해 보자. 피아노협주곡은 누구의 곡이라도 언제 들어도 좋다.

2. 15

작품은 전문성professionalism이 있어야 하고 철두철미해야 하며 어떤 이미지 표현도 가능하게 하기 위하여 재료의 유한성이 없어야 한다.

이러한 이야기는 수없이 읽어와서 알고 있고, 생각하고 있지만, 그 단계에 머물기 위해 더 많은 노력이 필요한데, 나에게 쉽지 않은 것 같다.

노력, 노력이 필요하다. 나에게 엄격하고 철두철미한 노력이 필요한 것 같다.

3. 11

오랜만에 다시 이 작업실에 앉아있다.

현재 진행되고 있는 작은 작품 몇 점을 3월이 지나기 전에 끝을 보았으면 좋겠다. 아름다운 피아노 선율은 언제나 내 마음에 깊이 촉촉이 스며드는구나.

I have to get out from my system.

7. 22

정말 오랜만에 조용히 이 화실의 책상 앞에 앉아본다.

어수선한 지난 몇 주가 지나고 진선이 학교 시작, 영섭이 jet ski trip을 떠났다.

지난 몇 주를 정리하자. 반가운 분들이 찾아와 주었고 덕분에 화랑, 미술관 등 시내에 나돌아 다니지만 심중이 어수선하다.

요즈음 프란체스코 클레멘데Francesco Clemente의 작품—인간과 우주를 맴도는 영혼의 세계와 동시에, 신사임당의 화폭—작은 초목과 벌레, 곤충, 과일 풀, 가지, 오이, 잠자리, 나비, 연꽃, 도라지꽃 등을 잔잔하고도 명료하게 세필화로 그려내는 여인의 눈과 함께 내 속의 정교함을 찾아내고 싶다. 그런데 왜 이리도 내 마음에 드는 그림이 안 나오는지… 외롭고도 슬픈 것이 내 인생인지….

내가 무슨 죄가 있기에 항상 내 마음은 이렇게 고통을 겪어야 하는지?

신이여, 신이 계시다면 제 마음을 어루만져 주시옵고 위로하시고 채워주시옵소서. 외롭고 외롭도다.

짝 잃은 기러기여.

어디서고 언제고 잃어버린 짝을 다시 만나리. 신이여, 나를 외롭게 두지 마시옵소서.

언제고 다시 나를 사랑하고 돌보아 줄 수 있는 임이 나타나게 하옵소서. 기다림, 그리움, 외로움은 참 견디기 힘든 고통이옵니다.

'Blue Peach'를 그리는 이유를 잘 생각해 보자. 나는 '2'라는 숫자가 좋다. 그리고 둘이 있을 때 편안하다. 두 개의 청복숭아가 화면의 뒤에, 앞에, 밑에 위에 둥둥 떠다닌다.

7. 30

어제 저녁 이화여고 친구들과 저녁을 먹으며 오랜만에 떠들었다. 옛 친구들을 만나니 마음이 젊어진 것 같고 따뜻해진다. 지나간 세월, 잊어버린 세월이 그립다.

8. 2

계절의 감각이 무딘 채 벌써 8월. 자꾸 무디어 가는 감각을 재생시키며 신선한 감각을 잊지 않으려고 안간힘을 써야 하는 이 남가주에서의 생활은 나를 자꾸 무력하게 만든다.

'색의 감각적인 아름다움'을 잊지 말자.

물고기, blue peach, 흰 구름, 보라색 물고기, 하얀 구름, 금빛 날개, 검은 눈망울, 물살의 흐름, 태극의 향연 속에 포개져 있는 한 쌍의 외롭고 아름다운 청복숭아를 살려주자.

8. 21

내일은 art critic이 이 화실을 방문하여 산화랑 전시회 essay를 써주기로 했다. 그들의 이야기나 관점, 생각들이 내 작품에 영향을 미치는 것은 아니지만, 어떠한 각도에서 내 작품들을 볼지 궁금하다. 너무 실망이나 안 하면 좋으련만. 지난 1년여 간의 어수선한 마음 상태로 최선을 다해 집중했다고는 할 수 없지만, 나 나름대로 노력은 하였으나, 항상 좀 더 진지하게 작업을 한 것 같지 않아 께름칙하다.

8. 28

영섭이가 오늘 10학년 등록을 했다.

항상 진지하게 최선을 다하는 남자로 커가기를 바라는 마음이다.

오늘도 마음이 서글프고 어수선한 하루를 보냈다. 수영장 물속으로 첨벙 뛰어드는 순간의 신선함과 물 위에 둥실둥실 떠있는 순간의 기쁨이 요즈음의 큰 위로랄까.

Lita Barrie―New Zealand 출신의 미술 비평가―개성 있고 진지한 여자를 만난 것 같다. 그리고 앞으로 좋은 친구가 될 것 같다. 시간과 공간 속에서의 내 작품의 현재의 위치에 대해서 쓰겠지.

Scot Lungrin(미술품 전문 사진사)이 찍은 슬라이드들이 잘 나왔으면 좋겠다. 그래도 이 외지고 조그만 화실에 좋은 친구, 일꾼들이 찾아와 주고 일을 해주어 고맙다. 조금만 더 넓은 작업실이 있으면 숨을 좀 돌릴 텐데.

9. 9

초가을. 산들거리는 가을바람 속으로 코스모스가 어우러져 있는 조국의 들판이 눈앞에 아른거린다.

동래의 Oak Canyon Nature Center의 오래된 아주 오래된 느티나무 군상들은 깊은 숲을 만들고 있고, 나는 항상 그 나무 밑에서 위로를 받는다. 다행히 이 외진 시골에도 그나마의 작은 느티나무 숲이 있어 나에게는 큰 재산이다.

9. 12

인생을, 이 인생을 열심히 살자. 밀착되어 살자.

예술은 인생의 반영일진대 어떻게 인생이 없이 예술이 나올까. 생을 사랑하자. 생을 노래하자. 생을 아끼자. 생을 그리자.

누구는 짧고 굵게, 누구는 중간 치기로, 누구는 길고 가늘게 살고도 가지만, 굵고 길게도 살 수 있다, 나는.

용기와 마음의 건강을 찾자. 명상적+감각적. 명상적이면서도 감각적인 세계를 잃지 말자.

11. 5

서울에서의 전시회를 끝내고 그 어수선한 마음을 가라앉히고자 다시 이 작은 화실에 앉아있다. 그림이 안 된다. 나는 작가로서의 소질이 없는 것은 아닌지?

인사동 골목, 그 뒷골목들에서 나는 인간의 한국인의 피와 숨결, 애환, 예를 느낀다. 한없이 눈물이 쏟아져 내린다.

외로움, 그리움, 세월, 존재와 창조. 나는 항상 나의 좌표를 찾는 속에서 시달린다. 어떻게 살아야 하는지? 왜 살아야 하는지?

1 9 9 2 년

2. 21

어제 West LA City Hall Gallery에서의 개인전을 오픈했다.

Bull shit, shit, shit! I don't like to be in the opening reception.

2. 24

이른 봄이 찬란히 찾아온다.

오랜 비 끝에 반짝 태양이 빛나고 대지는 촉촉이 젖어 생명의 씨앗들에게 젖줄을 대어 다시 살아나게 한다. 잔잔한 봄꽃들이 피어나고 새들은 하루 종일 지저귄다.

살아있는 생명은 아름답다.

나도 살아있다. 살아있어야 한다.

Nails with Cloud #5, acrylic on canvas, 100×200cm, 1994

나도 아름답다. 더욱 아름다워지기를 바란다.

청복숭아, 푸른 못. 흰 구름 위에 둥둥 떠내려간다. 한없이 떠내려간다.

둥실둥실 떠올라 간다. 한없이 떠올라 간다. 무한한 공간 속으로 내 의식과 감각이 미치지 못할 끝없는 공간 속으로. 저 멀리 저 멀리, 저 깊이 저 깊이.

2. 27

이른 아침 흘러나오는 피아노 선율은 내 머리와 몸을 맑게 일깨워 준다.

잘츠부르크의 다뉴브 강가의 여학교 담 너머로 흘러나오던 피아노 소리가 생각난다. 그리고 어린 시절 집으로 걸어 들어가던 동네 골목 담 너머로 흘러나오던 피아노 선율들의 기억은 이른 봄 나의 정감을 움직인다.

올 여름 Pacific Asia Museum의 전시를 잘 준비해야 하는데. 정말 성실하고 원숙한 아름다운 작품들을 만들어 내고 싶다.

나 자신을 더 들여다보고 싶다. 내 심중과 심층을 알았으면 좋겠다. 내 속에 깊이 들어와 있는 그림, 나 자신과 일치하는 작품이 언젠가는 나와야 하는데.

요새는 나를 모르겠고 세상을 모르겠다. 공부가 더 하고 싶다. 더 알고 싶다.

철이 없는 사람을 철부지라고 한다지. 주책맞은 언행을 하는 사람은 사고(생각)를 주책맞게 하기 때문이겠지.

자꾸 눈물이 쏟아진다. 이 외로운 땅에, 외로운 산골에, 외로운 화실에, 외롭게 박혀, 외롭게 작업을 해야 하는지… 조국이 그립다. 친구들이, 가족이, 따뜻하고 아름다운 고향이.

외로운 청복숭아, 둘이 하나가 되기를 그리워하는 둘. 둘이라는 숫자가 항상 사각형 화면 속에서 힘들어한다.

그 속에서 논다. 춤을 춘다. 노래한다. 노래를 흥겨운 노래를.

4. 8

봄은 분명히 온 것 같다. 꽃과 새들.

야생 꽃의 하늘거림과 새들의 지저귐 속에, 이 작은 산골의 따뜻한 봄은 서서히 지나가고 있다. 화면에서 생에서 조화harmonious balance를 깨뜨리고 싶다.

4. 21

오늘도 마음과 머릿속이 어수선하고 복잡하다.

며칠 전 밤새 불어 닥친 Santa Ana 바람의 먼지와 꽃가루의 알레르기 때문에 얼굴에 가려움증이 생긴 이유도 있겠지만, 경제적인 불안정과 작품의 추구와 진행에 하나도 잡혀가는 것이 없다.

신께서 계시다면 이 작은 존재에게 이 작은 생명에게 자비를 베푸사 솟아날 수 있는 은혜를 내려주시옵소서.

두 아이의 스케줄과 미래, 엄마로서의 역할, 도움, 책임, 또 내 작품에 대한 책임 등에서 나 스스로가 스트레스를 받고 있는 것 같다.

7월 21일부터의 Pacific Asia Museum 전시회 준비를 성실하게 해나가야 할 텐데.

서울의 두손화랑이 문을 닫는다는 사실은 나에게 큰 실망을 가져다준다. 한국에 내가 아는 art dealer로서는 김양수 씨의 눈을 제일 믿고, 언젠가는 두손에서 반갑게 인정하는 초대전을 할 수 있었으면 했는데. 기회가 또 오겠지. 아까운 화랑이다. 하지만 나는 그들의 정확한 미술에 관한 저력을 믿는다.

불로초의 형태, 서서히 아주 서서히 자라나는 생명력의 신기함은 매력이 있다. 버섯의 신비로운 색, 형태. 딸기의 순진한 색, 모양, 이러한 작은 것들에 정이 간다. 포도 덩굴, 그 덩굴 끝에 자라나는 작은 생명선은 나에게 힘을 준다.

명상적이면서도 감각적인, 그리고 깊고, 힘 있고 기운 있는 화면
이 우러나오게 하고 싶은데, 내 그림이.

4. 24

명상적이고, 깊고, 감각적인 아름다운 색을 항상 잃지 말자고.
흰 백합, 불로초, 딸기, 복숭아, 나리꽃, 물고기, 구름 속. 이런 것들
을 그리고 싶다.

5. 15

KAFA의 첫 번째 수상작가 작품이 좋아서 참 다행이다. 많은 이
들의 호응과 참여로 이 Korean American 사회와 미술계에 작은
씨앗이 자라기 시작할 것이다. 3년 이상의 시간이 걸려서 많은 분들
의 일과 노력으로 걸음마를 시작했다. 아무리 생각해도 내가 미국
에 와서 꾸민 일 중에서 KAFA의 설립은 가장 히트를 친 것 같다. 기
쁘다. 더욱 용기와 생기를 잃지 않고 살고 싶다.

다시 나의 작품세계로 들어와 앉아야겠다. 더욱더 무르익고 삭혀
낸 그림이 나와야 한다. 술과 친구는 오랜 것일수록 좋다고. 그림도
오래 주무르고 느껴내고 생각해 낸 것이 나는 좋다.

왜 이렇게 여기저기에서 안 좋은 소식만 들리는지. 지구에 겨울이 왔다 하고, 미국의 경제와 세계의 경제가 불황이고, 더군다나 로스앤젤레스의 한국타운은 다 쑤셔놓아 쑥밭이 되었다고. 이 집 가계부와 이 마음은 다 찢어지고. 그러나 내일이 있는 고로 희망이 있지. 그림도 오늘은 막혔어도 내일은 뚫릴 수 있지.

Blue Peach와 Nail series를 놓고 다시금 그 의미와 statement를 써보아야겠다.

5.19
오늘 Pacific Asia Museum에 들러 공간을 보고, 전시 초대장을 주문했다.
'Balance of Opposites'를 전시회 title로 잡았다. 'Mystic Desire'도 생각해 보았지만 아직은….

6. 12
요즈음 죽음에 대해서 자주 생각한다. 피해야 되는 것임에도 불구하고 자꾸 죽음이 생각난다. 죽어버리면 어떨까? 차라리 죽음이 오면 이 모든 괴로움, 외로움, 시달림이 영원히 정지되어 버릴 텐데.

7. 13

Pacific Asia Museum의 전시회가 오픈되었다.

한국의 국립현대미술관에서 88년 5월 '이달의 작가전' 이후 미국에서는 처음 하는 미술관 개인전이라 나 나름대로 공을 들였고, 긴장 속에 막을 여니 그다지 창피한 것 같지는 않다.

'Mystic Desire', 'Blue Peach', 'Blue Nail' 이러한 환상에 왜 젖어있는 것일까?

7. 29

내 인생이 괴롭고 내 예술이 싫고 괴롭다. 무엇인가 새롭게 다시 시작하고 싶다. 특히 내 그림이 안 된다. 싫다. 싫다. 잘못되어 있는 것 같다. 다시 시작하는 기분으로 그림을 시작하고 싶다.

지난 그림들을 다 불태워 버릴까? 아니 어디다 다 묻어버릴까? 현실이 힘들고 스트레스가 쌓이니까 그림도 눈에 보이지 않고 혼돈스럽다. 깨끗한 마음으로 다시 새롭게 시작하고 싶다.

9. 28

오랜만에 이 작업실에 들어와 나 스스로의 모습과 마주하고 있다. 차 한 잔을 들고 이곳에 들어와 피아노협주곡을 듣는 순간이 가장 내 마음이 깨끗해지고 화실 밖의 모든 근심 걱정을 멀리할 수 있어서 좋다.

10. 1

벌써 10월이다.

한국은 아름답고 짙은 초가을로 접어들어 가고 있겠지. 북한산의 비봉과 산골짜기가 그립다. 그 숲 속을 한없이 거닐고 싶다. 내 몸을 파묻고 싶다.

한없이 눈물이 흐른다. 한없이 외롭다.

한없이 쓸쓸하다. 한없이 한없이 한없이 인생이 한이 없다.

12. 28

다정한 사람들을 다 떠나 보냈다.

어머니를 떠나보냈다. 10월 5일 새벽 1시에 나를 낳아주신 어머니는 이 우주에서 영원히 떠나가셨다. 이 나이에도 고아가 된 느낌이다. 더욱더 벼랑 위에 홀로 서있는 느낌이다.

아직도 어머니가 돌아가셨다는 사실, 영원히 만나볼 수 없고, 만질 수 없고, 이야기를 나눌 수 없다. 아직도 실감이 안 난다. 정신이 안 차려진다. 중심이 없어진 것 같다.

하루 빨리 마음을 가다듬고 내 일을 해야 하는데 작업을 거의 8개

월째 못 하고 있다. 마음과 감정의 안정이 안 된다. 오늘은 내가 마흔네 살 되는 날, 쏟아져 내려가는 빠른 물살과 같이 세월이 지나 나이가 든다.

작업에 집중해야지. 작업을 계속한다는 중추신경, 주춧돌을 계속 박아놓아야지.

1 9 9 3 년

4. 20

정말 오랜만에 연필을 들었다. 열네 번째의 개인전을 열어놓고
보니 지난 20여 년 동안 뭉개고 헤매고 한 작업과 인생 속에서, 내
가 지금 어느 선상에서 달리고 있는지는 몰라도, 앞으로 10년 더 달
리면 얼마나 더 할 수 있을지(한 500점 정도?). 깊고 따뜻하고 조용
한 진실 하나만을 이야기하는 작품을 만들어 내고 싶다. 내 힘으로
만은 안 된다. 신께서 나를 가호해 주시고 어머니께서 하늘에서 나를
내려다보시며 보호해 주시기를 바란다. 하늘 가득 땅 가득 어머니가
가득 차 계신 것 같다. 어머니가 즐겨 읽으시던 성경의 시편을 읽어
보고 싶다. 전시회를 열어준 화랑, 리셉션에 와주고 격려해 주신 좋은
분들과 벗들께 항상 고마울 뿐이다. 그분들을 언제 어디서 무엇이 되
어 또 만날 수 있을지, 다들 아름답게 살고 있기를 바랄 뿐이다.

1 9 9 4 년

5월 초

서울에 이사 와서 들은 흥미 있는 화론—작품에는 세 개의 S가 존재해야 한다. Spirit, Sex, Skill. 이 화론에 어느 정도 동감이 간다.

경기도 북한산 북쪽 야산 기슭, 가끔 높고 먼 명산을 바라보며 심호흡을 할 수 있어서 좋다.

5월 초, 뻐꾸기가 울고 가지 가지 새들이 노래하고 지저귀는 이 작업실은 나의 쉴 곳이며 나의 산실이다. 깊고 명상적인 세계와 만나기 위하여 내 마음과 손끝으로 노력하여야 한다.

6. 7

드디어 서미화랑에서의 전시회를 끝냈다.

생애 첫 번째 개인전을 연 지 한국에서 20년 만에 열다섯 번째의 개인전을 끝냈다. 얼마나 발전이 있고 얼마나 작업이 후퇴하였는지는 모르나, 여러 사람이 작품이 깊어지고 좋아졌다고 하여 반갑다. 그러나 조금 겁이 생기고 기가 빠졌다고 하여 겁이 난다. 항상 나 스스로의 벽, 기존 관념, 계획된 사고를 깨어버려야 하고 그것을 뛰어넘기 위하여 심신과 영혼을 치박는 노력을 하여야 한다. 나 자신의 모든 것과 싸우고 또 싸워 강하게 이겨야 한다. 그래야 감동이 전달되는 것이고 작품의 세계가 승화되는 것이 아닌지.

9. 6

초가을의 문턱.

따사롭고 해맑은 햇빛이 창 넘어 반짝이는 대추나무 잎사귀들에 아롱거린다.

무섭게 지루하고 지쳤던 여름이 지나고, 정말로 아름다운 한국의 가을이 찾아오고 있다.

1 9 9 5 년

10. 14

기나긴 세월이 눈 깜짝한 사이에 지나가 버리고 있다. 생활이 안 정이 안 되니 정서도 불안하게 설레는 것 같다. 생활의 축도, 작품의 축도 잃어버린 것 같다.

10. 28

세월이 멍청하게 엄청나게도 지나갔다.

이 깊은 가을 속에, 이 자그만 부암동 산골짜기 속에, 이 조그만 작업실에서 다시금 작업을 시작하고 있다. 참 오랫동안 놀며 쉬었다. 어미 노릇과 주부 노릇에만 연연했다고나 할까? 그 역할도 제대로 못하면서 작업 내용은 자꾸만 비어가는 것 같다. 두 학교 세 강좌를 가르치는 일에 너무 시간과 정열을 쏟아서 그런가? 나의 감각과 심상, 영혼이 산만해지는 것 같다.

바람결, 비상, 무한한 공간, 깨끗이 쏟아져 흘러내리는 물줄기 속에서 꿈틀대는 싱싱한 에너지 힘, 기를 표현하고 싶다.

4. 16

봄이 이 작은 산골짜기에 깊어만 간다.

허흐연 목련꽃 봉오리들은 흐드러지게 공중에 맴돌고 있고, 내 작은 정원 앞에 피어있는 노오란 수선화와 보랏빛 히아신스들은 이제 이 해의 수명을 다하는 듯 짧은 이른 봄철을 알리고 시들어지고 있다.

이 아늑한 인왕산 자락에 걸터누워 있을 수 있다는 것도 한국 여인으로서의 작은 행복이겠지.

앞으로 두 달 후면 진선이까지도 미국으로(그들의 조국) 떠나보낼 생각을 하니 가슴이 허전하고 안타까워 마음이 미어지는 듯하다. 오빠인 영섭이하고 함께 1년이라도 지낼 수 있는 것은 다행이지만, 어떻게 음식들을 해먹고 생활들을 꾸려가려는지, 그리고 새 학교에 잘 적응하고 성적이 떨어지지 않을지 안타까운 마음뿐이다.

내 나이 마흔아홉이 되어 애들이 대학으로 둘 다 떠나면 작품에만 집중할 수 있겠거니 기대하고 기다렸는데, 몸과 마음이 텅 비어가는 것 같아서 참으로 허무하고 간절하다. 진선이와 영섭이가 그들의 직분을 다하고 유능하고 책임을 다할 수 있는 인간으로 성숙하여 이 사회에 쓸모 있는 인간, 또 행복한 가정을 이룰 수 있는 아름답고 건강한 성인으로 자라나기를 바랄 뿐이다.

감나무 잎사귀의 새순이 버들강아지처럼 피어나고 있다. 올 봄이른 잎들을 따서 감잎차를 만들어 놓아야겠다. 쏟아져 내리는 맑고 맑은 폭포와 그 물을 감싸는 암벽을 그리고 싶다. 깊고 깊게 쏟아지는 맑은 물살, 끝없는 공간 위로 떠오르는 기운, 형상, 덩어리를 그리고 싶다. 찬란하고 황홀한 색의 덩어리들을, 영롱한 빛을 간직한 찬란한 색 속에 휘몰아치는 화면을 만들고 싶을 뿐이다.

10. 31
깊어만 가고 있는 가을.
앞집의 감나무에는 가지마다 주홍빛 감 덩어리들이 대대롱 으따따따 황홀하게 매달려 있다.
누런 은행나무 잎사귀들은 나의 하얀 자동차 위를 소복이 덮고 있어 운전하고 달리기 시작할 때 노오란 잎사귀들이 휘날리어 내

흥을 돋운다. 아니면 나 스스로에게 흥을 만들어 주려고 의식적으로 노력하고 있는 것일까?

오후 4시. 해는 인왕산 등선 뒤로 뉘엿뉘엿 넘어가려고 늦은 찬란한 빛을 내뿜고 있고, 이 골짜기의 작은 집들은 길게 그림자들을 드리우고 있다.

캘리포니아는 밤 11시. 영섭이와 진선이는 잠이 들기 시작하겠지. 여기가 금요일이니 그곳은 목요일 밤이다. 애들이 식사나 제대로 하고 있는지. 매 끼니마다 애들 생각이 나 내 입맛을 잃는다. 어쩌다 이렇게 이산가족이 되었는지. 이중언어, 이중문화, 이중생활 속에서 이 가족이 참 견디기 힘들다. 광활하고 위험이 많은 이국땅에서 애 둘끼리 고아처럼 지내고 있을 생각을 하니 참으로 내 가슴이 미어진다. 신께서 그 순진한 어린 것들을 돌보아 주시고 바른 길로 인도해 주시기를 바랄 뿐 기도드리고 싶다.

까치 한 쌍이 저녁거리를 찾고 있나 보다. 이 집 작은 정원 감나무에 앉아 있다. 감이 몇 개 안 매달려 있지만 다 맛있게 쪼아 먹고 건강하게 살며 새끼들을 번창시키거라.

작품을 더 진지하게 열심히 파야 되겠는데. 나 홀로 조용히 있는 시간이 더 필요하다. 이 작은 작업실에 더 박혀있어야겠다.

신께 모든 것을 감사하고, 이 계절 앞에 이 자연 앞에도 모든 인간 앞에 좀 더 겸손해야겠다.

1 9 9 8 년

4. 4

봄은 진정코 이 작은 산골짜기 등성에 굽이굽이 찾아왔도다.

복사꽃, 살구꽃, 벗꽃나무 숲이 뭉게뭉게 작은 골짜기를 장식하고 포근히 산기슭을 감싸고 덮어 꽃나무 방석을 이루고 있다. 이 순간들이 짧기 때문에 더욱 아름답고 더욱 애처롭게 가슴속에 다가오는 것이려니. 이 계절을 사랑하고 이 자연과 세월을 사랑하고 싶다.

그림의 맥락을 잊어버린 것 같다.

단순 선명한 이미지, 그윽하고 소박하면서 깊고 아름다운 영상들을 그려내고 싶다.

4. 27

강원도 정선 산골짜기. 깊고 그윽한 골짜기와 계곡물 속에서 나는 이 땅이 살아있고 내가 살아있는 것을 보고 왔다. 이 대자연과 흙 속에서 나는 겸손하고 엄숙하고 싶다. 그리고 아름답게 살고 싶다.

꾸밈없는 구김 없는 자연, 있는 그대로의 자연처럼 인간도 그리 되어야 한다.

4. 28

집 앞뜰, 내 작은 정원을 들여다보고 있으면 하루 종일이라도 지루하지 않다. 비단처럼 진자줏빛 목단이 벌써 피기 시작하고 하얀 목수국이 옅은 녹색에서 하이얀 색으로 점차 피어오르기 시작한다. 이렇게 시간이 흐르며 그 흐르는 시간은 이 땅을 감돌고 있다.

4. 29

내가 과연 젊은 학생들에게 무엇을 가르칠 수 있단 말인가? 이 화론, 저 조형론, 이 감성, 저 창작 등 떠들고 나면 어떤 때는 나 스스로가 창피하다는 생각이 든다.

하려면 제대로 해라. 아니면 하지를 마라.

9. 21

조용한 가을은 이 작은 산 골짜기 속에 다시 찾아오고 있다.

또 다시 찾아오고 있는 가을이 차라리 두렵기조차 하는 이유는 무엇일까? 산다는 것은 무엇인가?

왜 살고 있는 것인가? 가족이란 무엇인가?

결혼과 독신의 차이는 무엇인가? 사랑이란 무엇인가?

자식은?

그림을 그린다는 것은?

이 모든 문제를 정리하여 한 대답으로 만들고 싶다.

이제부터 나는 내가 생존하기 위한 경제적인 문제부터 해결해야 한다. 내가 홀로 설 수 있어야 애 둘도 돌보아 줄 수 있으니까. 더욱 내 마음과 내 생을 강하게도 성실하게 노력하며 살아가야 하지 않겠나.

이 가을의 시작에 나는 내 삶의 확실한 반향을 잡아놓아야 하겠구나.

9. 22

나는 강해져야 한다. 나는 정신 차려야 한다. 나는 강해져야 한다. 나는 정리되어야 한다. 나는 안정되어야 한다.

나는 더욱더 강해져야 한다.

나는 영섭이와 진선이를 잘 키워내어야 한다. 나는 책임 있는 어미가 되어야 한다.

정말 그 애들이 잘되기를 기도드리고 싶다. 조상님들이여, 이 우주를 인도하시는 신들이여.

저에게 길을 안내하시고 나와 영섭이, 진선이가 살아갈 수 있는 길을, 참 길을 보여주시옵소서.

10. 4

내일이 추석이란다.

우울하고 지독하게 슬픈 가을이 찾아들고 있다. 차가운 또 슬프고 외로운 겨울이 찾아오겠지.

짧은 인생길 왜 이리도 살기 힘이 드는지. 평범하고 멀대 같은 소박한 삶을 살고 싶은데. 그리고 작은 행복에서 만족 하고 싶은데. 내가 잘못된 것인지 내 환경이 잘못된 것인지. 왜 이리도 찢어지고 흩어진 삶에 가족들이 흩어지게 되었는지. 이 가정의 가장은 어찌 되었는지. 축이 없어지고 있는 것 같네.

내가 할 수 있는 역할, 애 둘의 어미로서도, 소위 그림을 그려낸다는 예술인으로서 성실하고 진지하며, 책임 있는 또 노력하는 여성이고 싶다.

11. 2

또 이삿짐을 꾸려야 한다.

현실이 과거로 돌아가고 또 추억으로 변할 것이다.

Golden Section #52, acrylic on canvas, 107×180cm, 1999 private collection, Korea

이 부암동 집에 3년 7개월, 나의 거처를 삼았고 정이 들었다. 작은 앞마당의 화초 수목은 나의 손끝과 정성을 들이었다. 또 이것들을 떠나야만 하는 나의 현실이 이미 나의 현실 같지 않다.

11. 16

이 가을 촉촉이 내리는 비 때문인지 어제까지 노오란 잎사귀들을 감싸고 있었던 건너편 은행나무 가지들이 앙상하게 노출되어 있다. 이 깊게 파고 들어가는 가을이 나의 가슴을 깊이 깊이 허전하고 저리게 만드나 보다. 참으로 적적하고 슬프기까지 한 이 시간 속에 내 생의 좌표를 흔들리지 말고 잘 설정해 놓아야겠다.

그런데 내 생의 좌표가 무엇이었지? 두 아이의 엄마? 화가? 작업을 하는 여인?

이미 쉰 살이 되어버린 나 자신이, 지난 50년의 세월이, 나 스스로가 살아온 인생인지 실감이 안 간다.

올 가을은 정말 외롭고 허전하고 슬프다. 빨리 이 계절에서 깨어나고 싶다. 그리고 가을의 짙은 황금빛의 영혼이 다시 아름다워지고 환희에 차있는 빛으로 내 몸과 영혼을 감싸주고 위로해 주었으면 좋겠다.

1 9 9 9 년

1. 1

오늘 햇볕이 조용하고 맑다.

이른 아침 이른 계절에 나 홀로 조용히 이 작은 책상 앞에 앉아 나 스스로를 쳐다보며 조용한 시간을 가져본다. 신이시여, 저를 지켜보고 계시다면 저에게 지혜와 능력과 사랑을 주시옵소서. 홀로 모든 것을 헤쳐나가기에 저는 너무나 무력하고 조그마합니다. 저에게 유력하고 큰 남자를 만나게 하시어 저에게 힘을 내게 하시고, 제 생의 작은 뜻, 또 주님의 큰 뜻을 이룰 수 있게 하시옵소서.

저의 두 아이들, 영섭이와 진선이가 어디서 무슨 일을 하든 간에 주님께서 그 길을 인도하시고, 그들에게 지혜와 능력, 책임감과 부지런함을 주시어 사람의 본분을 다할 수 있게 인도하여 주시옵소서.

3. 29

봄볕이 온 누리 속에 잔잔하다.

노오란 수선화의 수줍은 모습은 항상 나에게 따뜻한 봄의 모습을 간직하게 해준다.

진선이와 영섭이를 가서 만나고 오니 그리움이 더하구나. 멀리서 못 보고 걱정하는 것보다 직접 가서 만나고 보니 안심은 되지만, 안타까운 마음은 더욱 간절하다. Boston과 New York, New Hampshire의 동섭 오빠, San Francisco 의 친구들, Los Angeles 의 옥란이, 사랑하는 아들 영섭이의 모습이 눈에 선하다. 진선이가 전공을 잘 선택하여 행복하고 성취감이 생길 수 있는 길을 갈 수 있기를 바란다. 영섭이는 이제 안정되고 능력을 발휘하여 좋은 직장을 가져, 인생을 잘 설계할 수 있기를 바랄 뿐이고, 내가 곁에서 힘이 못 되어주니 참 죄인 같다.

4. 10

오늘 하루 종일 운동장 건너 낮은 동산 위로 펼쳐진 봄빛 하늘이 참으로 예쁘고 아름답다.

포근하고 따뜻한 품속 같은 조용하고 아늑한 봄날의 하늘이어라.

두 애들이 보고 싶다. 함께 이 예쁜 하늘을 보며 맛있는 음식을 먹을 수 있으면 행복하겠다.

5. 21

또 다시 쇼팽의 Piano Concerto #1, 2가 흘러나온다. 나는 다시금 앉아있지 못하고 선율 속에 서성인다. Anaheim Hills 집 뒷마당 수영장가에서 달빛 속에 서성이며 맨발을 적시고, 무언가의 그리움 속에 아니면 어떤 환영 속에 사로 잡혀 고통스러워하며 안타까워하던 그때가 언제인가 아롱거린다.

쇼팽의 Piano Concerto #2 op 21의 Larghetto는 영혼과 온몸이 사랑으로 휩싸이듯, sex를 나누듯, 나를 차라리 무아지경으로 빠지고 싶게 만든다.

이 순간, 두 아이들 영섭이 와 진선이가 무척 보고 싶다.

7. 13

아들아이 대학 졸업식을 보고, 다시 이곳 서울의 한구석에 앉아있다. 두 course를 summer에 더 공부해야 한다니, 하루빨리 대학 5년을 끝내고 새로운 사회생활을 전문인으로서 시작했으면 좋겠다.

딸아이가 요즈음 내 곁에 있으니 마음이 좀 안정이 된다. 진선이가 이 복잡한 한국에서 무언가 두 달 동안 배울 수 있는 뜻있는 방학이 되었으면 좋겠다. 그래서 다시 빨리 Boston의 campus로 돌아가서 재충전된 에너지로 또 1년을 최선을 다해 보낼 수 있기를 바랄 뿐이다.

어제 오늘 하늘이 아름답다.

내 작업이 충만되고 영섭이가 건강하며 미래의 목표를 향하여 최선을 다할 수 있는, 하루하루를 보내고 있으면 좋겠다.

8. 10

8월 중순의 지루한 여름날. 덥고 답답한 매일의 생활이다. 그러나 짙푸른 나무숲과 북한산의 자태는 이 땅이 건강히 살고 있음을 약해지기 쉬운 나에게 보여주고 있다.

작품이 더위를 타고 있는 탓일까? 자꾸 초점이 흐려질까 우려된다.

10. 17

이미 초가을이 다가오고 있다.

이른 아침 앞에 보이는 동산에 쏟아지는 깨끗한 햇살이 고요하고 아름답다. 흙모래 운동장 위로 길게 드리운 산나무 그림자들이 아늑하다.

영섭이와 진선이가 보고 싶다. 그 애들이 각자 할 일과 책임을 계획 있게 잘 처리하며 노력하고 성취하기를 바랄 뿐이다.

10. 20

외롭고 괴롭고 슬프고 처절하고 허망하다.

2. 2

오랜만에 치르는 개인전이 다가온다. 좋은 결과가 있기를 바라고 그러기 위하여 노력을 많이 하여야겠다. 좋은 분들의 도움과 신의 도움이 절실하다. 기적이라도 일어나려는지.

4. 25

'삼각형 무한대^{triangle-infinite}'가 아마도 내 다음 전시의 주제가 될 것 같다.

'Golden Section-Colors Play' 전시는 그런대로 반응이 좋아서 다행이다. 네 달여를 쉬고 나서 이제 다시 작업을 시작한다. 아까운 시간들이 너무 많이 흘러갔다. '황금분할-색놀이'와 '삼각형-무한대'의 작업들이 무리 없이 연결되었으면 좋겠다.

봄이 예쁘게 다가오고 있다. 아마 이미 깊게 지나가고 있는지도 모른다. 계절의 흐름이 민감하게 느껴질 수 있는 나이도 지나갔는지.

7. 3

세월이 뭉텅이를 지어 흘러간다.

하루가 한 시간처럼 한 달이 하루처럼 1년이 한 달처럼 지나가 버린다.

정말 덧없이 작품에도 몰두 못 하며 무섭게 시간이 지난다. 어쩌면 내가 너무 게으른 탓으로 시간을 낭비하고 있는지 모르겠다.

정신을 차리라. 목표를 분명히 하자.

이제 남은 것은 애들 교육, 혼사, 내 작품이다. 작업실(화실)을 제대로 꼭 마련해야 한다.

1년 이내에, 더 이상 직업실 때문에 방황 말자.

작업실이 인정되면, 내 작품도 성공도 인생도 경제도 안정된다.

신이여, 살아계시다면 저를 도와주십시오. 길을 열어주십시오. 노력하겠습니다. 진선이가 내 곁에 와있으니 참 좋다. 두 달 동안 잘 해줘야지.

7. 22

진선이가 내 책상 옆 소파에서 귀여운 강아지 Honey와 곁에서

낮잠을 곤히 자고 있다. 장마철이다. 온통 하늘과 땅이 젖어있다. 흐리다.

진선이가 튼튼치 못하여 저력이 없고 공부를 오래 못 버티는 것 같다. 제 갈 길과 할 일을 정확히 알아 미래를 잘 설계하여 빈틈없이 앞길을 차근차근 밟아가서 인생 성공, 일 성공, 여성으로서의 행복을 간직할 수 있으면 좋겠다. 하나님의 은총이 늘 함께하기를 간절히 간절히 기도, 기도드리고 싶다.

내 남은 인생은 어찌되는 것인지? 경제적으로 안정되고 여성으로서 행복을 느낄 수 있는, 한 능력 있는 남성을 만날 수 있기를 간절히 바랄 뿐이다. 겸손하고 감사한 마음으로.

9. 25

어찌하여 내가 읽기를 써본 지 1년이 되었을꼬. 정말 머릿속이 혼탁하다.

사회 탓, 기후 탓, 사람들 탓으로 돌리기엔 내가 너무나 느슨하고 게으르게 지냈나 보다.

마음을 다하고 뜻을 다하고 정성을 다하여 작품에 몰두하지를 못하는구나. 내 생활의 안정을 찾고 좀 더 안정된 작품, 안정된 생활이었으면 좋겠지만. 정말로 작품이 안 풀린다. 무엇을 추구하고 있는지 또 잊어버렸다. 축을 찾아내어 그림에 몰두하자.

벌써 또 가을이 찾아오기 시작했다. 딸 진선이가 불현듯 다녀가고 이젠 숙녀가 되어 London에 가 있으니 좋은 경험을 쌓고 실력을 쌓아 진선이를 사랑해 주고 아껴주는 능력 있는 남자를 만날 수 있기를 바란다. 아들 영섭이도 능력 있고 성공하는 생을 살기를 바란다. 기도드리고 싶다. 신이여, 이 모든 것을 보살펴 달라고.

11. 23

색놀이.

색이 춤춘다. 화면 위에서. 색 덩어리.

색깔.

빛깔,

황금빛, 보랏빛, 은빛, 청빛, 선홍빛. 춤춘다. 춤춘다. 나른다. 나른다. 훨훨훨.

Colors Play Sweeping #122, acrylic on canvas, 143×167×4.5cm, 2011

2 0 0 2 년

8. 30

무더운 여름. 습한 더위. 이러한 날씨가 너무 싫다. 이럴 때일수록 캘리포니아가 그립다. 애 둘을 키울 때가 그립다. 야자수, 수영장, 짙푸른 바닷가, 뒷마당의 수영장이 특히 그립다. 다시 돌아간대도 이제는 다 없다. 그래도 미국 땅, 특히 캘리포니아 땅이 그립다.

영섭이가 9년 동안 열일곱 살 때부터 혼자 살며 이제 스물여섯 살이 되었다. 장하지만 너무나 외롭고 힘든 일들이 많았으리라. 더욱 강해지고 현명해지며 성실하고 책임감 있는 건강한 청년이 되기를 간절히 바란다.

세월이 이리도 빨리 덧없이 무의미하게 지난단 말인가. 세월을 탓하랴. 나를 탓해야지. 정신 차리고 부지런히 살아야지.

2 0 1 6 년

2. 12

참으로 오랜만에 앉아서 글을 써본다.

오늘 차분하게 겨울비가 내린다. 아주 이른 봄의 촉촉한 이슬비 같이 내린 비는 오랜만에 뒤 정원을 적신다.

화면의 깊고 원숙함에 도달할 수 있게 작업에 좀 더 집중해야 하는데 이놈의 허리 통증이 나를 방해하네. 그래도 작업이 어느 정도 원하는 만큼 나오면 그 고통은 사라지는 듯한데….

진선이가 결혼을 해야 할 텐데. 혹시 기회가 지나가 버린 것은 아닌지. 딸애가 늦더라도 좋은 짝을 만날 수 있게 간절히 간절히 바라고 싶다.

신이시여 도와주시옵소서. 이제부터 글을 좀 써야겠다.

1985년 7월 12일 금요일

미국의 미술가들 중에서 아실 고르키Ashile Gorky. 1905~1948의 친구이
며 잭슨 폴록Jackson Pollock 1912~1956과 쌍벽을 이루는 추상표현주의자
인 윌렘 드 쿠닝Willem de Kooning은 1904년 네덜란드의 로테르담에서
출생했다. 그는 1924년 벨기에로 이사하여 그곳에서 미술공부를
시작했고, 1926년 미국으로 이주하여 뉴욕에서 지금까지 작품생
활을 하고 있다.

　우리가 그림을 그린다는 행위는 그 영상이 사실로 표현되든 비사
실로 표현되든 간에 그 자체가 시각언어를 통해 미감을 만족시켜주
는 추상 행위이고 그것이 시대사조의 변천과 함께 20세기 현대회
화까지 발전되어 가고 있다. 알타미라 동굴벽화가 기록을 목적으
로, 중세기의 그림이 군주나 신의 종속된 표현으로, 또 고전주의·낭

만주의·인상주의 이후에는 그림이 인간 자신을 위한 표현으로 그려졌다면, 입체화에서부터는 대상의 재인식, 즉 내가 그리는 대상을 어떻게 보고 표현하느냐, 또 보는 이는 각자 나름대로 어떻게 해석하느냐로 발전해 온 것이 회화의 흐름이다.

따라서 최근에는 "회화가 난해해졌다"는 이야기가 많으며 세계적인 문제작으로 호평받고 있는 작품들은 더욱더 난해해지고 어려워지고 있다. 왜냐하면 그림은 '대상의 묘사'가 아니고 '대상의 주관적인 표현'이기 때문이다. 아름다운 여인을 장시간에 걸쳐 치밀하게 묘사해 놓으면, 그 그림의 내용은 '아름다운 여인'이라는 개념을 설명해 놓은 것이지 예술적인 차원으로 승화된 창조적 표현은 아니다. 이 '아름다운 여인'을 그리는 작가의 미적인 체험 배경에 따라, 또 보는 이의 심리적인, 정신적인 배경에 따라 다 다르게 해석되어야만 한다. 그것은 이 시대가 민주주의 시대, 개성의 시대, 자아를 가장 강하게 인식하는 시대이기 때문이다. 여기 실린 드 쿠닝의 작품은 '현대적 난해성'의 기저에 어떤 영상과 작가의 정신이 담겨있는가를 잘 보여주는 작품이다.

드 쿠닝의 그림은 1940년께부터 어떤 표현의 사실성에서 벗어나 정신적이고 심리적이라 볼 수 있는 미적인 세계, 반의식적인 상태, 심리적인 인상 등에서 발상된다. 그리고 1944년께부터 그의 독특

한 작업스타일이 완숙되어 간다. 그의 공간은 입체파적인 공간에서 발전해 나가 아실 고르키와 친분이 생기면서 초현실적이고 심리적인 공간으로 변경되고 있다. 눈으로 알아볼 수 있는 사물의 원형과 관계없는 형태로 변형·왜곡된 형태를 그리면서 시간과 공간을 초월한 듯한 구도를 만든다. 일상적이고 형식적인 리듬을 무질서화시키며 그 당시 전통적인 회화개념을 과격하게 뒤집어 놓고 있다.

그의 예술적인 기질은 강인하고 고유하며 항상 대담하게 실험적인 공간과 색감의 신선한 발상을 개성적인 표현으로 변화시킨다. 1950년께부터 그의 유명한 '여자'를 주제로 한 연작이 시작된다. 거대한 크기의 여체는 강렬한 원동력을 가진 표적처럼 표현되고 있다. 그는 여자의 막연한 이미지나 꿈을 그리는 것이 아니고 여체의 사실성을 근거로 하여 그 여체를 하나의 물체나 광경으로 이미지화시켜 물체의 실재성으로 변형시킨다.

여기에 실린 <고담 뉴스>에서도 그의 날뛰는 듯한 격렬함이 화면의 질감, 형태감, 색감을 온통 지배하고 있다. 그의 제작과정에서의 붓을 그어대는 제스처는 화면의 새로운 실재를 만들며, 액팅 Acting의 자유분방한 제작과정에서 잭슨 폴록의 액션페인팅의 요소를 찾아볼 수 있다. 이 화면에서 종래의 인체의 표현은 극소화되고 크고 무거운 형태가 화면에 들어차고 있지만, 그 리드미컬하고 거의 외설적인 듯한 형태들에는 여체의 변형된 형태의 자국이 남아있다. 고담이란 뉴욕시의 일명으로 이 제목은 현대 도시의 상징이며 용광로라고 일컫는 도시인 뉴욕의 소식을 상징해 주는 것이다.

이 그림을 그리는 그의 머릿속에는 치부의 의욕과 환희에 찬 인간들이 득실거리는 도시인 동시에 가난과 비열한 더러움과 쓰레기 집합장인 도시에 대한 이미지로 가득 차있다. 또한 이 그림은 전 세계의 문화가 서로 녹아들면서 어떤 새로운 문화를 토해내고 있는 뉴욕시의 모든 것을 그려낸 듯하여 그의 표현성이 주제와 잘 어울리고 있다. 캔버스 위에 신문지로 콜라지한 위에 유화로 팔레트의 모든 색을 마구 문질러 놓은 것 같은 화면은 요염한 붉은색, 청색, 노란색이 흰 색을 배경으로 서로 교차되고 잡아당기며 밀어낸다.

격렬한 힘이 화면 네모서리에서 일으켜져 가운데로 몰아친다. 붓의 크기, 나이프의 방향은 그 당시 전통적인 개념의 '완성'과 '아름다움'을 간과하며 질주하고 있다. 따라서 이 작품은 드 쿠닝이 가지고 있는 독특한 작가적인 기질, 즉 항상 솟구치는 듯한 리듬감과 도전적이고 격렬한 표현성이 잘 살아있는 작품이며 30년 전 뉴욕의 소식들이 지금 서울이라는 도시에서 느끼는 인상과도 교차될 수 있는 고발적인 그림으로 여겨진다.

1989년 9월 22일 금요일

독일 본시의 소련 영사관은 방 하나에 창구가 하나 있다. 어두운 유리로 대기실에서는 창구 안의 누구와 이야기를 하는지 모르게 안을 들여다볼 수 없고 안에서만 창구 밖의 사람을 볼 수 있고, 검은 유리창과 선반 사이에 서류를 주고받을 수 있는 정도의 공간만 트여있었다.

미국인의 소련 방문은 외교 관련 업무나 사업 외에는 가족 방문이나 단체 관광밖에 없다. 단체 관광은 관광용 호텔에 묵거나 관광지 방문, 관광용 식당 등 정해진 일정대로만 움직여야 하기 때문에, 우리 셋은 자유롭게 다니면서 미술관을 주로 볼 목적으로 주 소련 미 영사의 개인초대장을 받아 비자를 신청했다.

모스크바까지는 기차로 꼬박 스물여덟 시간정도 걸릴 것 같아 동베를린에서 비행기를 이용하기로 하고 베를린으로 가는 기차를 탔다. 기차가 서베를린에서 동베를린으로 들어서자마자 도로 주변의 풍경이 변한다. 풍요롭고 안정되어 보이던 풍경은 가시 철망과 낡은 벽돌 건물의 갈라진 벽, 깨진 유리창들이 아직 많이 방치되어 있고 철길 주변에는 담이 쳐져있어서 역 주위의 풍경이 보이지 않아, 그리스 지중해의 '부즈키' 음악을 들으며 물결과 바람 지나가는 소리에 취해있던 우리들은 갑자기 찬물을 뒤집어 쓴 것같이 긴장되었다.

앞에 앉은 60대의 독일 신사는 영어를 조금했다. 18세 때 바로 이

지역에서 싸웠다고 하며 전쟁 중에 로맨스를 기억하며 그 당시 사랑했던 여자 중에 덴마크 여인이 아직도 기억난다며 얼굴이 수줍어 발개진다.

전쟁과 사랑, 그리고 세월—그때 그 자연은 아직도 사계절을 보내며 살고 또 살아나고 있었다. 경찰이 들어와 여권을 조사했고 동베를린시를 통과하는 기찻길 변두리의 초여름 녹빛 보리밭 사이 황토빛 길에 자전거를 세워놓고 동독 어린 소년 둘이 놀고 있었다.

같은 꽃들이 피어있고 같은 초목이 자라는데도 그것을 바라보는 서독인과 동독인의 표정이 다르다.

어떤 곳에는 2차대전 때 쓰던 소련의 탱크들이 모여있고 그중에는 폐차가 된 탱크들이 해골처럼 쌓여있기도 했다. 포츠담궁을 지나고 동서베를린이 갈라지기 전 베를린의 중심가였던 알렉산더광장을 지나 기차는 정차한다.

동베를린 출입국관리실에서 24시간 경유 비자를 받고 동독 공항에서 모스크바로 가는 비행기표를 살 정도의 비용을 동독 돈으로 바꾸어 공항으로 갔다. 매표소를 24시간 열고 있었으나 외국인 여권을 가진 자에게 요구하는 돈은 미화달러이지 자기나라 돈인 동독 돈이 아니었다.

나중에 안 사실이지만 동구권, 즉 동독, 소련, 폴란드 등에서는 서독 돈이 세고, 특히 미국 돈은 암시장에서 은행의 공정 환율보다 세 배 이상씩 거래가 된다고 했다. 우리는 다시 동독 기차역으로 가서 다시 달러를 바꾸어 비행기 표를 사야 했고 24시간 경유비자이기 때문에 시간상 동베를린 공항에서 새벽까지 지새워야 했다.

피곤에 지쳐 의자가 부족한 공항 바닥에 쭈그리고 앉아 말린 김을 뜯어먹고 있는 우리들에게 모스크바대학으로 유학 가는 길이라는 폴란드 학생이 입에 넣고 있는 그 검은 종이가 무엇이냐고 해서 우리는 "바다해초로 만든, 밤에 피로를 없애주는 비타민"이라 했다.

베를린에는 공항이 네 개 있는데 그중 한 공항이 동베를린에 속해있고 이 공항에서는 부다페스트, 프라하, 코펜하겐, 레닌그라드, 블라디보스토크 등으로 향발한다.

10~20대로 보이는 젊은이들은 눈들이 맑고 표정이 밝은 편이며, 많은 젊은 남자들은 한쪽 귀를 구멍 내어 귀걸이들을 하고 영어를 조금씩은 구사하고 있고, 공관에서 일하는 젊은이들은 단정하고 예의도 발랐다. 70명 정도 태우는 모스크바행 비행기는 거의 두 시간에 한 대씩 있었다.

우리는 러시아 전통식의 호텔을 원했고 모스크바 공항의 관광안내실을 통해서 소개받은 유크라이나 호텔에 짐을 풀고 이틀간 여정으로 크렘린성 붉은광장의 거리, 모스크바대학 푸시킨미술관, 볼쇼이극장 등을 다녀볼 계획을 했다. 거리에 나섰을 때 우선 우리를 놀라게 한 것은 미국 대륙에서나 유럽의 어느 나라에서도 볼 수 없었던 광장 같은 도로였다. 모스크바의 차도를 우리가 건너노라면 중간에 한 번 쉬고 건널 정도로 넓으며, 차선은 대부분이 낡아서 보이지 않고 중간선만 하나 그어져 있어 한 방향으로 가는 차들은 먼저 앞서는 차가 선두에 달리고, 택시들은 파리의 택시 이상으로 낡고 지저분하여 악취가 났다. 소련 대륙의 전 면적을 느낄 정도로 도시의 규모는 컸고 이 도시계획에서 우리는 소련의 직선적인 힘을 느낄 수가 있었다. 남자들도 커서 자그마한 동양 여자인 우리들은 약간 기가 죽을 정도였다. 다음 날 다녀볼 시내관광버스와 세계 고전발레의 산실이라고도 할 수 있는 볼쇼이극장의 오페라 예약을 하기 위해 외국인 전용의 관광사무실에 들렀을 땐 입구 건물 벽에 'Daewoo대우' 광고가 크게 붙어있어서 반가웠다. 러시아 최고간부들의 모임이 있다는 2.4킬로미터에 달하는 '크렘린성' 벽 안에는 정부청사와 역대 황제들이 무덤도 있고, 그 앞의 '아름답고 붉다'는 뜻의 '붉은광장' 건너편에 양파 모양의 화려한 지붕을 여러 개 가지고 있는 '성바실리 대성당'이 위치했다.

광장 한가운데 '레닌의 묘지'가 현대적인 모습으로 만들어져 있었고 정장을 한 군인들이 지키고 있으며 꽃다발들이 놓여있었다.

2차대전 이후 여자의 인구가 더 많다는 모스크바는 136개국의 국적을 가진 사람들이 드나들고 89개국의 문자가 쓰이고 있으며 미술관, 박물관과 화랑 등이 150군데나 있다 한다.

900만 명의 인구를 가진 이 도시에 하루에 평균 200만 명의 관광객들이 찾아들어서 그런지 붉은광장에는 세계의 각 인종들이 떼를 지어 다니고 있었다. 성바실리 성당은 독일의 중후한 쾰른 대성당, 이태리 로마의 장엄한 바티칸 성당이나 피렌체의 대리석으로 장식한 두오모 성당, 파리의 감미로워 보이는 노트르담 대사원에 비해 사치해 보일 정도로 색감이 풍부하고 형태가 곡선적이어서 황제가 있던 제국 시절의 풍요함을 느낄 수가 있었다.

1949~1953년에 지어진 본관 꼭대기 뾰족탑의 큰 별은 12파운드가 넘는다고 한다. 교정은 광대하지만 한국이나 미국 어느 대학 교정과도 같이 진지한 분위기가 보이고 젊은 대학생들의 맑고 발랄한 모습들과 한가로이 자전거를 타고 가는 이들의 모습도 보였다. 다른 공산권 나라의 젊은이는 이 모스크바대학으로 유학 오는 것이 큰 명예라고 한다. 교내 운동경기장이 넘겨다보이는 모스크바강가에는 갓 결혼한 결혼복 차림의 젊은 남녀가 여러 곳에서 산책을 하고 있었다. 하지만 이곳도 요즈음은 평균 50%가 이혼을 한다고 하며, 애기가 없이 1년 이내에 이혼을 하면 증인이었던 신랑의 친구, 신부의 친구가 각각 정부에 40리라(1리라는 400원정도)씩 지불하면 재판 없이 이혼이 되며 자녀가 있을 경우는 법정에 가야 한다고 한다.

우리들은 첫날 저녁에 우크라이나식 요리를 파는 식당에 들어갔다. 검은색 빵이 나오고 채소는 미국에서 많이 먹던 양상추 대신 오이와 토마토가 나왔고 튀기거나 석쇠에 구워서 익힌 쇠고기, 생선, 닭고기 등이 너무 싱겁지 않고 짭짤한 맛이 우리 입맛에 맞았다. 러시아인들이 모여 앉은 식탁은 전식, 국, 본식, 후식 등 남녀가 다 먹는 양이 많은 대식가들이었다. 우리들이 일어나 나오려고 하는데 옆의 식탁에 아이들과 같이 온 두 가족이 우리를 자기네 식탁에 초대해서 술을 같이 마시고 싶다는 뜻의 손짓을 하는 것 같았다.

우리들은 소련에서의 첫날이라 두려움이 약간 들어서, 옆의 영어가 통하는 신사에게 "왜 이들이 우리를 청하며, 우리는 공산권 나라에서는 첫날이라 좀 당황된다"고 했더니 그 통역해 주는 소련인은 웃으며 "이것이 러시아인의 친절함Russian Hospitality"이라며 초대를 받아들이는 것이 좋겠다고 조언을 해주며 "공산권Communist이라는 단어에 너무 신경 쓰지 말라", 즉 "이제는 우리도 점점 그 조직이 깨어지고 있는 것 같은 느낌이 든다"는 식의 이야기를 외국인인 우리에게 들려주었다. 우리들은 글을 쓰고 그림을 그린다는 두 젊은 가족들과 "트라이요즈다로비아(건배)"를 들며 "인생을 짧고 예술은 길다", "톨스토이와 도스토예프스키는 이 소련이라는 거대한 대륙에서 나올 수밖에 없었다" 등의 글자 섞인 하찮은 영어로 서로 이야기를 나누며 즐거운 시간을 보내고, 따뜻한 정을 느끼며 "스파이시보

(감사한다)"를 외치며 지구의 어디에선가 또 만나자고 약속하고 헤어졌다.

호텔방에 돌아와 텔레비전을 틀었을 때는 11시경 푸시킨의 생가를 보여주며 일생을 회상해 보는 프로가 플룻의 아름다운 선율과 함께 흐르고 있고, 공원에서 교향악을 연주하는 장면, 붉은 별이 끝없이 중복되며 날아가는 장면을 보여주며 12시에 프로는 끝을 맺는다.

우리는 미국에 망명 와서 그곳의 발레를 이끌어가고 있는 바리시니코프와 소련이 낳은 세계의 문호들을 생각하며 깊은 잠에 들었다.

19세기 인상파 그림이 많은 푸시킨미술관은 두 명의 거부 상인이 모았던 미술품들이 혁명 이후 국가 소유인 국립미술관으로 들어가면서 세워진 것이란다.

런던의 현대미술을 취급하는 화랑에서 보았던, 그리고 많은 영국인이 수집을 하고 있다는 모스크바의 38세의 여자 작가의 강렬한 신표현주의 계통의 그림이, 소련의 문화 전통과 풍부한 미술 유산을 배경으로 태어날 수 있음을 알 수가 있었다. 그렇지만 공원이나 길가에 서있는 국가발전에 이바지한 영웅들을 묘사한 야외조각들은 돌진적이고 선동적인 힘은 있지만, 아름다움이나 예술성하고는 거리가 멀고 정부에서 요구하는 쪽으로 이미지를 끌고 가며 그 작업을 맡은 작가는 수입이 좋다고 한다. 특히 이 나라는 순수예술품을 만드는 작가와 정부의 이념을 전달해 주는 작가가 분리되고 있는 것 같았다.

국내인들의 입장료보다 일곱 배 정도의 입장료를 외국인이기 때문에 지불해야 하는 볼쇼이극장의 객석은 무대를 향해 말굽 모양으로 앉게 되어있어 소리가 골고루 퍼지고, 객석 어디에서나 무대를 보는 데 불편이 없게 되어있고, 붉은색 의자 커버, 붉은 비단 커튼, 옅은 크림색 바탕의 금빛 부조들이 장식되어 있는 벽이, 가득 채워진 수정 샹들리에와 어울려 화려했고, 금빛과 붉은색무늬의 무대 휘장이 닫혀있어, 고전적인 러시아의 대표적인 극장임을 알 수가 있었다.

림스키코르사코프의 오페라 <황제의 약혼녀>라는 300년 전 러시아제국시절의 이야기였는데 무대는 전통적이고 사실적이었다. 같이 동행했던 미국 영사의 이야기는 여기 들어온 소련인들은 영향력 있는 조직을 통해서 표를 구한 사람들 즉 소련의 특권층에 있는 사람들이며, 정부조직에 속해있지 않는 이들은 아무리 열심히 일해 돈을 모았어도 매표소를 통해서 표를 구할 수 없다고 한다. 표는 이미 다 영향력 있는 층에 건네졌기 때문에. 그러니 이 나라는 경제력이 아닌 어떤 신분이 생활의 수단이 되고 있는 것이다.

휴식시간이 세 번 있는데 그때마다 아래층의 카페는 다과, 케이

크, 차 등을 먹고 마시며 대회를 나누러 내려가는 무리들로 꽉 차 있었다. 그 극장의 소련인들은 낮에 기차역에 표를 사려고 줄도 없이 창구에 몰려있던 그들과는 너무 대조적이고 귀족의 후예나 되는 양 표정들은 거만스러운 정도였으며 여자들의 피부는 투명하고 고왔다.

극장을 나와 우리 일행은 지하철을 타 보았다. 지하 3, 4층 되는 길이로 에스컬레이터는 한 번에 내려가게 되어있어 내려가는 저편 끝이 보이지 않을 정도로 아득하게 내려가, 대리석이 깔린 바닥에서 지하철을 탔다. 출퇴근시간에는 매 2분 정도로 지하철이 자주 있다고 한다.

새로 지은 주 모스크바 미국 대사관 건물 중에 소련 측에서 도청 장치를 너무 많이 해놓아 못 쓰고 비워둔 건물이 있었다. 우리는 영사에게 이 아까운 건물을 비워두지 말고 소련인, 미국인, 전 세계인의 미술작가를 위한 화실로 개방하면 그 창작열을 통해 자연스레 세계의 평화에 이바지할 수 있는 힘이 될 수 있지 않겠느냐 했더니 대꾸를 안 한다.

조용한 새벽 5시, 공항으로 갈 택시를 부르러 가는 거리에, 까마귀같이 생긴 큰 검은 새 한 마리가 그윽그윽 소리와 함께 선회를 하며 우리를 따라오고 있었다.

모스크바 미 대사관 안의 빈 건물이 세계의 미술인을 위한 화실로 개방시킬 수 있는 것이 공상 같지만 실현 가능한 일일 수 있다는 것을 지껄이며, 우리는 공항으로 향했다.

1989년 10월 23일 월요일

폴란드의 수도 바르샤바에는 소니, 미츠비시 등 일본 회사들이 많이 들어와 있다는 것을 공항에서부터 시내 중심가까지의 양 옆의 크고 작은 빌보드광고판을 보고 알 수 있었고, 일본의 세계 곳곳으로 지독하게 파고드는 상흔을 볼 수 있었다. 어쩌다 보는 동양인은 모두 일본 회사의 사업관계로 온 사람들이었고, 우리들에게도 일본 인이냐고 묻는 것이 첫 마디이고 한국인이라면 북한인인지, 남한인 인지를 꼭 알고 싶어 했다.

시내버스는 두 대로 연결되어 있는 자줏빛이었고 거리에 꽂혀있는 흰 색 반, 주홍 색 반의 국기들과 더불어 서울의 옛날 중앙청, 서울역, 한국은행과도 비슷하게 보이는 오래된 회색 건물의 거리에 악센트를 가해주고 있었다.

폴란드 고유 언어는 독일어와 비슷하고, 소련어 비슷하게 들렸다. 남자들은 악수를 매우 힘 있게 하며 여자와 악수를 할 때는 대부분 손등에 입맞춤을 해주었다.

미술관이나 박물관은 입장료가 없고, 뜨개질을 하면서 앉아있는 아주머니들이 전시장들을 지키고 있었고, 마감시간을 알리는 경비 할아버지의 딸랑거리는 종소리가 이색적이었다.

4, 5층의 아파트들은 입구로 들어가면 정원이 한가운데 있고, 사면으로 각 아파트들이 가운데 정원을 향해 올라가 있고 잔디밭의

어린아이들을 위한 조그만 놀이터에는 개구쟁이들이 뛰어놀고 있었다.

큰길 네거리 한 코너에 레코드를 파는 상점이 있었는데 미국에 지금 유행하고 있는 하드록^{Hard Rock} 음악이 크게 울려퍼지고, 그 앞에 모여있는 청바지를 입은 젊은이들은 발로 박자를 맞추며 몸을 흔들고 있었다.

폴란드의 명문이라는 바르샤바대학 교정을 우연히 지나가게 되었다. 열려진 정문으로 들어가니 오래된 건물에 새들이 지저귀고 아담하고 사색적인 분위기가 모스크바대학의 우람하고 지대한 교정의 분위기와는 대조적이었다. 길 건너편에는 미술학교가 있다. 토요일이라 교문은 닫혀있었고, 앞길 양편에 전깃줄만 한 높이로 줄을 걸고 학생들이 실험적인 작품을 해놓았는가 낡고 바랜 옷들을 빨래처럼 걸어놓아, 잠시 비 온 직후의 젖은 바람에 휘날리고 있었다.

상점이나 식당의 창문들은 안이 잘 안 들여다보이는 어둡고 두꺼운 커튼과 레이스커튼으로 장식되어 있고, 들창 속으로 크고 작은 화분 속의 화초들을 통해서 폴란들인들의 섬세한 마음과 여유, 정서들을 느낄 수 있었다.

하얀 물망초 꽃다발 두 개를 앞 창문에 장식한 차를 탄 결혼복 차림의 신혼부부와 친구들이 행복에 젖은 미소를 머금고 우리들에게

Colors Play Sweeping #123, acrylic on canvas, 143×169×4.5cm, 2011

손을 흔들며 지나갔다. 한창 무르익은 봄철이라 그런지 골목마다 작은 물통에 장미, 목단, 라일락, 물망초 등을 놓고 파는 머리에 스카프를 두른 아주머니들이 많았고 아이들도 젊은 연인들도 손에 조그만 물망초다발을 들고 있었다. 우리들은 200원 정도 하는 물망초다발을 두 단 사서 한 다발은 엄마 어깨 위에 무등을 타고 가는 눈빛이 맑은 어린 소년에게 건네주고 한 다발은 호텔방에 꽂아 두었다. 향기는 그윽하고 우아했다.

바르샤바는 신바르샤바와 구바르샤바가 바로 연결되어 있는데 구바르샤바가 더욱 우리 이방인의 눈길을 끌었다. 아마도 오래된 전통미가 그대로 간직되어 있는 자그만 성곽 도시의 아름다움과 그 도시를 끼고 흐르고 있는 비슬라Wisla강의 자연적인 아름다움 때문이었나 보다. 구바르샤바 입구 광장 한가운데는 한 손에 십자가를 들고 다른 한 손에 큰 칼을 들고 있는 군주의 조각상이 드높게 서 있었다. 십자가와 칼, 즉 종교와 정복, 즉 사랑과 피가 동시에 풍자적으로 공존되고 있는, 또 부조리를 느끼게 하는 조각이었다.

광장의 소년들은 어느 나라의 소년들과도 같이 스케이트보드를 타고 삼삼오오 짝을 지어 놀고 있었다. 꽃집 이상으로 책방이 많이 있었다. 겨울이 긴 나라이기 때문에, 또 몹시 추운 곳이기 때문에 방에 조용히 앉아 책들을 많이 읽는 것 같았다.

구바르샤바의 오래된 건물벽에는 타일이나 시멘트 대신 벽화들이 여러 곳에 그려져 있었고, 가끔 자그마한 조각상들도 장식되어 있었다. 토속품과 손으로 만든 장난감들이 주로 있는 상점들은 오후 4시에 문을 닫았다.

조용한 길거리의 저녁 7시, 토요미사를 마치고 나오는 가족의 웅성거리는 소리는 옅은 햇살 속에 여운을 남기고, 우리들은 작은 교회당 골목길을 내려가며 아베마리아를 웅얼거리고 있었다. 골목 끝에 펼쳐지는 비슬라 강둑으로 누워있는 푸른 초목들은 강물에 반사되어 함께 흐르는 듯이 보였다. 강가의 푸른 잔디밭에 검은 폴란드 모자를 쓴 노부부가 데리고 온 강아지 두 마리에게 공을 던져주며 산보를 하고 있었다. 고목이 된 마로니에는 꽃들이 활짝 피어있었고, 우리들은 쇼팽이 낭만적이고 정력적인 피를 만들어 준 사랑하는 조국을 흙 한 줌을 품고 떠나야만 했던 그 당시의 입장과, 한국인의 피를 가진 우리가 미국 캘리포니아에 거처를 둔 이방인이어야 하는 우리의 입장을 생각하며 허전한 마음으로 바르샤바를 떠났다.

폴란드에서 떠나는 '말^{MAL}'이라는 헝가리 비행기의 승차권에는 좌석 번호가 적혀있지 않아 들어가서 순서대로 앉게 되어 있어서 그런지 트랩 쪽으로 빨리 뛰어가는 아주머니도 보였다.

부다페스트공항의 각종 안내판에는 헝가리어, 영어가 나란히 명확하게 적혀있었고 현대화되어 있고 깨끗한 공항의 이동식 짐수레 ^{Cart}에는 모두 붉은색의 'Samsung'이라 쓴 광고판만이 부착되어 있어 나의 눈길을 끌었다.

거리에는 노란색 계통으로 꾸며진 전차와 세련된 황금색과 곤색으로 디자인된 두 칸 버스가 다니고, 거리의 풍경도 안정되어 있었다. 차들은 질서 있게 주차되어 있고 도시계획도 질서 정연하게 되어있어 깨끗했다.

제일 처음 달려간 국립박물관은 '영웅의 광장'을 앞에 두고 현대미술관과 마주하고 있었다.

국립박물관의 수집 양은 많았고, 내용과 진열 방법 등은 수준급이었으며 한편으로는 고야 특별전을 하고 있었다. 방 하나는 헝가리의 첫 왕인 성 스테파노 왕의 화려한 왕관이 진열되어 있었고, 총을 찬 경비원들과 안내인들이 지키고 있었다. 한국의 연약해 보이면서도 섬세한 금관이나, 영국의 부의 극치와 화려함이 풍기는 디자인에 비해, 헝가리의 금관은 르네상스시대의 뾰족탑을 연상시키는 단순하면서도 대범해 보이는 디자인을 하고 있었다.

옥새의 손잡이와 금관 꼭대기는 역시 십자가 모양을 하고 있어, 공산권인 이곳도 다른 유럽의 나라와 마찬가지로 지난 2000년의 기독교가 저변에 자리한 문화로 이어져 왔음을 알 수 있었다. 그리고 그곳에 모여있는 러시아, 폴란드, 헝가리, 네덜란드 등의 왕과 귀족계급의 옛 물건들의 모습에서 유럽의 오랜 역사와 현재 그 후손들의 양반과도 같은 손길을 느낄 수가 있었다. 잿빛 나는 회색 토기는 신라시대의 것과 상통하는 면이 있었고, 갑옷, 놋쇠, 금, 퓨터 등으로 만든 일용품이 많았고, 갑옷과 무기 등으로 보아 호전적인 민족이었음을 알 수 있었다.

각 방마다 경비는 50, 60대의 여인들이었고, 똑똑해 보이고 깨끗하게 차려 입은 어린 학생들이 단체로 많이 관람을 하고 있고, 검은 머리, 검은 눈의 헝가리인 중에 70%가 웬만큼은 영어를 구사할 줄 알며 독일어도 대부분 했다. 현대미술관에는 마침 오스트리아 현대미술전을 하고 있었는데 이러한 국제적인 현대 미술전을 유치하고 있는 것으로 보아 헝가리의 높은 예술적 수준을 알 수 있었다. 작품들은 조금 밀집하게 진열한 느낌이지만 전시장의 광선 조건, 천장 높이 등 내부의 시설은 고전적인 미술관의 외부 모양에 비해서 기능이 살아있는 미술관다운 것이었다.

렘브란트, 엘 그레코, 고야 등의 수집이 좋았고 영국, 이태리, 오스트리아, 독일 등의 미술품이 각 방별로 배치되어 있었다. 뉴욕에서 온 작품들의 특별전이 있으며, 이집트 고미술품도 많이 수집되어 있었다.

런던 대영박물관의 이집트 고미술품과, 그리스 아크로폴리스 신전에서 따내 온 파손된 대리석 조각품들, 또 로마 바티칸박물관의 이집트 등에서 가져온 미술품 등을 생각할 때, 그 전쟁 통이 아니면 포교 시에 무리해서 들고 온 경로를 생각하니, 국가 간의 양심, 성직자들의 양심은 소유욕과 욕심으로 더럽혀지고 있다는 생각이 들고, 또 여기 헝가리 국립미술관에 앉아있는 이집트 고미술품도 팔려왔을 생각을 하니 불쌍해 보였다.

어떤 개인 화랑을 들어가 보니 1943년생인 피터코 바취의 개인전을 하고 있었다. 작품이 좋아서 그 작가가 공부했다는 부다페스트 미술대학을 방문했다. 헝가리의 유일한 또 최고의 미술대학이라고 하는 교정은 파리의 국립미술학교 이상으로 역사와 전통을 자랑하듯이 학교의 오랜 역사가 한눈에 들어오는 듯했고, 대리석의 바닥에 높이 올라선 원 기둥에는 조각과 그림들이 그려져 있고 스테인드글라스가 아름답게 1층 창문 전체를 장식하고 있었다.

학생들은 어느 서구의 미술대학생들과 같이 자유롭고 전위적으로 보였으며, 스위스에서 회화의 기초 훈련, 즉 데생, 해부학, 기하학, 기본회화 등을 배우러 왔다는 유학생은 기초훈련에 만족한다고 했고, 지난 몇 년 전부터 국제적인 현대회화 흐름의 추세에 좇아가는 교수법으로 교과과정이 바뀌어 가기 때문에, 이제는 외국에서 공부하고 온 교수진을 찾는다고 했다.

"우리나라는 성공적인 사회주의의 대표적인 나라"라고 자랑스러워하는 중년의 택시기사가 데려다 준 헝가리 식당은 마침 집시음악을 연주하고 있었으며 네 명의 집시 악단이 있었다.

애처로우면서도 낭만적인 데서 서로 상통하는 그리스 음악, 남부 유고슬라비아음악 등을 정열적으로 연주하는 그들은 체구가 좀 작으며 피부도 보통 헝가리인보다는 더 검었다. 리스트의 <헝가리 랩소디>의 선율을 상기하게 하는 집시 음악은 바이올린의 선율을 따라 방 안을 채우고 여행 온 유고슬라비아인들과 다른 유럽의 손님들과 나는 한없이 떠들었다.

훈제를 해서 짭짤하게 구운 오리고기는 촛불 밑에서 더욱 먹음직한 색으로 보였고, 살짝 튀긴 감자, 호박과 맛이 잘 어울렸다.

밤늦게 숙소로 지도를 들고 찾아 40여 분 동안 걸어서 돌아오는 길에 미국에서 느끼는 공포와 위험은 없었다. 그 운전기사의 말대로 이곳은 안정되게 잘사는 공산주의 나라라는 것을 볼 수 있었다.

헝가리의 인구 1,100만, 부다페스트의 인구가 200만이니 부다페스트는 도시의 면적 규모 등이 아직 과대하게 팽창되지 않았고, 파리, 로마나 서울에서 맡았던 공해 냄새는 거의 없었다.

부다페스트는 듀나강Duna, 다뉴브강을 사이에 두고 부다시와 페스트시로 되어있다. 부다는 좀 더 오래되고 언덕과 숲이 있어 고급 주택지가 많고 그곳의 개인소유의 집은 증축을 하거나, 매매, 매입이 가능하고, 페스트는 편편하고 관청이나 상점, 호텔 등이 많이 자리하고 있고, 아파트가 주로 많은데 월세는 정부에 내고 아파트를 자손에게 물려줄 수는 있어도 매매는 할 수 없다고 한다.

상점들은 주중에는 10~4시까지 열고, 일요일은 모두 문을 닫고 다른 나라와 같이 미술관이나 박물관은 월요일에 닫았다. 거리에는 아카시아가 한창 피어있었고 곳곳에 있는 작은 공원의 튤립은 벌써 다 시들어 가고 있었다. 물살이 빠른 듀나강에는 부다와 페스트를 연결해주는 다리가 여러 개 있는데 모두 모양과 조각 등이 아름답고 강가의 주위 건물들과 잘 어울렸다. 강가를 여유 있게 산책하는 사람들, 서로 포옹하며 애정 표시를 해주는 젊은이와 중년들이 여기저기 눈에 띄었다. 고딕양식으로 지어 올린 마티아스 성당과 그 주위로 자그마한 성곽이 있었고 바닥은 돌 벽돌을 하나씩 박아 깔아놓은 골목들이 있고, 아낙네들이 손으로 만들어 파는 화려한 수를 놓은 민속수예점들이 예쁘게 창가를 진열해 놓고 있었다.

이곳에서 가장 아름답다는 '쇠사슬다리'를 지나서 나타나는 1884~1904년에 지었다는 국회의사당 역시 고딕양식이 가미된 건축으로 단아하고 아름다웠다. 특히 어두운 밤에 불 밝혀진 모습은 우아하기까지 했다.

유럽의 역사 있는 대도시들은 대부분 대성당이 중심에 자리하고 그 성당의 건축양식이 다른 건축물에 영향을 미치며 도시의 외모가 그 양식이 발전해서 자연스럽게 현대까지 연결되어 있는 것을 볼 수가 있다.

이조 시대의 한국은 자연 경치와 어울리는 절과 궁의 모습이 그 주위에 자리한 관청과 가옥의 모습에 영향을 미친 것처럼 보이듯이 말이다. 그리고 그것이 몇백 년이 흘러 지금 20세기 후반의 도시의 모습으로서의 성격이 그 민족성과 고유성을 살리면서 현대화되었어야 한다.

그런데 대한민국은 특히 서울의 모습은 한국의 현대사를 이야기나 해주듯이 너무 잡다한 양식들을 급하게 한꺼번에 넣어버렸고, 고궁이나 소나무 있는 수려하고 웅장한 돌산을 빼놓고는 통일성이 없어 보이며 우왕좌왕한 것이다. 마치 아테네시에 획일화되어 가는 20세기 시멘트 문화가 갑자기 덮어버린 것처럼, 이러한 것을 비교해 볼 때 부다페스트는 도시의 전통성과 민족의 주체성이 살아있는 도시이고, 또 그렇기 때문에 아름답게 느끼게 되는 것인가 보다. 모스크바의 것처럼 지하 3층 정도로 곧장 내려간 지하철은 도시 전체를 잘 연결시켜주고 있고, 지하철 안내지도 등 모든 공공시설의 안내 지도가 정확하고 알기 쉽게 되어있고, 공항이나 호텔 등 외국인이 다니는 곳곳에 놓여있어 불편함이 없었다. 부모는 이태리의 시실리에서 미국으로 이민을 왔고 본인은 뉴욕에서 독일 컴퓨터회사에서 일을 하다가 휴직을 하고 6개월 간 전 유럽의 작은 도시만 찾아다니며 여행을 하고 있다는 젊은이에게 들은 사실이지만, 헝가리는 도시마다 관광안내사무실에 이브츠[IBUSZ]라는 호텔이나 민박 예약을 해주는 곳이 있는데, 호텔 체제비가 개인이 50불에서 150불인 데 비해 민박은 12불 정도이고 친절하며 그 나라의 가정을 가까이 접할 수 있는 기회라서 자기는 민박을 했노라고 했다.

연극과 음악공연을 위한 극장이 30여 개가 있고 화랑과 미술관, 박물관이 곳곳에 있다는 이 도시 한가운데 있는 동물원에는 1,500종의 종자가 있고 5,000마리의 동물이 있다고 영어와 독일어로 동시에 안내를 해주는 관광안내원이 자랑한다.

영국에서 낳아 스웨덴의 항공사에서 일한다는 한 중년 신사는, 유럽인들 특히 독일인들이 역사가 있고 살기 편한 이곳으로 여행들을 많이 오고 있다며, 다른 헝가리인들처럼 포크는 왼손에 나이프는 오른손에 들고 단정하게 살라미, 소시지, 치즈, 오이절임 등의 점심식사를 하면서 이 나라는 맛있는 케이크를 만들기로 유명하다며

설탕 케이크를 권한다.

이곳도 이태리나 독일처럼 창문의 작은 발코니에 꽃들을 많이 키운다. 붉은 제라늄, 키가 작은 보라색 팬지꽃, 노란 프리지아 등 한참 피어나는 봄꽃들은 이곳을 오기 전 공산주의 국가에 대해 경직되었던 내 마음을 부드럽게 풀어주었다. 거룩한 그레고리안 성가와 정열적인 집시음악을 동시에 들을 수 있는 리스트의 고향에 음악연수를 하러 오는 한국의 젊은이들은 잠깐 여행 온 나보다 깊은 것을 배워 가기를 바랄 뿐이다.

Colors Play Sweeping, acrylic on canvas, 178×183×4cm, 2015

· 2부 ·

편지

사 랑 하 는   노 란 이 에 게

참으로 아름다운 山이 보이는 coffee shop에 앉아 pen을 든다.

내 그림만 보아도 지긋지긋하고, 오늘은 애 둘이 다 바빠 머리도 식힐 겸 장도 볼 겸 나왔다. 너에게 글을 쓰고 싶어졌어.

미스터 동이 일을 시작해 매일 누구와도 얘기할 시간이 없어.

그동안 현수 씨 떠난 후 더더욱 그림에만 몰두했어. 그 덕에 작품이 좀 나아졌다면 나아졌겠지.

7월 2일부터 20일간 Paris엘 간다. 박혜숙이와 둘이서. 장인경, 나, 혜숙 이렇게 셋이서 Paris 문화원에서 전시회가 있어. 전시는 7월 27일~8월 20일이지만, opening 끝나면 금방 Paris를 떠나 유럽 좀 구경하려고. 그동안 Asian Museum(Golden Gate Park 내 The Young Museum)에서 민화전 하면서 Modern Korean Artist로 내가 초대되어 demonstration을 하느라 신경 쓰였고, 11월 3일~1

월 27일에 Oakland Museum 전시회에 달래 같은 평론가가 내 그림과 혜숙이 그림을 좋아해 한국인은 두 명이 되었어. 확실히 운이라는 생각을 했다.

그래 지겹도록 그어대고 지우고 지랄한 덕에 몸이 내 몸이 발광할 정도로 학대했나 봐. 별로 재주도 없고 image도 없는 내 의식을 불러일으키느라 안간힘을 쓴 것이겠지. 그래 이번 한 20일간 나 자신에게 휴식과 자유를 주어야 될 것 같은 생각을 했다.

엄마가 살아계신 동안 나를 꼭 Paris에 보내야겠다고 생각하셔서, 엄마가 돈 대고 추진하신 거야. 물론 Mr. 유도 보태는 것이지만, 결혼하고도 이렇게 엄마에게 신세를 지는 것 같아 마음이 확 놓이지는 않지만 강행하기로 했어. 너는 어떤 생활을 하고 있는지 궁금해 죽겠다.

더구나 바쁜 너에게 홍경래 난에 대한 자료까지 부탁해 미안해. 백연희 씨 편에 진선이 작은 선물이라도 보내려 했는데, 통 시간이 나질 못해 찜찜한 마음이야.

노란아, 미국에는 다시 들어오는 것인지 어떤지도 궁금하고, 옥란 씨는 계속 상항 쪽에 shop을 알아보고 있나 봐. 요사이 방학이겠구나. 작업을 하고 있는지 궁금하고, 14일 시아버님 생신이라 LA에 새벽에 가는데, 윤명로 선생님과 승재 씨는 13일 밤에 Yosemite에서 이곳으로 오신다니 13일 밤늦게나 잠깐 만나야 할 것 같아. 그동안 미스터 유와 티격태격하다 이제 겨우 괜찮아졌고,

마누라 기분 맞추며 살기 힘들다고 투덜투덜거리며 살고 있어. 미스터 유 직장도 요사이 난리인가 봐. 미스터 유는 더구나 인사과에 있어 20년 가까이 같이 일한 사람들 목을 자르려니 살맛이 안 난다고 야단이지. 네가 여기에 있다면 group전도 같이 하고 Paris도 같이 갔으면 얼마나 신나겠냐만….

언젠가 또 갑자기 같이 가게 될 날도 있겠지. 백연희 씨는 만났는지? 사귈수록 야무지고 깊이 있는 여자라는 생각을 했다.

Jason 녀석은 날이 갈수록 장난기가 지나치고, 아빠 tool은 다 가지고 놀고, 못 박는 일은 매일의 job이고, market에 가서 껌 안 사주니까 껌을 몰래 하나 까서 먹고, 나머진 두고 나오며 casher 앞에서 자꾸 입을 가리길래, Mr. 유는 별로 신경 안 썼더니, 나오더니 잘깍잘깍 씹으며 신나 하고, 멕시칸처럼 살이 찌고, 아무튼 그 녀석 때문에 매일 정신이 없어.

진선이가 어떻게 크고 있는지 참 궁금하고. 생각해 보면 임신 때 참 신났던 것 같아. 바닷가 덕에. 바다 기질을 닮아 Jason이 그렇게 쎄다면 진선이도 그래야 될 텐데. Mr. 유는 Jason에게 완전 give up 상태야.

내일모레 승재 씨 편에 너의 소식 듣겠지. 또 편지 쓸게. 37년 동안 참으로 가고 싶었던 유럽을 이제야 가게 되었다. 이제 Jason pick up 해서 또 복작복작대야 할 것 같아. 김성하 씨가 결혼한다더구나. 7월 21일 날. 어머니 살아계셨을 때 못 해 참 안된 생각이 들어.

인생 모든 것이 시간이 빛나갈 때가 많은가 봐, 노란아, 건강하고 편지 좀 줘.

With love June · 1984

사 랑 하 는   노 란 이 에 게

아침 7:30에 내가 너에게 편지를 쓰고 있다면 넌 깜짝 놀라겠지. 미셸 덕에 아침에 일찍 일어나는 버릇이 생겼어. 간밤에 너와 버스를 타고 어딘가를 가는 꿈을 꾸고 깨고 나니 얼마나 네가 보고 싶은지 모르겠구나.

오늘 밤 한승재 씨를 만나기로 약속했기 때문인지 모르지만, 아무튼 꿈을 꾼 아침이니 네 생각이 머리에 꽉 차있다.

내일 새벽엔 LA엘 가서 시아버님 생신에 갔다 모래 내려올 거야. 태양이 아침부터 지독히 강해 오늘도 무척 더우리라 예상된다.

하지만 밤엔 이곳 하늘은 너무도 너무도 맑아 하늘에 별이 그토록 찬란할 수가 없어. 더구나 요사이는 만월이라 Paris에 갈 생각에 여러 가지 상념이 머리를 채운다. 외로운 10년의 작업의 결실이 올해부터는 슬슬 풀리는 기분이고.

지우는 이번 touch는 좋은 반응을 얻고 있어.

또 그림 얘기구나. 살고 있는 동안 열심히 작업해 자신을 그림에 묶어놓고 살아야 자기구제를 하는 것 같아. 넌 작업을 하고 있겠지?

열심히 열심히 해. New York 문화원 전시 때 내 작품 산 사람이 이번 Paris엘 간다고 또 소품 22×30inch를 400불에 사주었어. 부치는 값까지 500불을 보냈더구나.

참 미국인의 이런 친절은 작업을 하는 내겐 가끔 위로가 되고 있다.

물론 사주는 것이 문제가 아니라 그 이후 자기가 얼마나 그림을 아끼며 즐기고 있다는 편지를 줄 때마다 참 감동을 하게 돼. 여러 여건에서도 공부해 온 네가 어디서든 작업 꼭 하리라 믿어.

아침 시간이라 마음이 바쁘구나. 애들 깨워 학교 보내야겠어. Summer School. 미셸에게 늘 미안한 마음이었는데, Asian Museum에서 내가 작업을 미국인에게 보이는 것 보고, 미셸이 엄마가 그렇게 자랑스러울 수가 없다고 하더구나. 그 애도 이제는 커서 나를 이해하고 있다. 노란아, 건강하고 글 좀 줘.

영섭 아빠와 식구께도 안부 부탁해. 언제나 오는지 궁금하다. 안녕.

1984

사 랑 하 는   노 란 이 에 게

　　　　　　　　지금 난 산을 내려다보며 2층에 앉아
이번 여행에 대해 생각해 보고 있다.

　참으로 감동적인 여행이었어. 내 의식과 세포 하나하나를 깨끗이
깨끗이 씻고 온 기분이다. 태양과 바람과 휴식을 향해 떠난 20일 동
안 완전한 자유인이었다.

　참으로 눈물겨운 자유인이었지.

　Paris보다는 Roma가 훨씬 훨씬 내 마음을 사로잡은 것은 좀 더
강렬한 것을 좋아하는 내 성격 탓인지 모르지. 그곳을 다니며 참 네
생각을 많이 하게 되더구나. Pompeii를 난 잊을 수가 없다. 그 돌
에서 나던 열기를 그 색깔과 역사의 흐름을. 6·25를 맞이한 덕인지
깨어진 폼페이가 마음에 든다고 Roma 공항에서 웃던 일이 생각이
난다.

　이번 여행은 대학 때 늘 해보고 싶었던 style이라 더 마음에 드는

지 모르지. 또 같은 길을 가는 사람들과의 여행이어서 더 그럴 거야.

박혜숙과 혜숙이 동생과 나 셋이서 정말 실컷 돌아다녔다.

Paris, Swiss, Italy. 혜숙이는 이번 24일 그러니까 나보다 15일을 더 다니다 오는 덕에 오스트리아, 뮌헨 등 다 돌아보고 올 거야. 난 그렇게 자유롭지는 못하지만 더 있다 올 것을 그랬다 하는 후회도 있다. 9년 만에 최초의 자유인이 되었어. 그래, 난 너무 피곤해 있었고 너무 지쳐있었는데, 내 세포 구석구석이 막혀서 감동도 감성도 다 굳어져 버렸는데 이번에 깨끗이 씻고 돌아왔다.

이태리의 그 분수 그 광장의 모여드는 세계의 수많은 젊은이. 오랜 빌딩 사이에서 떠오르는 orange 색깔의 달, 그 바람, 그 휴식, 그 눈 마주침, 그 대화 등. 또 앞으로 살아가는 힘이 되어줄 것을 난 알고 있다.

스페인 광장의 층층다리엔 밤늦도록 젊은이들이 모여든다.

모두에게 관심이 있고 모두에게 무슨 일이 일어나기를 기대하는 눈들.

Italia는 너무도 인간적이었고 인간의 땀 냄새를 맡을 수 있는 곳이었어. 미켈란젤로의 그 위대성을 보며 현대 그림은 너무 덜 성실한 것 같은 생각을 해보았다.

인간과 역사를 만드는 것은 산천 경지와 태양이라는 것도 알게 되었어. Napoli에서 Roma로 오는 아침 기차의 분위기를 또 비 오는 Roma를 또 끝없이 펼쳐지는 해바라기의 밭과 그 훈훈함과 인간이 인간을 믿고 있다는, 전혀 이국에서 주는 공포심이 전혀 없다는 것이 이상할 정도였어. 안타까움, 해바라기 밭들, 그 입술. 세상에서 가장 아름다운 눈을 가진 사람, 모든 것이 그리울 뿐이다.

노란아, 꼭 한번 가보자. 난 인간이 인간을 믿고 많은 complex를 가지고 그리고 인간적 너무도 인간적인 것이 좋아. Capri섬은 이 지구에서 먼지 한 점 없는 것 같은 착각을 낳고, 또 이태리엔 매미의 울음소리가 있다는 것이 내겐 더 친근감을 주었는지도 모른다.

그래, 젊어야 돼, 의식 안은 인식 안은 젊고 반짝이고 튕겨야 하고, 갈증을 느낄 줄 알아야 한다. 그래야 작업을 할 수 있을 거야. 절대로 의식이 나른해져서는 안 돼. 젊은 것은 너무도 기운차고 아름다운 거야. 난 젊고 싶다. 정말 정말이야.

아침이슬을 맞은 숲 속처럼 차고 맑고 강해야 한다고 생각한다.

12월에 네가 온다는 소식 동생 편에 들었어. 이곳엘 꼭 와라. 꼭 너와 많은 얘기를 하고 싶다. 서울인이 되지 말아다오. 잘 적응해 나가고 있다는 소식 고마웠고, 편지 좀 해.

네가 오면 들려주고 싶은 얘기가 있다. 꼭. 또 편지 쓸게. 안녕.

내 눈은 지금 반짝반짝거리고 있다.

1984

사 랑 하 는   노 란 이 에 게

꿈결같이 너의 목소리를 들었다. 참으로 보고 싶어. 내일은 일요일이라 늦게 일어나도 되니 마음이 이 한밤중에도 느긋하다.

내가 7:30am 일어난다면, 그래서 9:30에서 1:30까지 작업시간이 바뀌었다면, 너도 할 수 없구나 하고 웃겠지?

내가 한낮에 작업하면서 느낀 것은 낮에 작업을 해야 된다는 것이지. 그것도 태양이 있는 곳에서. 태양 아래선 얼굴에 주근깨도 다 보이듯 때문이란 생각을 해본다. 의식까지도. 요사이 난 정말 시원스럽게 크고 답답한 것이 무엇인가를 깨우친 것 같아. 물론 여행 덕이지. 우린 끊임없이 자신을 자꾸자꾸 깨우지 않으면 안 된다는 생각이 들어. 특히 나이가 40세가 된 여자 화가에겐.

더욱더 어디서든 작업을 하면 우린 만나는 것이다.

내가 이번에 네가 오면 꼭 줄 선물이 있어 그것은 Beethoven

Symphony지.

물론 난 베토벤의 Beethoven Symphony를 몰랐던 것은 아니지만, 1~4번은 약해. 7~9번을 죽어라 하고 들으면 무한한 '기粍'와 '대大'를 발견하게 된다.

그것도 카라얀 지휘를 꼭 너에게 선물 해야겠다고 생각했어. 우리 작업은 '기'와 '대'의 싸움이야. 얼마 전 니체 책을 보니 '자기가 가진 3/4을 표현해라. 왜냐하면 전부를 표현하면 사람을 흥분시키고 불안하게 한다'고 쓰여있었지만, 내 생각은 요사이 인간들은 너무 복잡해. 4/4를 다 표현해야 겨우 먹혀들어 갈 것 같은 생각을 했다.

Roma의 건물은 굉장히 묘해. 얼듯 보기엔 무뚝뚝한 것 같지만 정물 힘찬 움직임이 있어. Capri의 물결은 깊고 깊다.

그 파도를 보며 바다도 이렇게 다 다르구나 생각을 했지. 그런 그림을 그려야 된다고

펄펄 뛰는 힘이 있고 그러면서도 흰색보다도 더 깨끗하고 투명해야 된다는 생각을 했어. 작업하는 데 크기는 별로 문제될 것이 없다고 볼지 모르지만, 정말 한 벽만 한 크기의 작품을 하다 소품을 하면 그 소품이 조잡하지 않은 힘이 들어갈 수 있다는 거야.

겨울이 되면 학교가 쉴 테니까 무슨 수를 쓰더라도 열심히 작업을 해. 나도 열심히 할게.

옛날 내 작품을 보면 창피해 죽고 싶을 정도야. 그렇다고 지금 작품이 잘되는 것도 아닌데 눈만 높아진 것이지. 난 요사이 정말 모든 인간들과 stop 상태를 만들었어. 가지를 전부 쳐버려야지.

이것저것 신경 쓰면 죽도 밥도 아니야. 그래 주위에 작업하는 박혜숙이와 백연희 씨 이외는 누구와도 전화도 별로 없어. 물론 시간이 아깝고 애 둘이 다 학교 가니 바쁘기도 하지. 내가 걱정하는 것은 넌 너무 재주가 많고 사람도 perfect해. 가지에 너무 신경을 쓰는 일이 많을까 봐 걱정이 된다.

다 잘라버려. 필요치 않은 나뭇가지는 오려버려야 돼. 그래서 정말 열심히 해보자. 나도 열심히 열심히 노력할게. 45세 전이 아니면 화가로 이미 늦었어. 왜냐하면 gallery에서 싫어한다는 거야.

앞으로 커질 확률이 적으니까. 그래서 내년부터 gallery에 slide 돌리려니 어느 정도 획획 나르는 힘이 있어야겠지. 그래 요사이 내 마음이 들들 끓고 있어. 열심히 살지 않으면 안 된다는 것을 절실히 느끼기 때문이지. 여전히 난 이런 style로 흥분을 한다.

난 홍경래 난을 너에게 부탁하고 바쁜 너를 괴롭히는 것 같아 더 물어보지 못하고 있었어. 그래, 고마워. 노란아, 너 올 때 가지고 와. 내가 공부를 좀 해야지. 물론 얼마나 막연하고 얼마나 미지의 표현이니. 하지만 현수 씨와의 우정을 나 나름대로 표현하고 싶어. 그것은 역사적인 한 사건이지만.

그래, 내가 오늘을 살고 내일을 사는 것이 곧 역사가 되는 것이니까 용기를 갖고 해볼 생각이야. 남에게 내 전시회를 위해 무엇 하나 부탁 못 하는 내가 현수 씨 가신 다음 얼마나 막연한지 넌 상상도 못 할 거야. 내 성격을 알아 미리미리 그렇게 신경 써서 10년을 해줄 수 있는 친구가 어디 있겠니. 모든 것은 다 지나가는 과정이라지만, 그런 속에서 빛을 가진 인간과 만날 수 있다는 것은 확실히 복이고 그것은 우주적인 힘일 것이라 생각해.

이번 여행은, 자주 여행 얘기해서 안되었다만, 네모 공간을 빠져나와 우주를 포옹하는 기분이 들어.

그만큼 내 세포에 먼지가 너무너무 끼어있었는데, 태양이 바람이 구름이 포도같이 맑은 눈이 내 모든 세포를 씻겨 주었어.

그래, 난 이번에 많이 강해지고 커졌어. 그리고 마음과 의식이 젊어진 거야.

노란아, 대학이 좋은 것은 젊음의 '기'라고 생각한다. 그 '기'를 온 마음을 다 열어 온 의식을 다 열어 받아들이고 표현해 봐. 넌 잘해낼 거야. 너의 색채 감각은 놀랄만해. 그 색채 감각을 더 강렬하고, 더 세차고, 폭풍같이 휘몰아치고, 봄날처럼 부드럽게 처리해 봐. 기막힐 테니까….

요사이 난 모든 사물과 인간과 모든 것을 그림에 결부시켜 생각하고 보고 느끼려고 하고 있어. 그래야 좀 무엇이라도 나올 수 있겠지. 난 너무 안이했고 너무 보호 밑에 있었던 것 같아. 색깔을 쓰는 것은 너 따라갈 사람 없을 거야.

난 옷도 검은 옷이 제일 편하듯이, 요사이 검정mass와 한번 철저히 싸워볼 생각이다.

아무튼 언제든 오너라. 기다릴게. 갈증을 느끼면서. 너를 보고 싶어 한다. 우물에서 놀면 죽도 밥도 아니야.

이번 비행기를 타고 여행 할 때 창문을 바라보며 구름을 열심히 보았어.

그리고 내가 지금 지구 어디에 서서 밖을 보고 있을까 생각했지. 그리고 나처럼 비과학적인 여자다운 생각만 자꾸 했어. 구름이 모든 것을 내포하고 있다는 생각도 해보았어. 구름이 바다고, 바다가 구름인 것을. 그 묘한 것을 이제야 난 알게 되었다.

Jason 학교를 데려다주며, 오늘 구름은 꼭 바다 같다는 생각을 했어.

그렇게 부드러우면서도 그렇게 힘차 보였거든. 그리고 너와 함께 그렇게도 많이 갔던 바다를 생각했지. 노란아, Be Strong! 지금 우리 잔을 들며 서로 서로 외쳐보자. 안녕.

June · 1984

사 랑 하 는   노 란 이 에 게

하도 답장이 없어 욕을 막 했더니 이제
야 너의 편지를 받았다. 왜 이렇게 눈물이 나는지 모르겠어. 가을을
연상한 탓일까? 아무튼 반가움이겠지.

요사이 정말 여행 다녀와 많은 생각을 하게 되었다.

어제 산 볼펜이 왜 이렇게 색깔이 약한지 모르겠구나. 아무튼 여
행에서 난 지독히 강해져서 돌아왔어. 돌아오는 비행기 안에서 밖
을 내다보며 내가 지구 어디쯤에서 구름을 보고 있을까 생각했지.

Napoli에서 Roma로 오는 기차 안에서 내다본 해바라기 밭과 山
과 비 오는 그곳이 내 마음에 꼭꼭 자리를 잡아주었다. 9년 만에 자
유스러움. 네모 공간을 나와 우주를 포용하는 그 위대한 놀라움을
가질 수 있었어. 그래, 인식만은 노란아, 인식만은 맑고 강해야 돼.

난 Roma에서 새벽 호수가 보이는 새벽 물먹을 풀잎을 거닐며,
이렇게 신선하게 살아야 한다고 몇 번이고 몇 번이고 자신에게 타

일렀어. 세상은 너무 넓고 넓어….

옛날에 장군들은 강을 뒤에 두고 싸움을 했다더구나. 죽기 아니면 살기로 작업하지 않으면 안 돼. 장군의 싸움터가 곧 예술의 길이란 생각을 했다. 체면, 조바심, 놀라움 다 버리고, 완전히 벌거벗고 뛰어들어 자기의 혼을 쏟지 않으면 안 된다는 걸 알았어.

언젠가 너와 꼭 Roma엘 가리라 생각했다.

Paris는 우아하지만, Roma는 너무도 너무도 강해. 막연한 생각인지 모르지만 언젠가는 애 둘이 크면 한 7년 후엔 Roma에 꼭 studio를 가져야겠다고 생각했어.

그동안 죽기로 열을 다해야지. 박혜숙이와 백연희 씨와 한 달에 300불 정도면 studio를 가질 수 있으리라 생각했기 때문이지. 웃기는 계획이라 생각하지만 결코 웃기는 계획만은 아닐 거야.

1년 중 세 달 정도 가서 작업하면서, 그 분위기에 내 모든 세포가 깨끗이 깨끗이 씻기어 오리라 생각했다. 그래, 요사이 난 좀 더 강해지려고 애를 쓰고 있어. Jason이 오후 2시에 오기 때문에, 아침엔 작업만 하지.

왜 요사이 내가 모든 것을 다 받아들이는 검정색과 보라색으로 입술을 열심히 그리는지 12월에 얘기해 줄게. 무엇에도 불구하고 사람이 중요한 거야. 어떤 종류든 그것은 확실히 인간에게 생기를 주기 때문이지. 대상이 인간이든 자연이든 간에 말이다. 요사이 난 해바라기와 입술을 그린다. 지우는 작업 그 style이지만. 모르겠어. 그림이란 두고두고 봐야 하니까.

앞으로 애들이 큰 다음엔 우리 환쟁이끼리 열심히 모아 studio를 꼭 Roma에 갖자. 노란아, 결코 꿈이라고 생각하지 말아라. Studio rent가 유럽엔 아주 많아. 50세가 되어도 시시했다간 죽는 것이 훨씬 나을 거야. 기를 쓰며 인간이 하는 일인데 안 될 것이 무엇이겠니? 아무튼 12월에 이곳에 오면 제발 오래오래 있어. 어느 때든지 welcome이니까.

오늘 토요일인데, Mr. 유는 여전히 그 style로 앉아 TV 운동을 보고 있어. 애 둘이 크고 내 그림에만 미치면 저 사람은 무엇을 할지 걱정이 된다. 하지만 잘 살겠지. 백연희 씨는 서울 다녀와 두 번 만났어. 이준 선생님 따님댁 전화는 끊기고, 아들네 집은 통 전화를 안 받더구나. SF에도 못 오신다니 그냥 못 뵐 것 같아.

노란아, 세검정 절 소리 들리는 가을을 생각만 해도 눈물이 흘러. 편안하게 인간을 끝없이 편안하게 해주는 한국 가을을 생각해 본다.

난 네가 너무도 서울 생활에 바빠 아주 상항의 유씨 가족을 잊어버렸는 줄 알았어. 가을의 냄새 속에 푹 파묻혀 있다가, 겨울이 되면 그 인생의 아픔이 삭아 자기 것이 되어 겨울엔 표현이 되겠지. 공간을 신경 쓰지 말고, 아무튼 열심히 작업해 온 피와 혼을 다 쏟아야 돼. 그래야 될 것 같아.

좋은 전시가 이곳에 많다. 12월에 오면 두루두루 보고 많이 느끼고 돌아가면 작업이 잘될 거야. 아무리 안 되는 것 같아도 하면 또 한 계단씩 오르는 것이겠지. 사진 보니 진선이, 영섭이 많이도 컸더구나.

참 너와 LA 살 때 참 행복했던 것 같아. 한길을 가는 친구를 인생에서 만난다는 것은 결코 쉬운 일은 아닌 것 같아. 난 가끔 답답할 때 이상하리만치 바다가 보고 싶어져.

LA 바다 참 많이도 갔었지. 나도 2년 사이에 꽤나 늙었어.

이번 여행에 참으로 많이 퇴색된 나를 Capri 바다에 Swiss 호수에서 배를 타며, 그 거대한 물결 속에 다 던져버리고 싶었다. 아니 던져버렸어.

노란아, 꼭 나와 Roma에 가자. 인간의 상상의 무한함을 넌 꼭 봐야 해. Roma인의 위대성을 그리고 인간의 상상과 표현의 위대함을 꼭 봐야만 한다. 늘 난 내 식대로 흥분하는 버릇은 똑같아. 이제 유럽 얘기는 그만할게.

그래 너의 말대로 나도 서울 가서 전시회도 하고 싶지만, 어떻게 될지 걱정이다. 솔직히 말해 서울 갈 돈 save해서 너와 유럽엘 갔으

면 더 좋겠기 때문이야. ㅎㅎㅎ

아무튼 11월 Oakland Museum 전시회를 계기로 열심히 뛰어 볼 생각이야. Slide 열심히 준비할게. Takeshida는 여전하겠지. 곽 훈 씨가 전 주일에 이곳에 왔었는데(3인전이 이곳에서 있대) 여전하 시더구나. 벌써 9월이 다 갔어. 여름의 감동과 열기를 가을엔 표현 해야겠다.

10월에 한국을 그 기막힌 가을을 생각해 본다.

이대 C관 앞에 사루비아는 늘 너무도 강해 우울했던 기억이 나. 아무튼 학교에 나갈 수 있어서 넌 행복할 거야.

한 시대의 귀한 교수가 넌 되리라 믿고 있다. 언젠가 서울에 가서 너와 그 사루비아길을 걸으면서 깔깔 웃고 싶어져. 11월 내가 서울 떠나던 전날 밤, 연대 뒷길에 낙엽을 생생히 기억하고 있다.

너의 편지에서 서울을, 옛것을 느끼게 돼 마음이 이상해진다. 노 란아, 건강하고 너와 여행이 하고 싶어져. 작업 열심히 해. 새롭게 새롭게 만날 때마다 쌓이는 작품을 보며 우리 인생을 나눠보자.

참으로 네가 보고 싶다.

모두에게 (영섭 아빠께 특히) 안부 전해줘. 12월에 영섭이하고 LA 에서만 시간 많이 보내지 말고 빨리 이곳으로 와. 기다릴게.

June · 1984

사 랑 하 는   노 란 이 에 게

오늘 너와 한 선생님과 NY에서 내 작품을 두 점 갖고 있는 Ossario라는 분께 편지와 catalog를 보냈어. 그리고 밤에 너의 글을 읽으니 또 편지가 쓰고 싶다.

노란아! 겨울 한국 겨울은 얼마나 웅크리고 고독하고 외로움이 가득하게 하는 계절이니! 하지만 그 속에서 무수히 숨 쉬고 자신이 커가고 있다는 것을 여름이 되면 느끼게 되지. 이곳은 요사이 안개가 끼어 아침엔 Jason을 학교에 데려다주고, 부드러운 안개 낀 산길을 drive하고 집에 와서 네 시간씩 작업을 해. 그래야 살 것 같고 그래야 나를 구제할 것 같기 때문이야. 어느 누구에게도 전화 한 통 없지만, 난 그런 속에서 견디어 가고 있다. 가끔 미치게 네 생각이 나. LA에서 참으로 네가 곁에 산 것이 나에겐 축복이었다. 아무도 너같이 정이 가지 않아. 모두들 경쟁심만 가득해서….

그림이 경쟁으로 되는 것이니? 절대로 아니야.

난 똑똑지는 못해도 그것만은 확실히 대답할 수 있어.

우리가 그림을 그리는 것은 生命의 표현이고 그리지 않으면 견딜 수 없기 때문이지.

결국은 팔자소관이지만 아무튼 세상 살면서 너처럼 아다리 맞는 친구 갖는다는 건 정말 어렵다는 것을 알고 있다. 바닷가가 가고 싶어. Laguna Beach의 물결을 바라보던 너의 모습이 훤하다.

해풍을 맞고 온 날은 너나 나나 기가 나서 밤이 늦은 줄 모르고 떠들었는데…. 이젠 애들도 많이 컸어. 그리고 한 선생님이 가끔 전화 주시고 힘을 주신다.

Oakland Museum 전시평은 전체를 다 까뭉갰더구나. Art Week에서도. 하지만 평 따위에 신경 쓸 나이는 아니고, 그럴수록 난 더 기가 나는 것이 이상해. 잡초 같은 힘이랄까.

아무튼 노란아, 작업을 열심히 열심히 하자.

오늘 곽훈 씨한테서 전화가 왔는데 올 여름 초에 두손화랑이나 현대화랑 둘 중 한 군데서 개인전을 할 생각이시라더구나.

난 미셸 학교며, 가능하면 한 선생님 서울 계시는 동안 전시회 해 작품도 보이고 싶고, 더구나 너와 한 선생님 계실 작업장(경기도 양수리라는데)을 꼭 오라고 몇 번이나 말씀하시더구나. 그래 6월 24~30일에 했으면 하는 바람이야.

물론 미셸 학교가 결정이지만, 두손화랑 측에 사정을 얘기해 가능한지 좀 알려다오.

난 한 선생님께, 정말 예나 지금이나 참 많은 것을 배워. 결국 작품이란 덕의 표현이라는 생각을 한 선생님 보면 느끼게 되거든. 우리 약속했지, 덕 있게 늙자고.

네가 작업하는 모든 것 하나하나가 문화를, 역사를 이루는 것이라 생각하고, 한국의 그 질긴 여인답게 깊고 깊게 열심히 작업해. 난 너를 믿는다. 넌 꼭 해낼 수 있어.

애들도 크고 두 나라를 오가며 눈도 많이 뜨고 마음도 깊어졌고, 결코 결코 안이한 생활에선 찾을 수도, 표현할 수도 없는 생의 경험을 한 40세 가까이 되는 여자가, 강하지 못할, 해내지 못할 이유가 하나도 없지.

난 내 어린 시절 지겹도록 싫었던 고3학년, 또 방황, 그러다 갑자기 대학에 늦게 늦게 들어가 아직까지 그 레테르가 내 뒤를 졸졸 따라다니지, 결코 지난 생을 한탄하지는 않아.

하류학교의 콤플렉스, 일류대학 배지 대학원 졸업, 이 따위 것이 뭐겠냐마는, 한 가지 확실한 것은 줄곧 평탄하고 부유한 무남독녀가 절대 부럽지 않다는 것이지.

이번 유럽 여행이 즐겁고 그리고 너무도 강하게 인상적이었던 것은 Mr. 유와 결혼 후 늘 편한 hotel 여행, rent car, 좋은 식당 음식 (Mr. 유는 여행 때는 편하자는 style이니까) 그런 것들 속에 9년을 지내오다가, 유럽에 가서 지하철, 버스, 전철, 사람 냄새, 땀 냄새, 젊음, 밑바닥 인생을 돌아보고, 그 나라 문화를 보면서, 그래, 인간에겐 땀 냄새라는 귀한 것이 있다는 것을 알았어. 그 땀 냄새는 인생을 예술을 얼마나 성실히 이끌어 올 수 있었는가를 알게 되었다.

노란아, Roma에 스페인 광장에 앉아, 키츠와 바이런이 살던 방이 바로 옆에 있는 층층다리에 앉아, 무뚝뚝한 건물 사이에서 떠오르는 환상의 달을 꼭 함께 보자.
젊음의 냄새, 젊었기에 괜한 이유 없는 괴로운 고민을 하며 세상을 떠도는 젊은이들 사이에서 다시금 우리 세포를 깨끗이 깨끗이 씻어보자.
Roma의 여름은 더워. 하지만 태양은 너무도 너무도 부드럽다.
폼페이 벽, 돌길에서 피어오르는 열기, 그 기막힌 벽돌들과 깨진 기둥들, 이것을 보면, 그리고 인간과 개가 화석이 되어 있는 그것을 보면, 인생의 희로애락이 한 가닥 남의 집 개의 일보다도 더 가소롭게 느껴져.

우리 힘을 내야 돼. 의식이, 인식이 처져서는 안 된다.

너무도 많은 인간들이 노력하며 살고 있는데, 40대가 다 되어 웅크리고 앉아 고민만 하면 안 돼. 그 나이는 지났어. 빠져나와 내 생명을 작품으로 표현해야 돼.

내 생명을 위해 내 나라를 위해서 말이다.

한국인이란 질기고 질겨. 예술적인 기질은 누구나 타고나는 것 같아. 우리가 가진 이 귀한 장점을 살려야 돼. 크고 깊고 넓게 그것은 투쟁이며 자신과의 철저하고 처절한 싸움이지만, 사막에 붉은 사막에 집을 짓는 기분으로 올해도 시작하자. 5월에 홍경래 난 전시회가 있고 끝나는 대로 서울에 가서 전시회 하게 되길 바라.

그리고 지금 우리 나이에 무엇에 인생에 의미나 꿈을 새롭게 꾸겠니. 우리에겐 그림이 있고 이것이 내 모든 것이라 생각하고 작업 열심히 하자.

모든 것에 가지를 다 쳐버리고 작업해. 답답할 땐 너 바닷가 대신 대학이 있잖니.

대학엘 가면 너무도 '기'가 나. 무엇인가 하지 않으면 견딜 수 없는 힘이 있다고 난 생각해.

뉴욕에 가서 그 움직이는 인간과 상황을 보며 꼭 바다 같다는 생각을 했어. 그렇게 열심히 그 덩어리가 움직이고 있었으니까.

노란아, 또 편지할게.

쓰고 싶을 때 아무 때나 써. 애써서 억지로 쓸 생각 말고. 하지만 그림은 죽어도 그리기 싫더라도 꼭 그림 앞에 앉아. Beethoven을 들어. 그러면 다시금 작업하지 않고 못 배기니까.

우린 우리 자신을 들볶고 훈련시키고 그래야만 한다. 건강하고, 늘 횡설수설…. Understand me!

With Love June

노 란 이 에 게

1월이 벌써 10일이나 지나가고 있구나.

Ski 타고, LA 세배 다니고 돌아다니느라, 세 식구(미스터 유만 빼고) 몽땅 지독히 앓았어. 이제 겨우 정신을 차리고 작업하게 되었다. 어떻게 겨울을 보내고 있는지 궁금하구나.

아무리 생각해도 이번 여름 전시회를 하는 것이 좋을 것 같아. 물론 네가 힘들고 나도 아직 작품이 마음에 안 들지만, 열심히 해. 미셸 방학 하면 금방 가서 6월 마지막 주 6월 24일~31일에 전시회를 했으면 좋을 것 같아. 9월엔 좀 여러 여건이 힘들 것 같아.

오늘 한 선생님이 전화를 주셔서 한 시간가량 얘기 많이 했어. 내 인생에 참으로 좋은 선생님을 갖게 해주신 신께 감사한 마음이지. Oakland Museum 전시회 끝나면 1월 27일 LA에 가서 전시회 할 것인데, 이번 전시회는 별로 인상이 크게 남지는 않았어. 확실히 여름 Roma를 다녀온 후, 폼페이 장관을 본 이후, 눈이 많이 뜨인 것 같아. 그리고 나도 이젠 늙은 탓인지 어떤 계획을 세워놓고 자신을 들볶지 않으면 안 될 시간이 된 것 같아.

6월 전시회가 가능하면 그때 한 선생님은 경기도 양수리에서 돌 작업(계약하신) 하시고 계실 거라고 너와 꼭 오라고 몇 번이나 말씀하시더구나. 여자가 애 둘 키우면서 작업하는 것도 힘든데, 여러 일이 겹치니 참 죄의식까지 겹쳐 처질 때가 많아. 너도, 나도 다 마찬가지 상태지. 넌 훨씬 나보다 super woman 기질이 있어. 난 너의 그 행동이 참 부러울 때가 많아.

노란아, 그러니 작년 작업해 놓은 것 중 slide 먼저 보낼게. 2월 말에나 slide 찍어야 될 것 같아. 두손화랑에서 물어봐서 큰 작품 열 점, 소품 열 점 정도 걸었으면 해.

언제나 내 작품이 나 자신의 마음에 들지 모르지만, 죽는 날까지 과정을 거쳐야 하는 것이니 용기를 내기로 했다. 팸플릿이며 준비가 또 있으니 6월 24일~31일쯤 가능한지 알아봐. 연락 좀 해줘.

노란아, 그리고 또 걱정은 우리 애들 때문인데, 만약 Jason을 이곳에 맡길 수 없을 때 데리고 가야 하니 걱정이다. 난 저번 한국에서 한 달간 hotel에 있으면서 너무 치를 떨었거든. 물론 미셸은 꼭 데리고 가서 한국을 보여주고 싶어.

그리고 기회를 봐서 시골에 좀 가 있으려고(미스터 유가 들으면 이를 갈겠지만). 한 선생님 돌 작업 하시니까 그것도 좀 보고, 환쟁이끼리 좀 만나고 싶어.

이곳은 너무들 살벌한 기분이 들어. 남의 생활 touch 안 하는 것은 좋지만, 정이 별로 미국놈에게는 안 가니까. 노란아, 확실한 것 알아서 연락 주고 전시회 끝나고 미국에 들어올 때 너도 영섭이랑 진선이 데리고 같이 우리 집에 와 한 달간 좀 푹 쉬다 가는 것도 생각해 봐.

작년 여름 유럽에 가고 올 여름 한국에 간다고 미스터 유게 말하기 힘들지만, 어차피 화가의 남편이 되었으니, 미스터 유도 어렵고 귀찮겠지만 전시회 건이면 OK할 거야.

참 말 꺼내기가 힘들구나. 한 선생님 계시는 동안 선생님과 얘기도 좀 많이 하고 싶어. 돌 깨는 작업 하시면서 아마 도를 닦으셨나 봐. 도사가 다 되셨더구나.

네가 아직 작업이 안 되었다는 말 듣고 걱정이니, 어차피 전시회 전 날까지 마음에 드는 작품 만들기 위해 끙끙대는 것이니까 한 번 밀고 나가보자.

노란아, 그럼 6월 말에 전시회 가능한 걸로 우선 생각하고 작업할게.

6월 중순쯤 팸플릿 준비해 갖고 나가면 가능하겠지? 너와 강가에 발 담그고 앉아 커피나 먹으며 흘러가는 물과 구름을 보고 싶다.

한 선생님이 작업하실 곳이 강물이 두 갈래로 합치는, 돌이 많은, 기막히게 아름다운 곳이래. 몇 번이나 꼭 오라고 말씀해주셔서 감사했어.

인생을 살면서 이런 빛을 가진 사람을 만나면, 모든 고통이나 번뇌는 녹아버리고 따스함을 갖게 돼. 중앙여고라면 나도 치를 떨었지만, 한 선생님을 만나고, 그래서 그림을 그리고, 여학교의 황혼 진 긴 복도를 혼자 걷던 그 느낌은 참으로 눈물겹도록 아름답게 느껴져. 산다는 것이 이래서 소중한 것이고, 더구나 인간과 인간의 만남은 그래서 더 귀한 것인가 봐.

여름 저녁 한국 강가에 앉아 옛 선생님과 너와 밤새도록 얘기하고 싶다.

그리고 또 그 뜨거움을 안고 다시 이 활기 찬 미국에 와 열기를 다해 작업해야지.

모든 일을 해내기 위해서는, 아니 여류화가가 되기 위해서는 더 아픈 고뇌와 더 아픈 용기가 필요하다는 것을 절감한다.

노란아, 힘들고 귀찮더라도 6월 전시회를 해보자.

그동안 아파 작업 못 하여 매일 밥이나 하며 시간 보낼 때, 내가 이런 식으로 매일 산다면 숨통이 막혀 죽을 것 같은 생각이 들었어.

그래 작업을 하는 것이 얼마나 복된 것이며 모든 것에 대해 얼마나 관대해질 수 있나를 느꼈지.

그럼 편지 기다릴게. 작업 열심히 하자. 한 선생님도 오늘 전화 끊으시면서 열심히 하자고 몇 번이나 말씀하시더구나. 참으로 내 나라를 사랑하시는 분이야. 만나면 자세한 얘기 해줄게.

오늘밤은 통 잠이 올 것 같지가 않다.

내가 또다시 한국을 간다는 것이, 12년 만에 전시회를 한다는 것이 이상하게 느껴져.

아직도 개울가에 수없이 길게 늘어져 있던 광목의 빛을 기차를 타고 지나갔던 기억이 생생해. 광목 빨래, 강가, 빛, 참으로 감동적이었고, 잠 안 오는 밤 문득문득 한 장면씩 생각이 나.

P.S. Oakland Museum 팸플릿과 두손화랑에 보낼 이력서와 slide 보낸다.

안녕, June · 1985

사 랑 하 는   노 란 이 에 게

일주일 동안 지독히 바빴어. Ski 다녀와 피로 풀 사이 없이 이경성 선생님이 우리 집엘 오셨고, 노은님(독일 거주) 씨가 이틀 머물고 떠난 날 곽훈 씨가 LA에서 이곳으로 와 SF 에서 전시회가 있었고, 그리고 이틀간 지독히 뻗어서 잠만 퍼대고 잤어. 너무 신경을 쓴 탓인지 잠을 못 잔 탓이겠지. 그래 이 밤엔 정 신이 말똥거린다.

2月이면 항상 비가 많이 왔고 그 회색 덩어리 속에서 놀랄 만치 많은 Pink 꽃이 피었는데, 올해는 비가 적어 벌써 이곳 날씨는 덥 다. 안개 낀 아침이나 비 오는 아침엔 늘 애들 학교 보내고 8:30, 이 른 시간에 산을 갔었어. 너와 같이 갈대를 따던 곳.
그곳에 비가 오고, 회색 덩어리 속에서 서른 마리 정도 말이 한곳 을 향해 서있는 장면을 상상해 봐. 내가 곁에 차를 세우고 정신없이 보아도, 결코 네까짓 인간들—하는 식으로 별 관심 없이 비를 맞으며 한곳을 향해 서있더구나. 차에서 내려 혼자 산 위로 올라가며 가끔씩 차가 서있을 때 공포감도 없진 않지만, 결국 인간을 믿지 않으면 아무것도 할 수 없다고 생각해.

산 위를 오르며, 안개 속에 싸인 산을 보며, '자연이 이렇게 이렇게 부드러웠나' 하고 놀라.

자연은 부드럽고, 자연은 우리가 열심히 찾아 나서서 자연 속에 하나가 되지 않으면, 결코 아무것도 보여 주지 않는다는 것을 알았다.

다 잊고 하나가 되어 호흡할 때 위로가 있고 많은 비밀을 보여준다는 것을 느꼈어.

집에 돌아와 작업할 때는 요사이 참으로 작업하는 것이 재미있다고 생각이 돼.

옛날엔 힘이 들었는데 힘들지가 않고, 그냥 그냥 해나가는 거야. 재미있게 자연 속에 하나가 될 때 위로와 완전한 휴식이 있듯이, 작업 속에 하나가 되어 움직일 때 정말 깊은 환희가 있다는 것을 요사이 느끼고 있다.

애들이 큰 탓인지 아니면 내가 하는 작업이 나와 같이 하나가 돼서 춤추는 것인지 모르지만, 옛날엔 막연하고 그토록 힘들었는데, 요사이 기 만나면 신이 나서 춤추는 무당 같은 심정이야, 노은님이

란 여자 얘기를 너를 만나면 해줄게.

결국 화가가 된다는 것이 얼마나 철저히 운명인가를 이 여자 얘기 들으면 잘 이해 갈 거야. 인생사 억지로 한다고 되는 것도 아니고 될 일이면 되고 안 될 일이면 안 된다는 것을.

난 저 산 위에 구름의 질서를 보고 느낀 것이야.

노란아, super woman 기질 여전하구나. 난 너의 그 놀랄 힘에 감탄을 해.

아무튼 선거운동까지 했다니 내가 깔깔거리고 웃었어. 일 처리 잘하는 넌 어디를 가나 바쁘다는 것도 알았지.

아무튼 6月 너와 전시회를 한다는 것이 믿어지지가 않아. 힘들겠지만 열심히 해보자. Acrylic 물감 필요하면 꼭 얘기해. 여기서 아는 사람이 별로 없어 서울 가는 인편 찾기가 힘들지만, 우편이라도 꼭 보내줄 테니 걱정하질 말아. 저번 왔을 때 딴것 다 제쳐두고 오직 네 생각만 하지 그랬니. 넌 너무 가지가 많아 가지를 쳐야 돼. 그래야 가정 갖고 작업할 수 있지.

아무튼 물감 걱정은 말고 우편이라도 꼭 보내 줄 테니 작업이나 열심히 해. 두손화랑 space를 몰라 걱정이지만, 이경성 선생님이 내 작품 보고 좋아하시면서 두손에서 아직 연락이 없다고 했더니, 작품을 보셨으니 자신 있게 전화 주시겠다는 것을 거절했어. 난 누구의 도움을 받고 싶지 않아. 별로 친하지 않은 사람에겐 더구나. 소품 열 점 큰 것 열에서 열다섯 점 정도 걸려고 하니, 다 잘되겠지만 소품 열 점을 서울 가서 액자 하면 어떨지? 액자 사정을 좀 알아서 편지 해줘. 22×30inch 크기를.

5月 문화원에서 혜숙이와 2인전이 있어. 물론 현수 씨 추모 전시회로. 홍경래 난. 96×120inch로 한정하고 나머진 그냥 보통 걸로 걸려고. 나도 정신없이 뛰어야겠구나. 더구나 일 처리하는 것 잘 못하는 내 솜씨 꼴이 어떨지 걱정이다. 그리고 브로슈어는 한국이 이곳 가격에 1/3이라니, 내가 사진이랑 디자인을 다 해서 보낼 테니까 네가 애 좀 써다오. catalog를 흑백사진과 color를 같이 넣어서 했는데, 노은님 씨 독일에서 전시회 것이 아주 마음에 들더구나. 흑백사진이 참 멋있는데 color도 좀 넣어야 될 것 같아. 서울 사정 얘기 잘 이해해.

4월엔 한우식 씨, 5월 곽훈, 6월엔 너와 나 이렇게 전시한다며, 김봉태 선생님 왈 "가서 쾅쾅 때리"고 그래 웃었어.

그리고 노란아, 열심히 작업해 좋은 전시를 2년에 한두 번 정도 꼭 하도록 해. 그렇지 않으면 게을러져서 어디 하겠니.

노은님 씨는 자유를 찾기 위해 얼마나 많은 것을 희생했는지 아느냐고 웃더구나. 지금은 독일에서 정부 장학금으로 화가촌에 완전히 혼자 살면서 작업만 하는 여자야. 언젠가 너와 만날 수 있겠지.

노란아, 서울 적응은 잘 돼가고 있겠지? Jason을 어떻게 해야 할지 모르겠어.

엄마께 맡기고 가자니 불쌍하고, 더구나 엄마가 너무 벅차고. 데리고 가자니 네가 너무 힘들 것 같고. 파출부를 꼭 하나 두어 애 네 명을 볼 수 있다면 별 문제지만, 그 녀석 끌고 다니며 뭐 할 수 있겠니?

덩치는 커서 얼마나 힘든지 몰라. 학교에서 벌써 벌을 다 서고, 애들 자기 말 안 듣는다고 벌써 때리고 야단이야. 곰곰이 더 생각 좀 해봐야겠어. 진선이하고 놀면 좋은데….

난 이번 기회에 제주도를 좀 보고 싶거든. 너와 애 넷 데리고 Laguna Beach 가던 실력을 발휘해 볼까도 생각 중이다만, 정말 힘들 것도 같다.

생각만 해도 피곤하고 영섭 아빠 기겁하실 거야, Jason 실력 보시면. 아무튼 시일이 있으니 생각 좀 해보고 작업이나 열심히 해야겠다.

작품이 안 될 때 가장 좋은 방법은 자연과 가까워지는 것 같아. '기'를 얻는 것은 공기와 태양과 자연이라고 느껴. 지금 서울은 3月 봄바람이 불어올 때구나. 바람이 차지만 산보를 해. 그럼 힘이 날 거야.

노란아, 난 아무리 추워도 꼭 차고 문을 열어놓고 작업해. 더 많은 공기와 더 많은 빛이 나와 내 그림에 필요하기 때문이지. 산과 나무를 보며 햇빛을 보며 구름을 보며 내 그림이 자연의 일부라고 생각하면 해결이 빠른 것 같아. 시간 아끼고 가지를 다 쳐버리고 작업해. 난 그래서 인간 구실 못하고 살지만, 좋고 친절한 인간보다 좋은 작업을 하는 화가가 난 되고 싶은 거야.

얼마 동안 사람 속에 지친 날은 난 박경리 씨를 생각해. 모든 인간관계를 단절하고 원주에 박혀 자연과 벗하며 작품을 쓸 때 그 여자인들 왜 인간과의 대화가 그립지가 않겠니?

왜 따스하고 훈훈한 찻집의 분위기가 그립지 않겠니? 하지만 그런 대인관계가 많으면 많아질수록 복잡해지고 맑아질 수가 없어. 난 그것을 너무 잘 알아.

그래, 의식과 인식이 맑아져서 자기를 철저히 찾으려면, 얼마간은 외롭고, 얼마간은 냉정해야 하고, 얼마간은 인간 구실을 못하는 면도 많아야 돼. 그러지 않으면 모든 것이 엉켜진 실처럼 되어 복잡해지거든.

난 그날 차를 타고 오면서 박경리 씨처럼 되어야 그런 글도 나오고 시평도 나오는 것이라 느꼈어. 우리 과 동창도 불러 저녁도 해야 하고, 복잡해지기 시작하니까 내 에너지가 딸리는 거야.

그래 웬만한 일엔 가지를 쳤어. 인간 구실 못하지만 작업을 해야 하니까, 독신은 아니고 가정주부 겸 화가란 죄의식만 해도 벅찬데 언제 이것저것 다 할 수 있니?

또 괜한 얘기만 길어졌구나. 너를 만나고 강가에서 작업하시는 한 선생님을 만날 생각하니 가슴이 벅차다. "난 돌과 여자가 생기면 언제나 돌을 택한다"는 한용진 선생님 말씀을 들으며 가슴이 시린 것 같은 적이 있었어.

한 선생님도 팔자가 토인데 습한 흙이라 늘 외롭다고 하시더구나. 이젠 나도 컸기 때문에 얘기가 통하고, 우리가 그림을 그리기에 주위에서 진짜 인간을 만날 때 깊은 줄기를 느끼게 되는 것이 아니겠니. 그러니 좋은 작품을 해야겠지.

노란아! 늘 힘내고 처지지 말아. 난 너를 믿고 있어. 너의 '기'를 난 믿고 있어. 힘 있게 뻗어나가는 기상을. 우리 한민족은 타고난 것 같아. 한용진 선생님 말씀 따라 금수강산 기를 타고 났기에, 우리에겐 예술가의 기질이 누구에게나 우리 국민에게 있는 것 같다고 하시더구나. 가끔 전화를 하셔서 한 시간씩 통화를 해. 재미있어, 너무나 재미있어. 별의별 얘기 다 하시지. 킬킬거리고 웃고 결코 시간이 아깝지 않는 얘기를 많이 하시거든. 전화 끊고 나면 막 힘이 생겨. 그날은 정신없이 작업할 수 있게 돼.

노란아, 언젠가 곁에 와서 좀 살자. 곁에 누군가가 있다는 것은 중요한 거야.

그리고 한 선생님이 4月 중순부터 한국에 계시니, 시간 내서 꼭 찾아뵙고 인생 밑바닥부터 근본부터 얘기 좀 꺼내 봐. 참으로 도 닦으신 분이고, 깊고 깊은 힘이 있으신 분이지.

횡설수설 여러 말이 길어졌구나. 건강하고 진달래, 개나리 피는 그 질서를 응시하며 감동적인 작품을 하길 바라. 6월 24일 세상 떠나고 폭발하듯이 한번 해보자.

이화의 동산에서 두 여자가 어떻게 되어가고 있는지, 이주일 말마따나 뭔가 좀 보여주자잉! 그럼 또 편지할게. 인편 있는 대로 아크릴 물감 보내겠지만, 우편으로라도 괜찮은지 답 좀 해다오.

영섭 아빠께 안부 전해줘. 미스터 유는 서울 가자니까 싫다고 해. 그래서 그럼 여기서 계속 묵으라고 했지. 전시회 끝나고 나 들어올 때 너도 같이 들어오자.

그래, 같이 작업하고 미국에서 좀 쉬다가 계획 좀 짜봐. 진선이랑 다 데리고….

영준이가 · 1985

사 랑 하 는   노 란 이 에 게

안개 낀 아침시간이다.

2月에 잠깐 날씨가 덥더니 평소대로 이곳 날씨가 계속되고 있어. 비가 오고 화사한 사쿠라 같은 Almond 꽃이 온 대지를 덮고 가슴이 시려오는 화사한 우울이 몰려온다.

애들 학교 보내고 따스한 마음으로 너에게 글을 쓰고 있다.

인편이 없어 아직 물감을 못 보냈는데, 사정이 어떤지 걱정이 되는구나. 4月 중순 한용진 선생님이 가시니까 그때 보낼게. 우편으로 보내면 네가 세금을 물까 봐 걱정이 돼, 그러니 우편으로도 괜찮으면 빨리 연락해.

5월 말에 백연희 씨가 서울미술관에서 개인전이 있어. 5월 10일에 서울에 간다고 하더구나. 이번 여름엔 LA와 SF에서 많이들 서울 전시를 가질 예정인가 봐.

작업은 잘돼가고 있는지? 4월 28일 Oakland Museum에서 사람들이 우리 집에 와 그동안 작업과정을 다 보겠다고 연락이 왔어. Oakland Museum에서 1년에 한 명 뽑아 전시회 할 기회를 주나 봐. 만일 이것이 되면 하늘에 별 따기지만, 좋은 gallery contact을 보장받는 것인데, 꿈도 안 꿔. 걱정도 안 돼. 오직 차고 청소할 것이 걱정일 뿐이지. 아직도 난 내 작업에 나 스스로가 만족을 못 하니까.

…

노란아, 그리고 미스터 유와 최종 결정을 보았는데, 서울엔 나 혼자 가래. Jason이 여행하기엔 너무 어리고 Jason 때문에 Michelle은 친구가 없으니 Jason 심심할까 봐 데리고 가지 말라는구나.

그래, 2주간만 다녀오래. 그러면 그동안 미스터 유가 휴가 받아 애들 데리고 캠핑 가겠다나 봐.

한편으로 생각하면 미셸은 데리고 가고 싶은데, 미스터 유가 반대고 Jason 생각하면 미셸도 두고 가야겠어. 그 대신 시일이 2주밖에 안 되니 걱정이 된다.

난 너에게 빚을 많이 지는 것 같아 마음이 편치가 않아. 내 catalog는 사진을 찍어 디자인 다 해서 보내겠지만, 네가 얼마나 힘들겠니. 백연희 씨 말마따나 난 인복을 타고 나왔나 봐. 빚지고 사는 기분이지만 두고두고 너에게 갚을게. 이번엔 애 좀 써줘 부탁이다. 그리고 경향신문사에서는 도와주겠다는데, (내 친구 영희가 아는 사람인데, 3년 전 LA에 왔을 때 인사한 적이 있어. 그때 내가 임신 중이라 언니가 하루 두 분을 LA 안내해 주었거든) 아무튼 이번 전시회 때문에 걱정이지만 잘 되겠지.

난 6월 중순쯤 갈 예정이야. 혹 부탁할 것 있으면 무엇이든지 얘기해. 그리고 나 올 때 같이 미국에 들어오자. 물론 이곳은 2월이 제일 아름답지. 더워도 서울 날씨와는 다르니까.

나가서 또 작업해야겠어. Jason, 미셸 다 두고 가니까, 너와 실컷 떠들고 제주도나 보러 가자. 노란아, 물감 빨리 연락해. 그럼 안녕.

June · 1985

보 고   싶 은   노 란 이 에 게

언제나 제일 맛있는 것은 Coffee뿐이다.

밤 11시 20분이야. 낮잠을 약간 자고 일어나, 밤도둑처럼 모두가 잠이 들면 슬슬 기운이 뻗쳐.

부활절 방학이라 애들이 학교를 안 가니 영 정신이 없구나. 더구나 미셸은 엄마는 그림과 잠밖에 모른다고 불만이 대단해. 작업하고 나면 늙은 탓인지 진이 다 빠지는 것 같고, 애들이 방학 덕에 아침에 늘어지게 자니 밤이나 시간을 아껴야겠기에 이 모양이다.

네가 물감을 어떻게 하고 있는지 걱정이구나. 한 선생님이 4월 15일경에 가시니 부탁드리려고 전화만 기다리고 있는데, 영 소식이 없어. 문 선생님 성격을 잘 알기에 내가 절대 전화는 안 드리거든.

이곳 새싹이 너무도 아름답게 자라고 있다.

서울에 봄도 마찬가지겠지. 아무튼 내가 서울을 간다는 것이 별로 실감이 안 가. 가기 전 혹 내게 부탁할 것 있으면 얘기해. 5월 추모전이 끝나면(opening이 5月 3日이야) 시간이 있을 것 같아. 그림 그리는 사람에게 여행이란 큰 공부이고 더구나 자기 작품을 중단하고 휴식하며 자기를 키울 수 있는 길이라는 것을 저번 유럽 다녀온 후 너무도 철저히 느꼈어. 그리고 눈도 뜨이고 답답한 것을 알게 되지. 어떻게 해서든 꼭 너에게 유럽을 권하고 싶어. 주부가 그림 그리는 것만도 힘든데 여행까지 하려니 남편 눈치도 보이지만, 더 늙기 전 그래도 감각이 명쾌할 때 여행이란 큰 공부가 된다고 생각한다.

　10일 전에 Paul이 SF에 왔어. 그동안 가끔 아주 가끔 전화를 했는데, wife와 별로 사이가 안 좋은가 봐. 너무도 괴로웠어. 난 그 사람이 잘되길 진심으로 바랐거든.

　NJ 어떤 대학에 교수로 있는데 그 사람도 철저히 환쟁이 기질이 있어. wife는 평범한 女子인가 봐. 물론 그림을 안 그리는 사람이 환쟁이의 그 깊은 고뇌를 어떻게 완전히 이해하겠느냐마는, Paul은 집도 boat도 차도 사교도 다 필요 없고, 오직 studio만 있으면, 그리고 철저히 자유롭고 싶어 하는 것이 너무도 이해할 수 있었어. 그래 내가 2월경 편지를 보냈었거든. 이혼보다는 여행을 하든지 진심으로 무엇을 원하는가를 wife에게 얘기하라고. Paul은 NY 화단의 사교에 넌덜머리가 나는 모양이야. 그 사람도 어딘가 나와 비사교적인 것이, 비슷한 면도 있나 봐. 학교수업이 없는 날은 아침 7시 30분부터 한밤중까지 studio에 박혀있으니 wife가 불만이 크겠지.

특히 미국 여자이니까. 그래, 갑자기 금요일 오후에 전화해 월요일 아침에 만나 오후 4시에 비행기로 갔어. 공항에 데려다줬거든— 5년 반 만에 만남이었는데, 많이 늙었는데, 회색 tone으로 늙었어. 고뇌하고 우울한 화가 모습으로. 젊었을 때 참으로 명쾌하고 고독한 빛이 그 사람에게 있었는데, 이젠 회색 tone. 허나 분위기 있게 늙었더구나. soho gallery에 내 작품을 소개해 주겠다고 slide를 빨리 찍으라고 해서 OK했어. 난 매일 그 모양이다. Paul과의 인연은 참 묘한 생각이 들어. 10년 동안 끊길 듯 끊길 듯하며 연결되는 인연이….

SF 화가 친구 집에 머물며, "I want a peace of mine", 금요일 밤 그의 전화였어. 월요일 아침 감격하며 만났고, 그날 Oakland Airport를 떠나며 출발시간이 20분밖에 안 남았는데, 서두르지 않고 태연해 놀랐지만, 그것은 아픔의 덩어리였다. 베이지색 바버리를 입고(난 차에 있었어) 문 쪽을 향해 묵묵히 걸어가다 문이 열리니 날 쳐다보며 "Good Bye June!" 난 그의 눈에서 나를 보았지. 집 떠나 LA에서 돌아올 때 난 나의 자유 없는 네모공간으로 돌아오기 싫어했던 것처럼, 그의 눈에서 출발 20분 남겨놓고, 비행기표도 사야 하는데 결코 돌아가지 싫은 그의 우울한 눈을 보며 난 참을 수 없는 고뇌를 뼛속 깊이 느꼈다.

넌 누구보다도 내 아픔을, 너무도 철저하고 성실한 남편 아래 그림 그리는, 내 고뇌를 잘 알고 있겠지, 나의 죄의식의 덩어리를. 난 참 딴 것은 무능력해도 별로 신경 안 쓰며 좋은 그림만 그렸으면 좋겠거든.

요사이 Oakland Museum에 Diebencon 작품 1956년 Berkely Series가 있는데, 정말 기가 막혀. 옛날 같으면 건성으로 보았을지도 모르지만, 난 그 사람 작품이 얼마나 열심히 노력한 결과인가를 알 수 있었다.

요사이 난 pencil drawing을 열심히 하는데 그것이 얼마나 큰 도움을 주는지 몰라. 특히 공원에 애들이 노는 모습을 연필 drawing 하며 모든 것에 가장 근본이 된다는 것을 알았어.

난 미켈란젤로 작품을 Roma에서 보면서 정말 정말 깨달은 것이 많아. Paul 얘기가 갑자기 미켈란젤로로 넘어갔구나. 아무튼 넌 지금 여러 가지 좋은 환경에 있다고 마음먹으며 열심히 작업해. 대학 애들 가르치며, 그 시간에 세 시간이든 여섯 시간이든 연필 drawing을 class에서 꼭 같이 해 봐. 난 피카소 drawing를 보며 놀랐는데, 그 사람은 평생 charcoal을 가지고 다니며, 아무 데나 남의 집 벽이든 어디든 매일 drawing을 했다거든. 그림은 노력밖엔 없다고 생각해.

노란아! 다시금 이곳에 살다가, 네가 느끼는 또 하나의 네 피에 대한 감각, 또 나이에 따라 다를 테니까. 작업 힘내서 열심히 해. drawing하다 보니까 눈만 뜨면 소재가 다양하다는 것을 알았어.

요사이 이곳은 정말 아름다워. Paul이 떠난 날은 전날 비가 와서 정말 기막히게 깨끗하고 맑은 하늘에 cotton을 던져놓은 것 같은 구름이었어. 우리 집에 내 작품 보러 왔었거든…. 너무도 아름다운 곳이라고 하더구나.

얘기 많이 했어. 참 미국에 와서 좋은 친구를 갖게 된 것이지.

이곳에 와서 난 꼭 두 인간을(미국인 중) 만났는데 Paul과 작년 Asian Museum에서 만난 중년 여자 Majori라는 여자야. 너무도 인간적이고 포근했어.

노란아, 필요 없는 얘기만 길어졌다. Paul이 떠나며 차 문을 닫으며 "You gave me hope…."

난 눈물이 마구 쏟아졌지만 그냥 웃고 있었어. 오랜 동안 침묵한 상태였어. 완벽한 사랑이란 상대방을 완전히 자유롭게 만들어 주는 것이라 난 믿고 있다.

자연처럼 그냥 놔두는 것이지.

그래. 편지든 전화든 기다리는 것도 나 자신이 이기적인 것 같아.

난 친구로, 그 사람을 정말 따뜻이 녹여주고 싶어. 어둠의 덩어리를.

또 편지 쓸게. 사랑을 보낸다.

June · 1985

노 란 이 에 게

한밤중이야. 참으로 맑은 달이 하늘 높이 떠있고, 그동안 slide 찍고, Oakland Museum에서 아홉 명이 왔다 갔고, UPS로 LA문화원 전시작품 보내니, 좀 발 뻗고 쉬고 싶었는데, 작업 안 하면 견디질 못하는 성질 덕에, 밤에 작업하고 coffee 덕에 정신이 말짱해.

저번 너의 글 받고, 백연희 씨 편에 물감과 gloss medium 같은 것 세 개 중 두 개만 가지고 가겠다고 해서 더 이상 얘기 못 했어.

백연희 씨 언니 짐도 많아서 힘들어하는 눈치였거든. 하지만 물감을 그런대로 보냈으니까 다음 인편이 있으면 또 보낼게. 네가 그 물감으로만 될지 걱정이다.

네가 원하는 큰 size를 두 군데나 가 보았는데 없어서 작은 크기로 보내니 이해해 줘.

그리고 전시회든, 물론 내 작품이 많지만 내가 스타가 될 것도 아

222

니고, 난 너와 같이 전시회 하는 것도 내게는 뜻깊게 생각이 되어 그러니 작품 열심히 해서 같이 전시회 하자.

난 너와 한용진 선생님 권유 없었으면 서울 전시회는 생각도 안했을 거야. 그러니 노란아, 골 아프게 생각 말고 같이해.

너나 나나 얼마나 고독하고 힘든 10년의 작업이었니. 서로 자축하는 의미에서 이번 전시회는 같이했으면 하는 바람이야.

내 팸플릿은 너에게 Ritzi & Jacobi 것이 있는지 모르겠는데, LA 뮤지엄에서 네가 나에게 사준 Ritzi 것이 참 크기랑 마음에 드니 그것 정도로 했으면 해.

사진은 B&W 열여섯 장 정도 넣고 color는 두세 장 정도 넣으면 가격이 대강 얼마인지 모르겠지만, 한 800~900불에서 했으면 한다. 만약 color가 비싸면 두 장 정도 넣고 했으면 해.

정 800~900불에서 안 되면 그냥 흑백도 괜찮아. 요사이 drawing한 것이 마음에 드는데, 24×48inch 크기, 내가 6월 5일 서울 가서 액자 하면 늦지는 않겠지.

그동안 지긋지긋하게 바빠 양수 씨한테 편지 못 썼는데 내일 꼭 써서 보낼게.

난 워낙 어떤 면에는 생각이 모자라니까, 특히 인사하는 것에는 네가 곁에서 충고 좀 해다오. 그리고 네가 사오라는 Tang과 하와이안 펀치 드링크믹스는 주스 종류를 얘기하는지 드링크 믹스 기계를 얘기하는지 모르겠으니 자세히 좀 적어 보내.

난 이번 서울 전시회를 모두 3,000불(비행기 포함) 정도로 예산하고 있으니까, 옥란 씨한테 얼마를 보낼지를 나에게 얘기해 줘. 그리고 opening reception에 얼마 정도 들으면 될지 예산을 좀 세우고 알아봐 줘. 한 번 전시회 때마다 이런 잡다한 일들로 피가 마르는, 너에게 이 일을 부탁해 영 마음이 께름칙하다.

그리고 이곳에서 다음 group전 있을 때 네 작품을 같이 전시할 수 있도록 몇 점 정도 네가 가지고 올 것도 생각해 봐. 그리고 11월 오면 우리 집에서 작업 좀 해. 모든 것 준비해 놓을 테니까.

그리고 평론가 글은 Oakland Museum의 Curator한테 부탁했더니 써주겠다고 했어. Slide 나오는 대로 내 작품을 본 후 쓰겠다고 하니 걱정은 없고, 이곳 신문, 잡지 난 것은 그동안 특히 한국 신문은 많았는데 다 없애버리고, (아니 스크랩을 도대체 안 해서) 별로 없지만 있는 것대로 해볼게.

팸플릿은 Jacobi 것의 style이 마음에 드니 그 style로 하는데, 가끔씩 작품 곁에 글을 좀 넣어보려고.

내가 slide 나오는 대로 사진과 정확한 크기와 디자인을 해 보낼 테니까, 네가 혹 고치고 싶은 것 있으면 고치도록 해줘. 그러면 모든 것을 준비되는 대로 보내는데, 미세스 백이 짐이 너무 많은 것 같아 내가 우편물로 잘 싸서 보낼게. 그리고 plexi glass가 서울 가격이 어떤지?

난 drawing 액자를 나무와 plexi glass로 하고 싶거든. 그러니 혹 서울에서 구하기 쉬운지 가격은 어떤지 알아봐 줘.

난 96×150inch 한 점, 너와 바꾼 크기 열 점과 drawing으로 걸고 싶으니까.

요사이 내 작품 얼마간은 정리가 되는 것 같아. 지난 작품들을 보면 너무 마음에 안 들어서 다 싹싹 지워버리고 싶어. 지워버린 것도 많지만, Oakland Museum에서 아홉 명이 와서 질문을 퍼붓고, 여태껏 한 작품을 보이는 데 진땀 뺐지만, 물론 한 명 뽑는 것은 기대도 안 하지만, 뮤지엄에서 내 작품 보러 온 것만 해도 OK고. 그 덕에 미스터 유가 차고 하나는 깨끗이 벽을 칠해줘서 다행으로 삼고 있지.

미셸은 오늘 진선이 사진을 보며 귀엽다고 몇 번이나 얘길 하더구나. 꽤나 보고 싶은가 봐.

Jason은 다리와 팔은 나보다 더 두껍고 너무 먹어 걱정이야. 미셸을 데리고 가서 서울 구경 좀 시켜주고 싶었는데,(물론 혼자 가면 편하지만) Jason 생각해서 안 된다니 할 수 없지.

노란아, 그럼 또 편지 쓸게. 작업 열심히 하고 너와 좋은 전시회 하자. 건강. 안녕.

June · 1985

Terri가 글을 빨리 써줘 같이 보내게 되었어.

토요일 낮. 우리 집 style은 여전히 똑같아. 난 2층에 앉아 네게 보낼 것과 catalogue를 준비하고 있고, 마음은 토요일답게 나른하다.

유순희 편지를 보니, 김애영 씨 전시회를 같이 갔었다기에 웃었어. 결국 인간이란 이래저래 다 만나게 되어있는 것이겠지.

이번 show가 잘되길 빌지만, catalogue를 네게 부탁해서 영 마음이 미안하구나. color 사진 한 장과 slide 열 점을 보내니 color로 하는 것이 돈이 1,000불 이상 되면 모두 흑백으로 해줘.

물론 color 넣으면 효과가 크니까 1,000불 이내에 가능하면 color를 두세 장 넣으면 해. 모든 것을 너에게 일임한다. 그리고 catalog를 내가 이곳에 한 40권 정도 가지고 오고 싶으니까 넉넉히 해줘.

그리고 Terri 글이 도착했는데 번역할 시간이 없어 곧 보내니, 네가 번역하는 사람에게 번역해. 돈이 얼마나 들었는지 알려주면 좋겠고, 꼭 번역이 필요 없으면 그냥 영문자만 넣어도 OK야.

불만 하나도 안 할 테니까 종이만 좀 두껍고 질 좋은 것으로 해줘. Northwestern 편으로 6월 16일 오후 5:30이니까. 주일이라 네가 나오는 데는 불편 없겠지? 혹 네가 바쁘면 내 친구 명희에게 부탁할 수 있으니 솔직히 고백해.

애 둘을 다 두고 가야 하니까 음식도 준비해 놔야겠고 힘들다. 여러 면에서. 그리고 신문 스크랩과 이번 Oakland Show에서 Art Week에 내 그림이 실렸는데, 찾아도 없으니 신문 스크랩이 더 나오면 나오는 대로 내가 가지고 갈게. 가기 전 필요한 것 있으면 말해. 내가 서울에 간다는 것이 영 실감이 나질 않는다.

난 모든 일이 좋든 싫든 다 남의 일 같아. 도대체 어떻게 된 여자인지 모르겠어. 6월 중순에 나와 좀 시골 같이 다닐 생각하고, 애들 좀 누구에게 부탁해 놔. 그리고 백연희 씨 전시회에 한용진 선생님 오시면 내가 한 선생님이 주신 시골 작업하시는 곳 전화번호 써준 note를 잃어버려서 그러니 전화번호 좀 일러달라고 해서 좀 알아줘. 그리고 6월 16일에 내가 온다는 얘기도 좀 해다오.

작품은 거의 다 되었어. 소품만 좀 더 하려고 해. 한국 가서 환쟁이 외엔 별로 친구도 누구도 만나고 싶지가 않고, 제주도나 다녀오고, 내가 12년 동안 떨어져서 생각했던 내 피에 대한 내 감각과 인상을 정리해야 될 것 같아.

　난 이곳에 이사 와 3년간 거의 누구를 안 만났어. 백연희 씨와 교회 친구들 교회에서 보는 것이, 거의 인간관계를 연결시키지 않았거든.
　그것이 내 내면세계 성장을 위해서 더 공부가 되는 것 같아 혼자 산책할 시간을 많이 가졌지.
　그래서 인간들을 만나고 오면 피곤하고, 쓸데없는 소리만 길어지고 우울해져 결국 점점 사교와는 거리가 멀어지는 것이겠지. 물론 그림 그리는 사람을 만나면 할 얘기도 많고 공통의 대화가 있으니까.

　Paul은 아주 가끔 전화하고, 좀 깊고 고뇌하는 미국화가. 난 인간 하나만은 진짜를 잘 만나. 아빠 사랑을 못 받은 대신, 신은 내게 다른 축복을 주신 것이 아닌가 생각된다.
　신문을 보니 데모 때문에 매일 난리더구나. 도대체 한국 젊은이들의 방향을 어디를 향하고 있는지…. 공부할 나이에 공부를 해야 할 텐데, 답답한 마음이야. 어서 너를 만나 얘기 좀 실컷 하고 싶다.

작업 열심히 하고 opening reception 비용은 얼마 정도 들어야 하는지 좀 알려줘. 계획을 짜게.

한국 물가 사정을 통 알 수가 없으니—opening 끝나는 날 가까운 시골에 좀 가자. 밤 별을 너와 길을 걸으며 보고 싶다.

P.S 박영국 씨를 요전번 5월 3일 opening에 오셔서 만났어. 그리고 San Jose에 오셔서 전화 주셨더구나.

네 소식 듣고 반가워하시고, 이제 작업 시작하신다더구나. 참으로 재주 있는 분이라 늘 안타까워했었는데, 본격적으로 시작하려나 봐.

*흑백 사진을 보면 내 slide 방향 쓴 것이 맞았는지 알겠구나. 영감이 안 잡혀. 안녕.

*내 작품에 관한 평이 영문판으로 된 책이 있는데, 혜숙이한테 도착 즉시 보낼게.

June · 1985

노 랑란 씨.

서울에서 전시할때마다

이 작은 선물을 옷에다 달고

opening을 해주오.

항상 너를 예술가로 또 친구로

같이 한 시대를 살수 있음은

축복이고 선물이였소.

신께감사하는 마음 가득하며

앞으로 더 찬란한 작업을

그대는 할것을 믿고 늘 응원

하는 내가 있음을 기억하고

힘겨운 이 예술세계를 더

탐험해 봅시다. 우리같이 ——

유 영준

보 고 싶 은 노 란 이 에 게

　　　　　　　　　　몹시도 몹시도 피곤한 밤이다. 눈과 온
몸이. 헌데 오늘은 잠이 올 것 같지가 않아. 아니 어쩜 가장 편하게
잠자야 할 밤인지도 모른다. '1985 Artist of the Year Award'에 내
가 되었다는 사실이 믿어지지가 않아.
　오늘 Oakland Museum에서 편지가 왔어. 상금으로 돈 1,000불
을 준다는구나. 1,000불이 문제가 아니라, 10년 동안 외롭게 노력
한 것을 인정받은 위로 때문에 그리고 엄마께, 또 미스터 유께 떳
떳할 수 있어서 기뻐. 그리고 Museum에서 개인전을 줄 것이고,
<Museum of California> 잡지와 신문에 기사가 실릴 예정이야.
아홉 명이 와서 보았는데, 난 정말 기대하지를 않았거든. 이젠 정말
열심히 작업에만 몰두해야 될 것 같아. 이곳에 와서 3년 특히 작년
부터 열심히 작업했어. 4월 28일, 그 사람들이 지난 10년간 작품을
다 보았거든. 너무 진지해서 숨통이 막힐 것 같았지만, 별로 기대하

지 않아서 떨지는 않았지. 이런 큰 상을 받고 한국에 가게 되어 무엇보다 나 자신에게 기뻐.

처음 그 편지 읽고 꽤 흥분했었는데, 저녁이 되니 또 남의 일처럼 아무렇지도 않다가 밤이 되니 우울한 기쁨이 온몸에 퍼진다.

길고 긴 길이었고 고독했지만, 깊은 환희가 있는 길이었어. 죄의식만을 뺀다면 나 스스로가 택한 길이었으니까. 후회는 없는 길이었지. 한 가지 교훈은 미국이란 곳은 열심히 하면 기회를 가질 수 있다는 것이지. 아무튼 작업하자. '1985년 최고 화가상'.

이력서 난에 'Award 부문: 1985 Artist of the Year Oakland Museum(1985년 최고 화가상)'이라고 좀 써줘. 내가 한국 가기 전 잡지와 신문에 기사가 실리면 scrap해 갈게.

고맙다. 노란아. 밤 별이 보고 싶어.

몹시 피곤해 그만 쓸게. 영어학교를 다녀왔어. 수요일이니까 긴 복도를 걸으며 고등학교 때 생각을 했어.

지나간 생에 대한 부분을 이제 그림으로 표현할 때가 된 것 같아. 모든 추억이 살아 내 몸의 일부가 되었으니 토해내야지. '生에 대한 최초의 우울' 시리즈를 하고 있다.

긴 복도, 하학 후 황혼 진 길고 긴 복도엔 우울의 덩어리가 존재해

있었어. 소품부터 시작했거든. 결국 경험이 인생이고 인생이 그림
이니까. 한 선생님께 정말 기쁜 마음으로 인사드리고 싶다. 눈이 알
레르기 때문에 몹시 아파. 그럼 good night 해야겠어….

안녕.

With Love June · 1985

노   란   이   에   게

　　서울 다녀와 너에게 고맙다는 소식을
전할 주소가 없어 이제야 Pen을 든다. 말로만 자꾸 하는 것 같아 면
목이 없지만 깊게 감사하고 있어.

　　서울 다녀온 후 영 내 그림이 마음에 안 들어 낑낑대다, Lake
Tahoe에 가 camp를 치니, 온 마음이 깨끗해지는 기분이더구나.

　　모든 것은 변함이 없는데 매일 내 마음만 이리저리 방황이지.

　　오늘 배편으로 보낸 짐이 왔다는 연락이 와 내일 전화해야겠어.
LA서 조카 둘이 와 애 네 명과 매일 싸움이 시작되었어. 모두가 내
피의 연결이니 힘들어도 참고 잘 방학을 보내게 해야지. 노란아, 아
무튼 결심하고 온 이상 이제 서울에 미련을 조금도 두지 말고 열심
히 생활해. 미스터 유가 네가 왔다니까 "이곳에 못 놀러 오면 보러
가야 되지 않냐"고 해 웃었어.

　　완벽한 너의 성격 덕에 모두들 너를 좋아하지만, 너 자신은 얼마

나 피곤하겠니. 타인의 눈, 의식 생각지 말고 너 자신만 생각하고 살아. 그래야 좀 편하지.

전쟁이 끝나고 다시 시작하는 나라처럼, 그런 마음으로 살면 우리 기질 어디서 못 뻗쳐나가겠니. 여기 check을 보내. 만일 네가 deposit 안 하면 cash로 보낼 테니까 그런 위험 없도록 해줘. 진선이에게 약속한 것 빨리 구해 보낼게.

고 여우가 어찌나 영리한지 다 기억하고 나 보고 이 갈면 어쩌겠니.

LA 태양에 모든 시름 녹이고 열심히 뛰어보자.

이 가을에 난 gallery contact을 드디어 시작하기로 했어. 나도 이제부터 시작이다. 사방팔방에서 얻어맞겠지만, 낄낄거리며 잘 견뎌나갈게.

안녕.

June · 1985

사 랑 하 는   노 란 이 에 게

흐린 아침에 차를 몰고 산맥이 보이는 벌판에 앉아 Bach를 듣고 있다.

벌판을, 깊은 마음의 눈으로 고독의 눈으로 바라본 자만이 Bach 음악을 완전히 이해할 수 있다는 생각을 해본다. 영혼을 끌어올려 우주의 무한하고 광대함 속에 일치시킬 때, 그때 감동적인 작품이 나오는 것이겠지.

무엇 하나 없이 풀만이 있는 대지, 그 광활함을 그 우주의 소리를 사랑하여라. 인간이란 어느 때에 묘한 정신의 체험을 하게 되는 때가 있다는 것을 알았다.

그것이 때로는 타인 속에서 자기를 발견할 수도 있고, 고통 속에서 깊게 하늘거릴 때 깊고 깊은 굴을 걷는 막연한 체험, 또는 깊이 있는 책 속에서, 아무튼 어떤 상태에서건 그런 체험을 할 때가 있어. 그것은 자기 내면 깊숙이 무의식 속에 깊게 깊게 박힌, 잠재해 있는 인간의 원초적 생명체를 끌어올리는 체험이다. 이런 체험을 하면 표현하기 어려운 감동 속에 빠지게 되는데, 우주의 모든 것, 자연의 모든 것, 그런 것들이 새로운 눈으로 보이게 되지. 뭐랄까, 깊고 깊은 눈으로 말이다. 구름이 흐르는 것도 광대한 힘을 그것에서 느끼게 되지. 자기의 인식만 맑게 가지면 그것은 어느 때 갑자기 나타나게 된다고 나는 믿고 있다. 인식의 눈이 가있는 곳에 인식의 열매가 떨어진다고 했던가?

신은 우리에게 고통을 주신다. 그것이 짧으면 그 상태를 금방 잊기에 신은 고통을 길게 주는 것이라 믿고 있다. 이스라엘 민족이 광야에서 가나안 땅을 딛기 위해 40년이란 시간의 고통을 주셨는데, 그것은 그들이 그 고통을 금방 잊어버릴 것을 신은 걱정하신 것이다.

인간이란 그렇게 해서 크는 것이고, 그런 영혼의 체험은 우주의 광활함을 호흡할 수 있는 체험과 긴 세월의 고통이 걷히는 순간임을 난 믿고 있다. 그리고 그것은 예술의 눈과 마음을 가진 자에겐 꼭 부딪치는 것이라 믿고 있다. 아무튼, 요사이 난 미치고 있는지 크고 있는지 모른다.

햇볕이 부드러운 오후, 가끔 뒤뜰에 누워 흔들리는 바람소리를 듣거나, Bach의 종교음악을 들을 때 난 신의 음성을 듣는 기분에 빠지곤 해. 아주 나른하고 아주 완벽하게. 환희도 아무것도 아닐 수 있는 무(無)의 순간일 수도, 불교에서 말하는 공(空)의 순간일 수도 있다. 어떻게 하든 가늘게 가늘게라도 연결시키면 언젠가 굵은 나이테가 된다.

그 가느다란 순간은 가느다랗지만 질기고 질긴 체험이기에, 그것이 나중엔 큰 힘이 있는 나이테가 되는 것을 난 알고 있다.

건강하고. 바닷가에 가 앉아 소리에, 빛에 취하면 새로운 기(氣)가 너를 가득 채울 것이야. 노란아, 안녕.

5월 1일 아침

With Love June · 1986

노   정   란   씨

지난번 LA 가서는 참 재미있었어요. 덕
분에 새 Museum과 화랑 구경 잘 하고 좋은 작품들 보는 동안 눈이
번쩍 뜨인 것 같아요.

역시 많이 보고 남들의 세계와 경험을 함께 느껴보는 것은 참 필
요한 일인 것 같아요.

정란 씨의 바쁜 일과 중에 몇 시간을 내가 차지하고, 같이 지낸 것
참 좋았고 또 고마웠어요. 우리 애들 주신 선물은 Tree 밑에 놔두고
좋아한답니다.

지난번에 찍은 사진을 핸드백 속에 넣고 갔다가 잊어버리고 안
주고 와서 다시 보냅니다. 틈틈이 작품 열심히 하시고 내년(1월)에
만나면 더 신나는 일들을 해봅시다.

연희 올림

1986

노　란　이　에　게

　　　　　어두움이 깔리고, 산등선은 검은 덩어
리로 화한 시간, 멀리 야구장 불이 모든 시간을 정지시킨 듯 밤이 시
작되는 시간이다.
　가을 풀벌레는 이 공기를 가을로 향한 문을 열어주는 듯하다. 너
무도 오랜만에 너에게 깊은 마음으로 글을 쓰고 있다.

　오래전에 Danville에 내가 살고, 네가 서울에 있던 시간 가끔 편
지했던 시간들이 꽤 오래전 일이 되어버렸구나. 이제 시간이라는
것이 우리 두뇌를 성숙시키고, 더불어 인간을 깊게 더 깨달음이 많
게 해주어, 인간의 욕망 속에 허덕이던 세월은 지나고 자유스러울
수가 있게 되었어. 식구들이 아무도 없는 오직 나만의 시간을 완벽
히 가질 수 있는 이 고귀하고 아련한 시간—하루가 지나고 있다.
　화가로서 얼마나 난 이런 완벽히 침범당하지 않는 무한의 시간을

목마르도록 갈망했는지.

애들이 언젠가는 커서 다 떠나고. 홀로 홀로 끝없이 있어도 결코 난 외로움을 이길 수 있을 만큼 이제 내 속에 완벽히 묻히고 싶다.

그래 정말 시간, 소음에, 감정에, 말에 쫓기지 않고 나 자신의 깊은 합이 이루어질 때, 그림다운 그림을 그릴 수 있으리라 생각해.

더불어 겪어야 하는 어떤 시련이라도 이겨나가고, 달갑게 받을 만큼 난 그것을 원하지. 모든 것이 다 허무하고 허해도, 종교와 그림만은 날 늘 지켜주고 기다려 주고 위로해 준다.

그때야 비로소 평화로운 인간의 영혼을 깊게 울릴 수 있는, 새벽의 절에 울리는 종소리같이 영혼을 울리는 그림이 나오리라 생각해.

머리는 하늘을 바치고 있는 것이니 머리의 아픔을 건드리지 말라던 시인의 말을, 그 깊은 의미를 이제야 난 깨닫게 되었다. 밤이 어두우면 더욱더 어두움이 깊어질 때 별은 그의 속살을 더 찬란히 비추듯이, 어둠의 저 맨 끝은 빛이 있음을 알 만큼 이제 성숙했고, 묵묵히 기다리는 지혜를 터득하게 되었지.

이제 우리 모두는 큰 나무로 성장해야겠기에, 그만한 공간과 홀로의 인내와 끝없이 견디는 자연의 섭리, 인간의 초극을 할 수 있어야 될 것 같아.

이제 내려가서 내 육체를 위한 음식을 만들고, 홀로 깊이 수도자의 자세로 깊은 기도를 드리고 싶다. 실로 실로 오랜만에 이 영혼의 무한한 자유와 정신에 무궁한 세계를 얼마나 깊고 달콤하고 아련히 깊게 포옹하는지. 그래 이것이 신이 인간에게 주신 연륜의 선물이겠지. 작업 열심히 하고, 또 보자.

안녕히.

Love June · 1991

노　　　　란　　　　이　　　　에　　　　게

　　　　　　사흘 밤, 사흘 낮, 해가 뜨고, 달이 뜨는
것도 모르고 화석인 양, 침대 위에 영원히 있을 듯 잠을 잤다.
　내가 해놓은 작품과 사회와의 전투에서 돌아온 지친 병사가 되었
고, 육체보다 난 더 영혼의 휴식이 필요했지. 매일 사람을 만나고 견
디는 것이 내게는 더욱 힘든 일이었나 봐.
　꽃이 많던 너의 집. 담이 유난히 아름다운 너의 동네에서, 너와 산
책하며 많은 얘기 나누고 싶었어.
　언젠가는 진실된 내 마음을 너에게 열고, 너에게 섭섭하게 했던
나의 행동, 또 내게 들려왔던 섭섭했던 얘기 다 하고, 그리고 다시금
너를 깊게 안고 싶었는데, 그럴 시간이 없었던 것이지.
　허나 우리 어머니 세대가 가고 또 우리 세대가 속절없이 가고 있
는 이 마당에, 이생에 있어 뭐 그리 대단히 중요한 것이 있겠니. 너
를 분노케 하고 섭섭케 했던 모든 일 사과할게. 많은 친구가 있으면

서도 없는 것 같고, 너무나 고독하면서 고독하지 않는 나, 무엇이 무엇인지 모르며 살고 있는 듯하다.

허나 다시 나의 공간, 나의 수도원, 나의 궁궐, 나의 감옥인 내 공간에는 여전히 나를 기다려 주는 그림이 있고, 차이콥스키가, 바흐가 그리고 모차르트와 베토벤이 있고, 난 다시금 그들 속에서 소생되며 다시금 나에게로 돌아왔다. 그리고 조용히 내 길을 걸을 수 있는 자유와 힘을 스스로에게 얻었고….

노란아, 항상 열린 마음으로 살고 좋은 책 많이 봐. 너에게 그토록 많은 좋은 점을 더욱 살리고, 그토록 찬란했던 너의 감각을 다시금 찾는 길을, 아무에게서 아니고 오직 조용한 수도승 같은 생활과 책 속에 그 해답이 있으리라 난 믿고 있다. 아니 확신하고 있다.

우울하면 더욱 깊게 우울 속으로 파고들어가. 그러면 그 뒤엔 새로운 찬란한 세계가 있고, 우리의 의식을 끝없이 씻겨주고 늘 새롭게 하는 것은 master들이 써놓은 책 속에서, 그 만남에서 해답이 있다.

내가 자유로울 수 있는 것, 내가 그토록 원하는 정신의 자유는 끝없는 갈망과 끝없는 충만함을 동시에 주는 예술이고, 이 예술을 하기 위해 우리는 가지를 치고 핵심으로 들어가기 위해 우리를 끝없이 일깨워 주고 일으켜 주는 건 자연과 신, 또한 책이라 난 확신해. 난 이제부터 더욱더 수도승처럼 생활하려고 해. 모든 것을 절제하고 좋은 음악에 나를 씻기며….

나른한 이상주의자인지는 모르지만, 그것이 예술의 길이라 난 믿고 있지.

너의 현실적인 고민도 크고 큰 것이지만, 그럴수록 노란아, 인간에게 희망을 걸지 말고 너의 세계의 추구를 위해 더 애써주길 바라. 그리고 난 너의 미적인 감각이나 능력, 가능성 이런 모든 것을 믿고 있다. 이제는 감각뿐 아니라 그 위에 철학이 서고, 미학에 도달하기 위해 끝없이 투쟁해야 해. 우리 모두가.

넌 우리 중에 누구보다도 더 미적 재능과 능력이 있으니, 그 능력을 믿고 정말 45세에 다시금 스스로 출발해 봐. 이 말은 나 스스로에게도 다짐하는 것이지. 말이 너무 길어졌구나.

85년, 네가 서울 있고 내가 Danville에 살 때, 어린 것들을 옆에 재우며 너에게 편지를 쓸 땐 밖에는 꼭 눈이 내릴 것 같고, 아니 눈이 내린다고 착각하며 살았지. 길고 긴 겨울 밤, 눈이 오고 봄이 싹트는 삶의 경이를 느낄 수 있는 사계절이 있는 곳에 살 수 있는 축복을 감사해야겠지.

헌데 서울이라는 곳은 예술가에게 image를 주는 빛은 아니니, 노란아, 더욱 많은 감각의 새로움을 찾는 데 노력해. 사계절의 그 두근거리는 신의 사랑을 느끼며, 저물어 가는 가을을 만끽하기 바란다.

눈이 오면 신부님이 산길을 따라 기도하러 가듯, 너에게 깊은 수도승의 생활이 있기를 바라. 그럼 건강하고 가끔 글 좀 줘.

다음 주엔 Rental Gallery 가서 너의 그림 갖다놓을게.

p.s. 사진 나온 것 좀 보내줘.

June · 1993

노   란   이   에   게

　　　　　　　하얀 table 위에 다섯 송이의 붉은 튤립
이 섬광처럼 빛나고 있다. 오늘아침 Jason cello lesson 받으러 이
른 아침 버클리를 갔었어. 거리의 꽃집을 난 무지하게 좋아해 들렀
더니, 튤립이 회색 거리에 빛처럼 비추고 있더구나. 단순하고 정확
하고 우아한 저 튤립에 미쳐, 내가 살고 있는 순간을 만끽한다. 그동
안 통 마음이 어수선해 글을 쓸 수가 없었어. 이제야 곁에 차 한 잔
놓고 stove를 켜놓고, 정신을 차리고, 크리스마스트리를 할 시간임
을 알았다. 올해는 빛의 속도처럼 시간이 흘러버린 것 같아.

　　너에게 감사한 마음을 어떻게 글로 표현하겠니! 배운 것도 느낀
것도 많고, 1973년 서울 떠난 후 처음으로 마음과 심장을 내 고향에
풀어놓고 온 것 같아. 그 색깔, 그 빛, 그 냄새를 기억하고 호흡하며,
내 나라에 가서 살고 싶다는 생각을 20년 만에 처음 했어. 아직도

너와 산책했던 밤의 작고 다정한 길이 내 세포 속에 가득하고, 1970년 초 대학 다닐 때, 이유도 없이 우울해 늘 밤에 홀로 산책을 했었던 기억이 새롭다.

산다는 것은 결국 이렇게 단순하다면 단순한 것인지도 모르지. 산책하며 내가 느꼈던 그 많은 감각의 조각들이 결국 그림을 그리게 되는 원천인지도 모르겠어.

북아현동 그 작고 다정한 길고 긴 길의 기억을, 너와 오랜만에 너의 동네에서, 산에서 느끼며 내 감각을 일으키고 있었어. 신과 자연과 예술은 어찌 그리도 침묵인지 모르겠구나. 결국 신과 예술은 시간과 투쟁이라는 흐름 속에서 집착 않고 자유에 도달하는 길을 가르쳐 주는 것 같아.

너의 studio의 그 밝은 빛이 너의 그림에 가득 차 좋은 작품이 나올 것을 믿고 기대한다.

그 산천에서 너의 감각을 다시 일으키고 혼과 싸우면 오로지 홀로의 길을 아주 성실히 묵묵히 걸으면 늘 좋은 그림이 어느 순간 나올 거야. 자연은 우리에게 침묵을 또 서둘러서는 안 되는 진리를 깨우쳐 주듯, 그림도 서둘러서 하면 안 되는 것을 나는 알고 있다.

로댕의 말처럼 한 방울 한 방울 물방울이 바위를 뚫는 인내를 우리는 배워야겠지. 건강하고 또 편지 쓸게. 깊은 마음으로 다시 감사해.

With Love June · 1994

노　란　이　에　게

　　　　　　애들이 없는 집. 정말 이 지독한 고요를
난 얼마나 갈망하는지. 미셸 독주회는 잘 끝냈어. 푸닥거리를 나한
테 실컷 하고 나더니, 나가서 생글생글 웃으며 잘 끝냈어.
　어미 된 덕에 그동안 piano 치며 나한테 화풀이 다 하더니, 언젠
가 저도 시집가서 애 낳으면 내 마음 이해하겠지.

　편지 고맙다. 늘 받고 또 편지 받을 때 그토록 설레며 받고도, 늘
답장 써놓고도 부치지 않은 것이 수두룩해. 나중에 읽어보면 과거
얘기라 보내기 그렇고. 그래서 난 게을러서 되는 것이 없나 봐.
　미셸 대학 가면 어느 정도 시간이 나겠지. 어떻게 살아온 세월인
지 모르게 시간이 흘러가 버렸구나. 그림은 여전히 마음에 안 들고,
전시회는 그룹전이 계속해 있어서 그림을 그려야 하는데,
　카라얀 말대로 정말 "자신을 위해 헌신하는 시간을 많이 가지란

말" 이해가 가고도 남아.

그래야 자기를 찾고 또 좋은 그림을 그릴 수 있는데, 너무 많은 시간과 에너지를 딴 데다 써야 하니….

이곳은 지금 알레르기 시즌이라 눈 붓고 난리야. 이제 6월 말이면 모든 것이 질서를 잡을 수 있겠지.

그림을 깊게 파고들어야 되는데, 모든 것이 어수선했어. 허나 어제 오늘 시작된 인생이 아니니 열심히 살 수밖에. 여름에 이곳에 오면 며칠이라도 좀 다녀가라. 미세스 백은 곧 영익이 졸업식 끝내고 베니스 비엔날레 때문에 전시 겸 유럽에 갔다 6월 말이면 오실 거야.

혜숙이랑 모두 우리 한번 만나자. 며칠이라도 이 낭만의 도시를 찾지 않을 수 있겠니?

새로운 museum도 보고. 이사를 해서 어수선하겠구나. 넌 항상 어떤 상황에서건 super woman처럼 헤쳐 나가는 능력이 있어. 우리처럼 징징대지 않고. 늘 그것이 부럽고 너의 능력이 장해. 너의 인내와 노력이 언젠가는 꼭 좋은 결실을 보리라 믿어. 지금도 난 손님 방에 너의 그림을 보고 있다.

타고난 너의 센스와 그 깊은 감각을 정말 열심히 발휘해.

우리 중 너만큼 talent를 타고난 사람도 없으니까. 신이 너에게 더 깊은 예술의 세계를 허락하기 위해 시련을 주셨다고 생각해. 각자는 모두 각자대로 멍에를 메고 사는 것이 아니겠니.

아직도 난 그 가을의 너의 studio를 깊게 그리워하고 있다.

한국의 딸인 네가 그 깊은 감성의 세계를 정말 크게 펼치도록 노력해. 꼭 넌 해낼 수 있어. 너의 색채 감각을 우리 모두 부러워하고 있지. 너의 타고난 재능의 그 부분을 잘 살려야 해. 이제 우리나이 50세가 되니 무섭고 두려울 것이 무엇이 있니. 그리고 넌 이곳과 한국의 모든 스케일과 깊이와 인식의 세계를 알고 있으니, 미친 듯 펼쳐나가. 얼마 전 줄리어스 작품을 보고 이미 기가 다 빠진 것을 느낄 때, 슬퍼지지만 세월의 흐름을 막을 순 없지.

이제부터 한 70세까지 미친 듯이 많이 작품을 해야 해. 그림을 그리면서 문제를 찾고 또 해결하고 우리는 그리면서 해야지, 공상으로만 깊은 사고로만 되는 것은 아니니까.

우리는 그림을 끝없이 그리면서 우리가 원하는 세계에 도달해야 한다고 난 믿어. 앞으로 신이 내게 얼마나 시간을 주실지 모르지만, 대작을 많이 하려고 해. 인간의 에너지는 한계가 있는 것이니까, 사람을 될 수 있는 대로 덜 만나고 책 많이 읽고 자연과 친해지면 그 속에서 자신과 만나게 되는 것을 우리는 잘 알고 있지. 그리고 우리

에게 펼쳐진 이 하얀 공간과 끝없이 투쟁하고 끝없이 화해하며 나
갈 때, 우리가 가진 능력의 모든 것이 형상화되리라 믿는다.

신이 예술가를 통해 그의 세계를 보여주시고, 천지를 창조한 이
래 아직도 인간을 통해 창조를 계속하시는 것이라 믿어. 이제 나도
올라가 다시 작업해야겠어. 언제나 신처럼 침묵 속에서 나를 기다
려 주는 나의 흰 세계로….

SF에서
Love June · 1995

노 란 이 에 게

아침 싱싱한 햇살이 나뭇잎들을 비추고 맑은 공기가 내 심장을 씻기는 아침 버클리 첼로 선생님댁 정원에 앉아 글을 쓴다. 이 아침 나를 일깨우고, 이 빛은 나를 상승시켜주고 있다.

벌써 가을을 느끼는 나뭇잎들, 그사이를 빛은 예리하고 신선한 충동으로 가득 차있다. 이 댁 정원은 미국 집에는 보통 없는 감나무가 있어. 색깔이 약간씩 물들어 가고 있다.

무엇을 하며 지난 8개월을 다 보냈는지 모르겠는데, 난 9월 하고도 중순에 여기 앉아있다.

너의 편지를 받으면 그토록 기쁘고 설레는데, 난 너에게 글 쓰는 여유를 왜 그토록 갖지 못했는지…. 언제나 분위기가 잡혀야 내 마음이 가라앉고, 그래야 글을 쓰는데 늘 연쇄적으로 계속되는 생활 탓이겠지. 길 저쪽에는 차 소리조차도 이 아침에 상쾌함을 준다.

이 정원에 떨어진 작은 빛들의 조화. 이 빛을 그리기 위해 난 이제껏 살아온 것이 아닌가 하는 생각이 들어. 이 빛은 신이고 이 빛은 또 구원이기에…. 깊게 숨을 들이마신다. 모든 것이 씻기고 새롭게 시작되는 아침이지.

너의 글을 받고 마음 답답했어. 너의 그 고통에 동참할 수 없는 홀로의 고민이기에… 허나, 노란아! 생이란 무엇인가가 잃으면 동시에 무엇인가 꼭 얻는 것이 삶의 철칙임을 이제 우리는 알고 있는 것이 아닐까. 네가 고독하고 홀로 있고 싶으면, 네 속에 또 하나의 생명의 씨가 뿌려지고 새싹이 돋아나는 것을 알게 될 거야.

우리가 그림을 그리고 방황하고 사랑을 찾고 헤매고 하는, 이 모든 것은 어쩌면 신을 향한 마음일 거라는 생각이 들어. 우리가 결국 소유하고 싶고 사랑하고 싶고 이 모든 열정이, 결국 신에게서 떨어져 나온 우리가 신을—신은 보이지 않고 만져지지 않기에—그것을 사랑이나 또는 어떤 대상 속에서 찾으려 하는 것이 아닐까. 만일 사랑이 그토록 신적인 것이면 변하지 말아야 하는 것인데, 세월과 함께 퇴색되는 것은 그 사랑 자체가(사랑하는 동안은) 우리가 신 속에 순간순간 머무는 것이라 생각이 든다.

이제 애들은 커서 점점 우리에게 멀어지고, 우리는 떠나간 그 자리를 우리가 그토록 목말라하던 자유와 빛의 세계로 나가기 위해 채워야겠지.

노란아! 그림 열심히 그려. 넌 타고난 너의 감성과 색채의 현란한 재능을 믿어야 돼.

거기에다 너의 생의 철학이 체계화되어 들어가면 되는 거야. 너는 누구보다도 타고난 감성과 스케일이 있어. 그리고 더구나 한국화가에게는 늘 결핍되는 색깔의 무한한 잠재력과 가능성이.

너의 직관과 너의 잠재력을 믿고 폭발적으로 밀고 나가, 작은 canvas의 공간을 곧 우주처럼 느끼면서.

어젯밤, 아주 오랜만에 전시회 건으로 만났다가, 백연희 씨와 Sandra 셋이서 열띤 논쟁을 했지. 우리는 이미 50세를 살았으니 반세기 산 것이야. 우리가 두려워해야 할 대상은 이제는 이 지구 위엔 없어. 오로지 자기 자신밖에는. 자기 자신에게 충실하고 진실하면 그림의 세계도 똑같아. 정말로.

내가 이 공간에 이 제한된 흰색 공간에 진실했느냐 하는 것이지. 그 끝없는 충만과 갈증 사이를 우리는 배회하며 그 길을 묵묵히 가는 거야. 깊게 사색하고 작품하기 바란다. 너의 studio 뒷산이 가을이 되니 절실히 생각난다.

SF
June · 1995

노   란   이   에   게

　　　　　　　급하게 나오느라 노트를 잃어버리고 나
와 이 종이에 글을 쓴다.

　난 지금 LA로 가는 비행기에 앉아있어. 밤 창 밖 멀리 보석처럼
불빛이 반짝인다.

　비행기 창가에 앉으면 그토록 많이 떠났던 도시들이 생각나지.
더구나 엄마 돌아가시고 그 새벽 비 오는 비행기 창을 내다보던 생
각이나. 도시를 떠나는 것이 아련히 슬퍼진다. 얼마나 많은 도시들
을 떠났던가!

　비행기가 이륙할 때마다 작은 서글픔이 늘 내 세포를 적셨던 것
이지. 너의 글 받고도 왜 이리 글 쓰는 것이 힘이 드는지. 난 무엇을
하려면 깊게 집중을 해야 하기 때문이고, 편지를 쓰는 것은 일상의
생활을 하는 것이 아니기 때문인지 몰라. 내 피 속엔 늘 예술가의 광
기와 열정이 흐르기에 현실을, 일상을 사는 것이 힘들 때가 많아. 완

벽한 예술세계를 살고 싶은 욕망 때문일 거야. 요사이 가끔 새벽 예배를 보러 다니는데, 어릴 때 그 새벽의 순수함과 청아한 빛만 생각하고 수녀가 되고 싶었던 기억이 나서 가끔 웃곤 한다.

예술과 신, 사랑과 신은 영원한 위안이며 영원한 고통인지도 몰라.

어떻게 생활하고 있니? 작업은 열심히 하고 있지?

너에게 스키장에서도 여러 번 글을 써놓고 부치질 못하고, 옛날 얘기가 되어 또 보내질 못하고, 게을러 터져서 그럴 거야. 이해해다오.

이곳은 벚꽃이 만발하고, 캘리포니아의 그 둥근 산은 모두 새파랗게 되었어.

하늘엔 비 온 후 뭉게구름이 비현실적인 듯 떠있기도 하지. 미셸이 대학 간 후 그래도 시간이 많아졌을 텐데도, 여전히 난 몽상 속에 살고 있는지 모르겠구나. 비행기가 몹시 흔들린다.

New Port Harbor Museum 전시가 내일 오후 opening이고 dinner를 뮤지엄 사람들이 초대해 주어 LA로 모두들 떠났어.

네가 이곳에 있다면 신나는 시간을 가질 수 있을 텐데.

그림을 그릴수록 힘들고 심연이고 미궁일 때가 많아. 무엇을 하는지도 모르겠고, 삶의 순간을 열정을 다해 살아야 하는데, 그래야 그림도 끊임없이 새롭게 새롭게 나오는 것일 텐데… 멀리 유럽엘

가고 싶다. 생각해 보니 아주 오래전에, 몇백 년 전에 유럽엘 갔다
온 기분이야.

그리스의 그 해풍도 그립고, 웃기던 Antonio도 귀엽고, 삶이란
이토록 구석구석 경이에 차있는데 더 늙기 전에 여행을 가고 싶다.

LA 땅을 그토록 싫어했던 나. LA에서 매일 같은 날씨 때문에 모
든 감각을 잃었던 나.

헌데 그 땅이 이제 내겐 대지의 심장이 되었다. 나의 엄마가 그곳
에 영원의 흙이 되었기 때문이지. 1주기 추도식엘 갔다가 그 저녁
산꼭대기에 올라가, 붉은 석양과 구름을 보며 진실로 사막의 의미
가 내게 크게 크게 다가와, 20년 전 했던 title '사막에서 쓴 편지 96'
을 작업하고 있어.

엄마의 죽음은 내 그림에 또 하나의 큰 영향을 주신 것이지. 항상
엄마는 내게 한 모습으로밖엔 기억이 없다. 돌아가시기 전 모습은
전혀 기억이 없고, 내가 대학 때 미국에서 엄마가 열심히 사실 때,
가능성을 그토록 사랑했던 엄마 모습이 영원히 내 속에 각인되어
있어. 생이란 이토록 빠른데 무엇을 우리가 삶에 남기고 가겠니?

많이 배우고, 열심히 살다가 죽음 앞에서 열심히 살았다고 생각
하면 그 생은 충분히 산 것이겠지. 요사이 단테의 《신곡》 전부를 읽
고 있어. 내 영혼이 맑아야 맑은 그림을 그릴 수 있을 것 같아. 그래
서 아주 단순해지고 영혼의 맑기를 매일 기도하고 있지. 네가 보고

싶다.

그리고 항상 너의 커다란 마음에 감사하고 있어. 늙어지면서 말을 많이 안 하려고 노력하며 살고 있다. 비행기가 착륙하고 있어. 엄마가 계시는 LA다.

비행기에서 June · 1996

보 고   싶 은   노 란 이 에 게

　　　　　　　며칠 앓고 일어나 다시 내 의식이 상승
의 날개 펴는 그 기막힌 내적인 힘을 너는 이해하겠지?

　이틀간 몸살이 나서 실컷 앓았어. 내내 침대에 누워 비몽사몽 그
림 생각도 하고, 아무 소리도 안 들리고, 아무 간섭도 받지 않고, 아
프니까 작업을 안 해도 불안하지 않고. 그래서 변태인지 한 이틀 물
과 약만 먹으며 정신이 맑아져서 일어났어. 이렇게 일어나면 세상
이 온통 빛으로 싸였다.

　참 내 욕 속으로 많이 했지?

　내 세계가 커지면 커질수록 더 세상 사는 것이 서툴러지고, 그림
그리는 시간이 길어지면 길어질수록 내 속에 평화는 오는데 사회와
단절되는 나 자신을 본다.

　New Port Harbor 뮤지엄 전시회를 보고, American Journey에
서 특별 인터뷰를 하자고 하는데, 내 영어 실력 꼴이 한심하기도 하

고, 다 귀찮아서 아직 연락도 안 하고 있어. 난 너무도 비현실적인 것 사회와의 투쟁은 아예 못 타고났나 봐. 그냥 아무것도 안 하고 그림만 그렸으면 좋겠는데 말이다.

그동안 너에게 숱하게 편지를 써놓고도 시간이 지나 또 옛날얘기가 되어 못 부치고 했어.

너는 항상 멀리 떨어져 있지만 항상 나와 함께 있고, 항상 나와 함께 있으면서 항상 멀리 있는 것을 느끼지. 친구 관계란 시간의 흐름이 길어야 된다는 것을 더욱 느낀다.

Rental Gallery 서류를 어느 가방에 잘 넣어 두었다가 겨우 이제야 발견했어. 미안해. 서류나 우체국, 은행 이런 것은 정말 너무도 견디기 힘든 것들이지.

난 아마 그냥 원시적인 물물교환 시대의 상태로 있나 봐. 항상 어디인가 미숙아인 나, 50세가 가까이 되어서도 모든 것이 서투르기만 하다.

어떻게 지내니? 전시회는 잘돼가는지?

많은 사람들에게 길이 남는 그림이 되어야 되는데, 그것이 힘든 것이지.

나의 환경, 나의 감성, 나의 고뇌와 희열의 모든 것이 그림으로 다시 나타나고 보는 이에게 다시 부활되는 그런 상태여야 하는데 ….

헤밍웨이는 흰 종이 하나하나에 '이 종이는 대가를 치러야 한다'라고 늘 써놓고 글을 썼다고 하더구나. 《무기여 잘 있거라》 마지막 장면은 서른아홉 번을 고쳤대. 한 언어를 언어 자체가 전 존재가 되도록 무서운 투쟁을 한 것이지. 이것은 나에게 새로운 교훈을 또 주는 말이기도 하다.

작품 하나하나가 소우주가 되어야 한다면, 얼마나 진지하며 얼마나 책임이 큰 것이겠니. 그림이란 우리의 혼이 들어가고 그 혼의 전달이기에 쉽게 끝내서는 안 되는 그 무엇이지. 윤동주 씨는 쉽게 씌어진 시에서, 세상이 살기 이토록 어려운데 시가 쉽게 씌어지는 것은 부끄러운 일이라고 했던가.

다시 앓고 일어나 새로운 감각, 새로운 냄새 또 새로운 눈길로 모든 사물을 응시해 본다. 네가 무척 보고 싶고, 너의 그 studio에서 베리시니코프를 모셔다가 춤추라 하면….

기찬 상상을 해본다. 하나하나의 선과 색채에 베리시니코프와 니진스키의 선을 생각해 본다. 안녕.

SF
June · 1996

노   란   이   에   게

둥근 이곳 캘리포니아 능선엔 안개가 가득하다. 겨울이 시작되려는 움직임이 아침의 작은 산들을 보면 알 수가 있지.

아침 시간이다. 이 고요를 깊게 숨 쉬며, 살고 있다는 이 생명의 감사가 나의 심장을 적신다. 이 깊은 시간, 하루가 열리는 이 시간, 너의 집 창 밖 풍경을 생각해 본다.

그동안 서울에 있을 때 너무 많이 애써줘서 고마워. 이런 일상의 단어로는 표현할 수 없게 깊게 너에게 감사하고 있어. 너와 선생님들의 사랑과 서울 산의 그 묵묵함에 많은 감동을 안고 돌아왔다.

공항에서 눈물이 나는 것을 꾹꾹 참느라 애쓰면서 서울을 떠나왔어.

늘 내겐 고향이며 내 청춘의 전부였던 서울, 젊었을 때는 모든 것이 심연이었고, 철학적으로나 인생에서나 아는 것이 없었던 시기였지. 연륜이란 이런 깨달음을 주기에 좋은 것인가 봐.

노란아, 대학에서 정말 너는 좋은 스승이 될 거야.
내게 한용진 선생님과 권옥연 선생님이 계셔 오늘이 있듯이, 너
의 제자 중 많은 학생이 일생 그림을 그리며 너에게 감사하리라 믿
고 있다. 모든 학생 하나하나에게 가능성을 발견해 주는 이가 스승
아니겠니.
너에겐 참 남이 못 가진 기막힌 힘이 있는 것을 너도 잘 알 거야
(책임도 물론 큰 것이지만).
그 힘을 힘껏 발휘해. 물론 너 자신이 많이 공부해야 되고 느끼며
머물지 않고 앞으로 앞으로 나아갈 때 학생들이 너의 그 에너지와
미학을 알게 되는 것이지. 머물지 말라! 침묵하라! 오로지 그림으로
만 표현하라! 이것이 요사이 내가 갖는 신조야.
중년이 넘으면 안주하려는, 머무르려는 게으름이 있지만, 예술이
란 진리와 아름다움이기에 열심히 추구하지 않고 머무르면 관념에
빠져 영원히 구렁텅이에 빠져나올 수 없는 것이지.
이제부터 애들이 거의 다 컸으니 정말 집중해서 나를 찾고 그림
에 몰두할 수 있는 나이라 생각한다.
애들이 어렸을 때는 얼마나 막힘이 많았고, 얼마나 나를 찾는 것
이, ego를 찾는 것이 그리도 힘들었지만… 세월 속에 모든 것이 흐르

고… 우리가 머물지 않고 애쓰며 애쓰며 애들 키우며 작업할 수 있었기에 그래도 오늘의 내가, 나 자신에게 떳떳할 수 있는 것이겠지.

노란아, 책 많이 보고, 좋은 영화 많이 보고 타인과 시간을 단절하고 열심히 작업해. 그림을 그리는 동안, 그 과정에서 우리는 인간과 신 사이를 왔다 갔다 하는 것을 느끼지 않니!

그 깊은 목마름―그 깊은 충만함―그 사이를 배회하며 그림 그릴 때 그 깊은 고통과 희열은 생의 무엇과도 바꿀 수 없는 것을 우리는 알고 있다.

노란아, 건강하고 가을 깊어가는 내 한국에서 깊게 작업하길 바라.

여기 작지만 네가 그림 그릴 때 너의 영혼을 출렁거리게 할 음악 보낸다.

중심으로 들어가는 것을 이 가을엔 해야 할 것 같아. 그림을 그리든, 책을 보든, 대화를 하든, sex를 하든, 중심으로 들어가는 것, 이것을 이 가을엔 우리가 해야 할 일인 것 같아.

다시 한번 너에게 감사하며, 또 편지할게.

SF. 에서 June

P.S 정보원 씨께 감사하고 신세 많이 졌다고 전해주고, C.D 두 개는 정보원 씨께 전해줘.

1996

노   란   이   에   게

깊어가는 밤이다. Mozart의 Mass가 흘러 봄밤을 거룩한 공기로 가득 채워준다. 이것이 예술이 주는 위대성이겠지.

그동안 너의 편지 받을 때마다, 그리도 기쁘게 받았으면서도 너에게 편지 쓸 마음의 그 여유가 왜 그리도 없었는지 모르겠어. 워낙 버클리나 SF에서 떨어져 살다 보니 Jason의 Cello, 검도가 다 버클리에 있어.

오케스트라도 버클리고, 그래서 매일 운전사 노릇 하다 보면 녹초가 돼버리곤 하는 생활이야. 헌데 이제 Jason도 "I have a driver license" 하고 큰 소리 치면서 차 몰고 나가니, 뒷모습 보고 애가 타는 것은 어미 마음뿐이란다.

그곳은 아직도 추위가 남은 2月이겠지.

지난 너의 편지 보니 국화꽃이 다 말라 초라하게 되어있고, 봄이
되면 다시 잘라주면 새싹이 날 것이라고 했지.

그 대목을 읽으며 산이 보이는 너의 집 정원을 생각해 보았어. 하
얀 table에 앉아 아침을 맞이하는 서울, 그곳에서 너를 기다리던 시
간(진선이 학교 데려다주러), 그 햇빛의 tone이 아직도 내 심장 가득
하다. 편하게 식구처럼, 아니 식구보다 때로는 더 정성스러운 너의
마음 씀씀이에 감동하며 고마워했었지. 그리고 너의 큰마음에 늘
감사했고, 또 앞으로 감사하고.

노란아! 그 국화꽃, 말라서 시들어 죽은 그 국화꽃을 잘라야 되는
것처럼, 때론 우리의 영혼도 그렇게 시들어 늘어져 있을 때 그것을
잘라야 할 때가 있겠지.

난 항상 네가 작업을 하길 정말 기대하고 바라고 있어. 춥고 덥든
공간이 넓든 좁든 관계없이. Cerritos 그 작은 Jason 방에서 Jason
을 낳기 전, 난 그 작디작은 방에서 그림을 그렸었지. 그때는 oil을
쓸 때라, 히터를 켜놓으면 온 방마다 테레핀 냄새가 가득 찼어. 우리
는 때때로 우리의 의식을 억지로라도 일으켜야 할 때가 있단다.

Danville에 살 때, 애 둘이 너무도 힘들고, 그림 그리기 너무도 내
에너지가 딸릴 때, 수영장을 파려고 땅을 깊게 파놓은 그 구덩이를,

한밤에 작업하다 그 구덩이로 들어가 영원히 없어지고 싶었던 때도 있었어. 미스터 유하고도 사이도 안 좋고, 난 그림과 자유에 대한 열망만 가득했고, 미스터 유는 그대로 나에게 불만이 많았는데, 말은 안 하고 애들은 baby sister에게 죽어도 못 주게 하고 그렇게 힘든 때도 많았었어. 너도 마찬가지였을 거야. 아니 형편과 상황만 달랐을 뿐이지. 이렇게 이렇게 우리 어렵게 그림을 계속 그리기 위해 얼마나 투쟁을 많이 했니. 그래서 여기까지 끌고 온 것이지. 헌데 요사이 네가 그림을 안 그린다니 정말 내가 너무 마음이 아파서그래. 노란아, 애들 크고 이제부터 우린 우리의 길인 이 예술의 길, 목적이 아닌 이 예술의 길을 정말 열심히 갈 나이인 것 같아. 인생도, 사랑도 어느 정도 알고 또 허무도 아니, 이제 우리의 열정을 쏟을 곳은 정말 그림이 아니겠니?

노란아! 창조에 대한 열정은 무단한 노력으로 열매 맺는 것인데, 또 무단한 용기도 필요한 것이고….

난 정말 네가 이 봄에 새로 태어난 사람처럼 깊은 각오로, 새롭게 그 국화꽃 마른 부분을 다 자를 때, 너의 정신의 나른함도 같이 자르고, 옛날의 너, 춥고 힘들더라도 그 차고에서 너의 고뇌와 고통과 또 희열과 아픔을 밤늦도록 표현했던 너로 더 깊게 들어가길 바란다. 中心으로 깊게 깊게 들어가 정말 다시금 네 자신으로 들어가 작업하길 바라. 서울이라는 곳은 인간을 혼자 가만히 두지 않는 곳이기에 가지를 자르는 용기는 어쩌면 여기보다 더 필요한지도 몰라. 하지만 이제 우리가 바랄 것은 애 둘 잘 크는 것과 이제부터 철저히 나 자신이 되어야 하는 것이 아니겠니.

내가 잔소리한다고, 너의 상황을 이해 못 한다고, 그렇게만 생각하지 말아줘. 난 너에 대한 너의 그림에 대한 재능을 믿기 때문이야.

넌 우리 누구보다도 가장 재능을 타고난 것을 늘 생각해. 영선 언니가 이곳으로 이사를 와. 나에게 어쩌다 보고 싶어도 "영준이 그림 그리게 방해하지 말라"며 그렇게 나를 보고 싶어도 참으셨던 엄마 말씀이 생각나. 언니는 내게 오는 것도 조심하고 있어.

노란아! 하늘에 계신 너의 어머니나 우리 어머니 모두 다 같은 기도가 지금도 계속되고 있을 거야. 딴 데 마음 쓰지도 말고, 딴 것 보지도 말고, 노란아! 작업해.

우리가 자식들에게 무엇을 주고 가겠니? 돈도 명예도 아니고 우리가 노력하는 것, 삶을 철저히 주어진 것에 노력하는 것과 종교, 이것만이 중요한 것이 아니겠니.

앞으로 한 15년 정도 정말 마지막 진을 다 토해내는 거야. 오늘 차를 타고 가며 푸른 동산에 터질 듯이 피어있는 복사꽃을 보며, '내가 몇 번 더 이렇게 봄이 되어 피는 복사꽃을 보면 예순일까?' 생각하니 앞으로 겨우 열 번 더 보면이야. 앞으로 내 에너지가 그래도 많이 있을 때 그림 많이 그리려고, 아니 많이 그린다기보다 많은 시간을 더 그림에 할애하려고.

미켈란젤로는 산 자체를 조각하려고 했다더구나.

멀리서 항해하는 사람들이 그 산 전체를 조각한 것을 볼 수 있게.

시스티나성당의 그 천장 벽화도 그 전에 벽화를 그린 적이 없는 첫 작품이었대. 미켈란젤로에게는 이 위대한 예술의 강에 우리가 동참해서 하나의 물방울이 되어서라도 흐르는 것이 신께, 부모님께, 스승님께 감사하는 길이라고 감사하며, 노란아, 힘찬 97년 봄이 되길 진심으로 기도한다.

SF에서

June · 1997

노 란 이 에 게

　너의 목소리가 아직도 귀에 쟁쟁하다.
　전화줄을 타고 서울에서 San Ramon까지 우리의 마음을 전할
수 있어 전화를 만든 Bell에게 감사하는 마음까지 드는구나.
　온종일 결명자차 끓이는 소리가 조용한 가운데 들리고 오늘 따라
바람이 무지하게 불어서 소련의 겨울밤을 상상해 본다.
　《작가와의 대화》라는 책에서 《닥터 지바고》의 저자 보리스 파스
테르나크를 만나러 갔던 불란서 여기자가 서술해 놓은 '러시아의
겨울바람'을 지금 연상하며 따뜻한 차 한 잔을 앞에 놓고 너에게 글
을 쓰고 있어.
　너의 글을 받을 땐 그토록 설레며 글을 읽으면서도, 난 글을 쓸 마
음의 여유를 찾지 못했나 봐. 그동안. 너와 걷던 서울의 작은 골목엔
2월의 찬바람이 불고 있겠구나. 하지만 그 바람 속에서도 봄은 서서
히 다가오고 있겠지. 자연이란 늘 묵묵하게 그의 길을 변덕 떨지 않

고 가고 있으니까.

북아현동 돌담길이 생각난다.

그곳에서 태어났고, 전쟁도, 사랑도, 예술도 그곳에서 알게 된 곳.

그 풍경 하나하나가 나의 시야에 들어오고, 그리고 내 감각에 들어오고, 느낌이 오고, 내 옷에 배어, 그 후 내 영혼에 쌓여 나를 형성해 준 그 풍경과 그 냄새들—태어나서부터 미국에 올 때까지 피난 가서 몇 년 빼고는 그곳은 내 인생의 전부인 곳인지도 몰라.

아직도 내 뇌 속엔, 내 심장 속엔 그토록 여러 번 각인되어 그 풍경만이 따뜻이 자리 잡고 있다.

노란아! 서울이란 곳은 세계 어느 나라에도 없는 묘한 도시이지. 500년 서울의 역사는 어디로 갔는지 모르겠구나. 겨우 골목길에서나 그 느낌을 찾을 수 있으니 묘한 곳이지.

요사이 내 생활은 Jason 때문에 차 탔다가 내렸다가 시간이 다 가고 있는 것 같아. 내 열정이 식지 않도록 열심히 책 보며 작업하는 것 이외는 뭐 그래 변한 것이 없어. 5월이 되면 알레르기 시즌이라, 4월까지 더워지기 전 열심히 빛을 이용하려고. 요즈음 햇빛이 터질 듯하고 온 대지에 꽃들이 터져 대향연을 이루지, 때때로 내가 살고 있다는 것에 감사의 기도가 나오고 있어.

그림을 그리지만 무엇을 그리고 있는지 모를 때가 많아. 그건 우

272

리의 의식보다 타고난 감성이 앞지르기 때문인지도 모른다.

엄마가 돌아가신 후 난 생을 다시금 많이 생각하게 되고, 옷이 주는 또 다른 세계를 요사이 다시 작업하고 있어. 옛날엔 텅 빈 옷이었지만, 요사이 그곳에 인간의 피가 당기고 맥이 있고 힘살이 있었던 그 형태를 생각하지. 엄마가 돌아가신 후, 난 장의사에서 모든 피를 뺀다는 것을 알았어. 열정을 모두 빼버리는 것이지. 생명이란 피고, 피란 열정이 아니겠니.

50세가 되니 내 의식이 나른해질까 봐 그것이 걱정이지. 우리 의식도 우리 스스로가 일깨우기 위해 끝없이 노력해야 된다는 것을 점점 느낀다.

생이란 운명에 대한 승리자의 노래도 있고 패배자의 노래도 있겠지만, 더 중요한 것은 생을 사랑하는 것이라 믿고 있어. 승리자가 되든 패배자가 되든 그것은 우리가 죽은 후에 알게 되겠지만, 그래도 생명을 순간순간 사랑하는 것, 그것만이 중요한 것 같아. 횔덜린의 시에 '신적인 사람만이 신을 이해한다'라는 구절이 있어. 노란아, 얘기가 길어졌구나. 시간이 흐를수록 너와의 우정을 신께 감사하게 돼. 그리고 너의 큰마음에서 많이 배우고. 작업 열심히 하자. 보고 싶다.

SF에서 June · 1997

사 랑 하 는   노 란 이 에 게

어느 날 갑자기 50세가 돼버린 나를 보고 깜짝 놀랐듯이, 어제부터 갑자기 날씨가 깊은 가을처럼 되었어. 오늘밤엔 가을밤, 가을비가 내리고 있다.

너의 글 두 번씩이나 받고 이렇게 늦게 pen을 든 것 이해해 줘. 50세 정말 남의 일 같았던 것이 내가 되어버렸어. 그래 얼마간 바쁘게 친구들 덕에 생일잔치 하고 나니 우울해져. 내가 여태껏 한 것이 무엇인가 생각해 보니, 애 둘 키운 것 빼고는 정말 나 스스로가 깊게 만족할 작품도 없는 것 같아 우울했나 봐. 헌데 갈증에 찬 대지大地처럼 가을비를 보니, 갑자기 생기가 돌며 늦게 집 치우느라 난리를 부렸단다. 밤늦게 집을 치우고 난리를 부리는 나를 이미 포기해 버린 미스터 유는 잠에 취해있고, Jason은 2층에서 내일 숙제로 깊은 밤을 보내고 있어. 저녁에 저녁 준비 할 때는 진선이 영섭이 생각이 나서 가끔 전화를 하니 꼭 전화를 받더구나. 오늘은 영섭이가 진선이

도서관에 갔다고 하더구나. 내 마음이 저녁 준비 할 때 이러니, 너의 마음은 오죽하겠니!

헌데 노란아, 걱정 너무 하지 마. 애들이란 우리가 생각하는 것보다 훨씬 성숙해 있고, 자기 할 일들 다 잘하고 있으니. 곁에 있으면 아니 SF에만 살아도 가끔 따끈한 국이라도 끓여다 주고 싶은 마음인데. 영섭, 진선이는 특히 어릴 때부터 보아서인지 정말 깊은 사랑이 가는가 봐. 르네와 진선이에게 특히 내가 깊은 마음이 간다. 여자애들이라 더 그런가 봐.

그동안 어떻게 지내고 있는지?

애들 다 미국에 있으니 너의 마음이 편하지는 않겠지만, 진선이워낙 알차고 똑똑한 애니까 걱정하지 마. 전화 걸 때마다 영섭이도 꼭 있더구나.

엄마가 없으니 진선이 신경 많이 쓰고 있는 것 같아. 오누이 같이 살며 책임감 더 느끼고 더 깊은 형제애가 생길 거야. 그리고 더 강해지고. 그러니 너무 걱정하지 마. 기도 열심히 하면서 그림 열심히 그리기 바라.

50세가 되니 정말 이제 겸허한 마음으로 canvas를 대하고 서른, 마흔 때와는 다르게 아주 조용한 작품들이 좋아지고 있어. 열정이 없어질까 봐 걱정이지만, 내 성격 어디 가겠니.

요사이 Jason이 운전을 하니 pick up할 일도 없고 해, 거의 집에서 매일 작업하고 있어. 내 그림이 어디로 가고 있는지 모르겠지만, 계속 그리고 있으면 길이 보이고, 또 길이 보이는 듯하다 다시 심연이고, 그러다 또 길이 보이는 듯하고 그래서 이런 마력에 끌려 작업을 하고 있는지도 모르지.

얼마 전 총영사님하고 점심을 했어. 그림 그리는 것이 얼마나 재미있는지 모른다고 했더니, 총 영사님 왈 "남들은 피를 짜낸다던데, 어떻게 재미가 있느냐"기에 그 피를 짜내는 재미가 보통 재미가 아니라고 하며 웃었더니, 혹 변태 아닌가 하고 놀라시는 것 같아, 같이 식사하며 얼마나 웃었는지 몰라. 나이가 들수록 내가 그림을 안 그렸다면 이 열정을 어떻게 했을까 생각하니 끔찍하더구나.

그래 다시 한번 한 선생님께 감사했지. 지금도 가끔 전화 주시고, 그럴 때마다 그 선생님의 인격과 말씀이 어찌도 높으신지, 내 인생에 영원한 스승을 14세 때 만나고, 36년이 지난 지금도 내 속에 계속 영원한 스승이 됨을 정말 신께 감사한다.

네가 학생들을 가르치고 있으니, 정말 한 선생님 같은 스승이 되길 진심으로 바라고 있어.

한용진 선생님께는 아직도 작업할 때의 태도와 생에 대한 겸허와 절제를, 그리고 유연함을 배우고 있어. 내 생에 가장 중요한 분을 신神이 보내주셨지. 그래서 신의 저울은 너무도 평등하심을 알게 되었단다.

얼마 전 내 생일 파티에 혜숙이가 왔었어. 밤늦도록 작품 얘기 많이 했는데, painting이 주는 그 깊은 세계에 대해, 몇 년 전 혜숙이가 카셀도큐먼타에 갔다가, 정말 전 세계의 작가들의 최신 style의 미술 전시를 하는데, 오로지 두 명만이 그 많은 작품 중 회화였대. 헌데 그 두 작가의 painting의 그 위대함이 아무리 현대판 퍼포먼스, video 등 여러 종류의 것들과 상대가 안 될 정도로 영혼에 와 닿았다는 거야. 그래 혹시 자기 자신이 그림을 그려 그런 것이 아닌가 하고 다시 돌아보고도 생각해 보아도 결론은 같았더구나. 그래 그다음부터 퍼포먼스는 그만두고 오로지 painting으로 그 길을 가겠다고 결심했대. 영혼을 울리는 것이 진실과 진리라면, 난 워낙 painting을 좋아하고, 또 거기에 모든 것을 쏟는 것밖에 모르지만, 그 말엔 나도 동감이거든.

그것은 물질을 통하지 않는 색과 빛과 이미지를 심장을 통해 손끝으로 전하기 때문인지도 몰라. 아무튼 요사이 여러 종류의 art, 미술관이든 미술관 잡지든 혐오감을 일으킬 정도로 그렇지만, 다시금 NY에서는 회화가 많이 돌아오고 있다니, 물질과 Idea보다는 영혼을 쏟아붓는 것에 당할 수는 없다고 본다. 학생들에게, 정말 높은 경지에 이르는 작가가 되려면 step 하나하나를 진실되게 밟아야 한다는 것을 얘기해 줘야 할 것 같아. 카뮈의 말대로 "티파사 폐허 위에 내린 오늘아침 새벽이슬" 이것이 생의 철학이고 예술이어야 된다는 말 정말 기막힌 언어로 표현한 것 같아.

얼마 전 희랍조각 전시회에 갔었어. 돌이 물에서 나와 작은 옷이 된 조각을 보며, 그 당시 사람들은 신과 같은 영혼이었기에, 아니 어쩜 신이었는지 몰라, 그런 작품을 낳을 수 있었던 것이라 생각했지. 그리고 카뮈의 그 말을 다시금 생각해 보았다. 그런 역사 위에 오늘 아침의 이슬.

예술이란, 이토록 지고하고 이토록 천명해야 된다고 난 생각하고 있어.

그래, 50세가 되며 이제부터는 정말 새벽이슬과 같은 정신으로 작업하리라 마음먹어 본다.

예술이란 그토록 힘들고 어렵기에 땅도 심연이고 하늘도 심연인 것 같아. 영혼이 맑지 않으면 도달할 수 없는 세계라 믿어. Dali도 친구가 "그림을 어떻게 그려야 하냐"고 물었더니 "예수님이 십자가에서 흘린 피만큼 피를 흘리면 된다"고 했었지.

길은 멀고도 멀다. 헌데 그림은 우리의 목적이 아니라 곧 우리의 길이 아니겠니?

설사 끝없이 그 길을 가다가 도달하지 못한다 해도 우리는 그 길을 가고 또 갈 거야.

SF에서 영준이가
P.S 글씨가 너무도 엉망이구나,
청소 탓인지 너무 늦은 밤 탓인지….
1997

노   정   란   씨

벌써 NY에 온 지도 한 달이 넘었어요.

낯설고 물설은 타향에서 나이 50세 넘어서 타향살이 익히느라 여 념이 없군요. 이제 차츰 날씨도 풀리고 지리도 알고 지하철도 잘 탈 수 있고 art supply 상점도 드나들게 됐으니 기본적인 냄새는 맡은 셈이에요.

오늘 교회에서 오는 길에 Central Park에서 산보 좀 하려고 내렸 다가, 갑자기 다가온 봄 경치에 아연 질색을 했지요.

정말 꿈처럼 아름다운 벚꽃 무리 속에서 천당을 헤매는 것 같았지 요. 정말 사계절이 있다는 것이 너무 감성을 자극해 주는 것 같아요.

그동안은 Broadway 한복판 건물 속에서 끼어 인파들, 소음 속에 익숙해지며 그림 그리느라고 매일같이 나를 훈련시켜야 했죠.

환경이 바뀌니까 내 리듬을 찾기가 어렵더군요. 가끔 편안 한 상황을 놔두고 왜 이 고생을 시작하나 의문도 들지만, 인생에

challenge가 와야 할 때가 있다고 봐요.

지난 20여 년을 한 도시에 살았으니, 안이했던 강 물고기가 바다를 찾아올 때가 됐나 봅니다.

한참 헤매겠지만 냄새도 실컷 맡고 살아남을 능력도 길러야지요. 갈수록 고달픈 예술의 길이 요렇게도 매력이 있으니 팔자지요!

나 사는 곳은 서울의 인사동처럼 골동집이 많고, 음식점도 상점도 많고, 학교^NYU 근처라서 꽤 재미있어요. 이곳 사람들 부지런히 사는 것 놀랍고, 역시 NY은 보고 들을 것이 많은 것 같아요. 가끔 김웅 씨, 최동열 씨네랑 연락 있고, 엊그제 한용진, 문미애 씨 오셨어요.

구혜란 씨랑 언제 만나려 해요. 여름에 미국 들어오면 언제 시간 맞춰 만납시다. 항상 나를 염려하고 보살펴 줘서 고마워요.

나는 6월 23일~7월 15일은 지원이랑 함께 유럽여행을^Greece, Paris, Germany 할 예정이에요. 영익이는 그동안 SF 집에 혼자 남아서 여름 job^teaching을 할 계획이에요.

영섭, Jennifer랑 오신다면 8월 초쯤이 좋을 듯한데 계획이 어떠신지요?

가을부터는 우리 두 아이가 모두 동부에서 학교 다니니, 내가 NY 생활이 적적하지 않을 거예요. 어디서 무엇을 하든 열심히 살며, 건강하고 가족이 있음을 감사하며 살아갑시다.

NY에서 연희 · 1997

사 랑 하 는 　 노 정 란 　 씨

　　　　　그동안 이사하느라 애쓰고 이제는 꽤
안정이 돼서 그림 그릴 수 있겠지요. 연말연시라서 바쁘겠으나, 혼
자 있으니 틈틈이 조용한 시간이 나겠지요.
　이곳도 특히 뉴욕은 크리스마스 spirit이 대단해서 거리마다 구
석구석 구멍가게까지도 장식을 하고 들떠있어요. 난 작은 아파트
하나 깨끗이 수리하는 것이 생각보다 일이 많아서, 한 달 내내 동분
서주하며 일꾼들 상대하려니 고달프고 이젠 억지로 싫든 좋든 여자
대장부가 돼야 하나 봐요. 세상은 공평해서 자유를 가지려면 일과
책임도 많게 되는군요.
　그런대로 저녁 밤 시간을 이용해서 작품도 여러 개 했어요 내년
4월 전시회가 나에게 퍽 중요한 것을 잊지 말아야지요. 지금은 NY
에서 상항으로 가는 비행기 안이에요.
　내일 아침 지원 아빠가 도착하고, 다음 날 영익이가 오니 내가 오

늘 밤부터 주부로 돌아가야지요. 오랜만에 상항에서 네 식구가 모이니 유익한 시간이 될 거예요

노정란 씨도 연말에 즐겁게 지내기 바라요. 인생에 어느 순간 우리의 변화된 모습을 깨닫고 놀랍고 두려울 때도 있지만, 그것은 인생이 우리를 변화시킨 것이고 피할 수 없었다고 느껴요.

특히 예술가는 매일매일 새로운 도전을 해야 하고 고인 물처럼 안주할 수 없다고 봐요. 노정란 씨의 변화가 예술과 인생을 한 계단 끌어올려 상승하는 원동력이 되기 바라요. 하느님은 우리에게서 눈을 돌리지 못하시며 매일 지키시고, 더 좋은 것을 주고 싶어 하시는 사랑의 하느님임을 잊지 마세요.

착한 두 아이를 용케 잘 길러내고 여러 사람을 돌보는 것을 행복으로 아는 노정란 씨께 복 주실 거예요.

Love 연희 · 1997

노   정   란   씨

오랫동안 벼르던 편지를 해가 바뀌고 봄이 지나 여름이 다가오기까지 기다린 것, 우선 용서하세요. 지난 가을부터 이번 museum 전시회에 골몰해서 준비하느라고 정신이 빠졌고, 또 NY으로 오고 가는 일이 꽤 부산하게 만드네요. 하여튼 좀 정신이 안정되기 시작한 것이 일주일 전에 다시 NY으로 돌아온 후인가 해요.

이번 미술관 전시회 많은 책임을 내가 맡아서 그림보다도 사무와 더불어 행사준비, 설치작업 등에 더 진을 뺐어요. 아무튼 잘된 전시라서 보람 있어요

지금은 애들과 NY에 모여 일주일 쉬고 다시 작업을 시작하고 있어요. 온 세상이 들먹이며 치열한 경쟁 속에 자라나는 이 대도시 한복판에서 꼬마, 중년여자(백연희)가 용케 견디며 배우고 그림 그리며 살고 있어요.

그래도 작년보다는 강 물고기가 바다에 익숙해진 셈이지만, 갈 길이 멀지요. 한두 군데 반응이 좋은 화랑도 생기고, 친구도 몇몇 생기네요.

무엇보다도 사철이 있어서 빌딩 사이에도 봄빛, 여름바람이 바뀌는 것이 가슴을 벅차게 합니다. 언제 다시 오면 들려주시고, 올 여름은 8月 末에나 서울 갈 예정이에요.

Jennifer와 영섭이는 잘되고, 당신 노력이 헛되지 않은 것을 믿어요. 당신 넉넉한 마음을 늘 고맙게 생각하며…

연희 올림 · 1998

정   연   희   씨

                    지금쯤 뉴욕에 계실 것 같아서 연락드
립니다.
  그곳의 깊은 가을처럼 이곳도 깊고 깊은 아름다운 가을이 지나고
있습니다. 저는 11월26일 아파트로 이사 갑니다.
  새 주소: 성북구 돈암1동 풍림 APT 104동 1101 Seoul, Korea
136-061
  아파트에 살기를 싫어했지만 혼자서 집 관리, 경비, 도둑 등 때문
에 아파트로 작업공간과 생활공간을 함께할까 합니다.
  2년은 그곳에서 차분히 작업 좀 진행시킬까 하지요.
  저의 입장을 이해해 주시고 격려와 용기와 위로를 주시어 항상
고맙게 생각하고 있지요. 남은 인생 열심히 성실하게 살려고 노력
하며, 조금은 덜 외롭게 살 수 있기를 바라지요. 영섭이, 진선이가
다 잘되기를 기도할 뿐이지요.

토탈뮤지엄 전시 잘 준비되시기 바라고 좋은 일 많이 생기길 바라요. love

노정란 올림 · 1998

노 란 이 에 게

Roma에 있는 해골성당이다. 이곳에서
난 人生의 허무를 철저히 느꼈어.

성직자 묘지에서 파낸 해골을, 머리는 머리끼리 목뼈는 목뼈끼리
무릎뼈는 장작처럼 쌓아놓았다. 전혀 무섭지가 않았어. 어떤 조각
가가 이름을 안 밝히고 이렇게 만들어 놓았다나 봐.

허무를, 허무를 철저히 느껴야 했던 곳이다.

이 모두가, 이 그림 모두가 인간의 뼈를 추린 것이다. Roma는 이
렇게 재미있고 강하고 묘한 곳이다. 아무리 상상해도 우리로서는
상상할 수 없는 짓이지! 완전한 허무란 이런 것인가.

영준이가

노 란 이 에 게

            Paris에서 너에게 편지 써놓고 부치질 못해 그냥 왔어.

참으로 놀라올 만큼 아름다운 곳이야. 파리 문화원에서 전시회 opening하고, 28일 Italy로 떠나.

8월 10일에 LA로 돌아갈 생각이야. 갑작스러운 여행 결심 덕에 정신이 없어. 박혜숙이가 일을 꾸며 그 덕에 나까지 왔다.

백연희 씨 만나 뵈었겠지. 꼭 한 번 와볼 곳이야. 미셸 데리고 2년 후에 다시 와보겠다고 결심해 본다. 또 편지 쓸게. 네 소식을 김선희 씨 편지에 들었어.

안녕. Paris는 정말 모든 것을 잊게 해준다. 집 생각 안 나는 곳이야…

Welcome to 50!

40세 生日이 엊그제 같은데, 벌써 세월이 이토록 지났구나.

인생은 50부터라니, 이제부터 애들 다 키워놓았으니, 정말 우리
가 추구해야 할 것을 깊고 진실하게 추구하는 것만이 남은 것 같아.

生日 축하하고 건강하고 멋진 삶이 되길 바란다. 매일매일이 충
만한 삶이 전개되길 빌게.

SF에서 영준이가 · 1998

보 고 싶 은 영 준 에 게

　　　　　　　　오늘아침 이 햇볕 밝고 따뜻한 11층 아
파트 거실에 앉아있다.

　앞쪽으로 고려대 뒷산이 까치둥우리 몇 개 옮겨 앉은 나뭇가지
앙상한 겨울 나무숲으로 보이고, 뒤쪽으로 아파트단지 듬성듬성 사
이로 북한산이 멀리 보인다.

　"Honey"는 베란다로 쫓겨나서 슬픈 표정으로 집 안의 내 동정만
살피고 있고. 그런대로 이젠 혼자 사는 일정이 잡혀 마음의 안정을
찾고. 내 일상의 생활, 내 앞으로 남은 생의 생활에 성실하려고 노력
한다.

　가끔 애들, 영섭, 진선과 통화하고 나면, 내 마음이 찢어지듯 아프
고 애들이 가엾다는 생각이 들지.

　내가 할 수 있는 데까지 어미 노릇을 해주고, 나머지 부분은 신께
서 가호해 주시고 키워주시기를 바랄 뿐이지.

며칠 전 백 여사께서 시댁일 때문에 잠깐 다녀가셨고, 4월 전시 때 오신다고, 나는 진선이 spring break 때(3월 둘째 주) Boston 갔다가, New York으로 해서 LA, 가능하면 San Francisco까지 다녀오려고 하는데 확실한 일정 잡으면 연락할게.

인생은 너무나도 짧은 것 같고 한 일은 없고, 작품의 맥을 다시 찾으려고 오전에는 작업에 매달리고 있고, 오후는 체력단련 핑계로 운동을 습관적으로 하려고 하지.

그곳 생활은 여전하지?

안정되고 그 안정된 시간들이 쌓여 어떤 결과물이 되는 것 같다. Jason은 어느 쪽으로 대학을 가는지?

Jason마저 집을 떠나면 작업에 완전 몰입할 수 있겠구나.

한국 전시 언제 할래? 경기가 무지무지 안 좋은데도 전시들은 계속 열고들 있다. Catalog 제작 일은 어떻게 되어가니? 내가 이곳에서 해줄 수 있는 일이 있다면 알려줘. 백 여사 Total Museum 전시 때 너와 HyeSook이 올 수 있다면 다 같이 우리 집에 머물며 여행도 할 수 있으면 좋겠다. 생각이 나서 몇 자 적었다… 잘 지내.

서울에서, 노정란 · 1999

H y e S o o k 씨

보내주신 글 눈물과 감동으로 잘 받았소.

3월 20일경 LA에 3일간 들렀는데 마음의 여유가 없어서 아들 영섭이만 만나고 돌아왔어요. Boston의 진선이 학교와 기숙사 방을 둘러보고 New York의 정연희 씨네 진선이와 3일간 여행하였고, SF의 영준 씨네 3일간 머물며 상하의 사쿠라 핀 봄을 보고 왔구려.

다시 이 서울 복판 새로 이사한 아파트 11층에 앉아 어제 사온 노란 수선화와 보오라빛 히아신스 꽃을 들여다보며 Chopin의 Piano Concerto #2 opus 21의 2악장 larghetto를 반복하여 듣고 있어요.

혜숙 씨, 꼭 이 곡을 들어보아요. 참 로맨틱하고 Sexy한 선율이에요. HyeSook 씨, 이 대지에 봄이 다시 오고 꽃은 피어오르건만 Sweet Home과 '사랑', '외로움에서의 탈피' 등은 당신이나 나나 현재로는 피할 수 없는 상황인가 보오.

천둥번개 치고 비 퍼붓는 나날이 지나면 맑고 푸른 가을 하늘이 포근하고 따뜻하게 열리듯이 우리 이 괴롭고 외로운 시기를 견딥시다.

그리고 희망과 꿈을 마음속에 간직하고 키우면서 이 나날들을 견디며 작품과 생활에 충실합시다. 그리며 용기와 힘을 잃지 맙시다. Energy를 축적시키는 시기라 생각합시다.

요즘 내 생의 변화—드디어 나도 reading glass를 사고 쓰기 시작했어요.

육체적으로나 정신적으로 닥칠 것은 닥치고 받아들여 해결할 것은 해결해야 하나 봐요.

그저 담담하게 생에 주어진 내 여건이나 환경 상황을 담담하게 또 겸손한 모습으로 받아들이기로 했고, 또 그것이 신 앞에 인간으로 태어나 겸손한 또 적극적인 모습이 아닐지.

잘 계시고…

서울에서 노정란 · 1999

고　마　운　　　영　준　에　게

　　　　　　며칠 사이 정신없이 다녀와서 상항에 있는 친구에게 또 신세를 지고 왔구나. 유 총재님과 자손이[Jason] 만나고 와서 반가웠고, 반짝이는 너의 모습과 상항의 사쿠라와 유채꽃, 노란 수선화가 피어오르는 'Bach 길'의 산책은, 아름다운 자연과 다정한 친구가 나에게 있음을 다시 한번 확인하며 감사할 수 있는 시간들이 되었다.

　　이 복잡한 서울의 한구석 조용한 공간 11층 공중에서 수줍게 피어있는 화분의 수선화 송이들을 들여다보며, 이 세상엔 항상 아름다움과 새 생명이 존재하고 있다는 사실을 잊지 않으려고 노력한다.

　　드디어 reading glass(돋보기)를 글을 들여다볼 때마다 써야 하는 나의 현실 내지 신세가 나이 50이라는 신체적인 한계를 의식하게 하지만, 정신 연령 내지 감성 연령은 아직도 미성숙한 것 같은 착각 속에 내 남은 생을 설계하려고 노력한다.

항상 용기와 희망을 주는 너에게 항상 감사하며, 사랑할 수 있는 생이 되기를 바란다. 혼자의 노력이나 기회만으로 안 되는 듯, "두드리라 열릴 것이요. 뜻이 있는 곳에 길이 있나니" 뜻을 항상 품고 있으니 걱정 말게나. 다시 한번 감사하며 또 연락하자구.

서울에서 정란
P.S 영문 내 resume는 새로 작성되는 대로 4월 말 전에 보낼게 (Rental Gallery 용도).
1999

노　　란　　이　　에　　게

　　너에게 참 많은 글을 쓰고 싶으면서도, 늘 마음이 차분해지지 않으면 글을 쓸 수 없는 성격 탓에 이제야 pen을 들었어. 서울보다는 가까운 LA에 있으니 금방이라도 놀러 올 것 같고 또 놀러 갈 것도 같아. Cerritos에 살 때는 정말 매일 볼 수 있었고, 애들 데리고 미국에 와 그토록 가깝게 살 수 있었기에, 친척 같은 생각이 들 정도였지. 언제나 현실에 서투르고 미숙한 나를 늘 이끌어 준 것, 너에게 지금도 고맙게 생각하고 있고….

　　이곳에 이사 와, 특히 요사이는 Jason도 운전을 해서 나가는 일 별로 없이 전화소리도 일절 끊어버리고 작업할 때는, 그 고요가 너무도 좋아 내 마음 저 밑바닥부터 서서히 행복하고 충만함을 느낄 때가 있어.

　　너무도 너무도 바쁘게 살아온 20년의 세월이었다.

　　내 작은 몸을 coffee로 의식을 깨우고, 음악으로 현실에서 추상 세계로 나를 바꾸며, 미친 듯이 흘러간 세월 속에서, 과연 내가 무엇을 했는지 모르겠어. 그림은 열심히 그린다고 그렸지만 정말 차분히 깊게 성찰하며 그린 것이 아니고, 나를 다그치며 채찍질하듯이 끌고 간 것 같아. 한참을 뛰어가다 갑자기 홀로 서서 고요를 의식하듯, 요사이 내가 그런 상황인 것 같아.

그래, 이제는 열정과 광기보다는 정말 차분하고 고요한 그림이 좋아지는 것도, 다 환경과 나이가 그렇게 된 것이겠지.

이제는 아무런 욕심도 없이 그림을 그리는 것은, 마치 거미가 거미줄을 치듯이 매일매일 나의 삶의 표현이고, 내 존재 이유인 것 같은 생각이 들어. 그림을 안 그리면 불안하고 또 우울해져.

정말 예술이란 순결한 강에 배를 띄우며, 그 뱃길을 따라가는 것은 황홀하고 고통이 동반되는 심연의 세계라는 것을 알게 되었지. 심연에서 심연으로 끝없이 이어지는 이 여정의 신비를 난 이제는 알 것 같아.

그리고 재미도 물론 있고, 진실로 나를 표현하려는 것이 아니고, 내가 작아지고 겸손해질 때 그림은 그의 자신의 세계를 크게 나타내고 있다는 것을 알게 되었지.

이 지구 위에 살고 간 사람들, 또 앞으로 수도 없이 태어날 사람들, 삶이란 승리자의 삶이든 패배자의 삶이든, 모두가 위대하다는 것을 알았어. 신의 저울은 너무도 공평하기에 삶이 어떻든 간에 희로애락과 죽음은 모든 이에게 어찌 그리도 공평한지, 그래서 모든 삶이란 위대한 것이지. 삶의 밭에 모든 인간의 노고는 공평한 것이지. 깨우침이 느껴질 때마다 신께 겸손히 감사드리며 인간들에게 무한한 연정을 느끼게 된다.

그래, 대궐 안에 있는 사람이나 homeless people에게나 똑같은 신의 저울을 의식하게 돼. 그림을 그리다 보면, 때때로 그림이 나를 이끌고 갈 때가 있음을 느낀다.

나는 나를 잊고 이제는 그림이 나를 이끌고 가고 있어. 내가 그림을 그리는 것이 아니라 그림이 나를 그리고 있지.

그림 자신의 세계 속에서 난 나를 발견하게 돼. 이제는 구태여 누구에게 보이고 싶지도 않아. 그냥 그림 속에서 나를 느낄 때 행복하기만 하다. 그럴 때 그 충만함에 내가 이 지구에서 바랄 것이 무엇이겠니! 항상 이런 세계를 가게 해주신, 그 물결에 나를 담글 수 있게 해주신 한 선생님께 감사하게 돼. 또 엄마와 언니께 또 미스터 유와 모든 친구에게, 그리고 그토록 내 열정을 다해 사랑했던 불꽃같은 사랑에게도.

난 네가 정말 한 인간을 깊게 사랑할 수 있기를 원한다. 모든 것을 다 주고 또 줘도 아까울 것이 없고 바람이 없이 줄 수 있는 사랑. 난 네가 이 지구 위에 사랑이 어디 있냐고 말할(저번 정연희 씨와 셋이서 만났을 때) 때 정말 네가 진실된 사랑을 못 해보았구나 느꼈어. 그 사랑은 영원한 것이라고 난 믿고 있어. 그 사랑의 힘이 우리를 지탱시켜 주는 것이 아닌가 생각이 돼. 그리고 순간순간 우리를 소생시켜주는 것이겠지. 물론 만남이나 모든 것이 끝났어도, 우리 속에 그토록 열정적으로 타던 그 불꽃은 어두움에서 우리를 빛의 세계로 소생시켜주는 것이겠지.

그래, 내가 지구 위에 태어나, 내게 사랑을 느끼게 해줬던 그런 몇몇의 사람들. 난 그 순간의 모든 것을 죽을 때까지 감사하게 생각해. 그것은 아름다웠고 찬란했으며, 느끼게 해줬기에 그것은 소중하고 영원한 것이지. 그 모든 것이 삶을 지탱시키는 원동력이 되니까.

노란아, 난 어떤 때는 지난 생이 너무도 짧았던 것 같고 어떤 때는 몇천 년을 살아온 것도 같아. 이제는 평온하고 고요해. 네가 평생 삶의 표현으로 그림을 그리고 내 그림이 정말 예술의 위대성을 포함했다면, 언젠가는 후세 인간에게 나 나름의 선물을 준 것이겠지.

예술은 신에게 헌신하는 것이라고 카라얀은 말했었지.

그래, 신께 나는 겸손히 앞으로 생을 철저히 헌신하려고 해. 왜냐하면 그 헌신 속에서 난 너무도 위대한 심연의 신비를 느끼니까.

노란아! 횡설수설 두서없이 썼다. 그냥 그냥 녹초가 될 때까지 나를 끌고 가는 것, 그래도 그래도 자꾸자꾸 솟아나는 샘처럼 그 많은 feeling을 난 너무도 사랑해.

P.S. NY 전시 성황리 잘되길 빌어. 김양수 씨 보면 안부 전해줘.

그리고 내게 한국에서 처음 전시하게 해주셔서 늘 감사히 생각한다고 전해줘. 안녕.

SF에서 June · 1998

보　고　싶　은　　영　준　에　게

　　　　　　　요즘 서울은 장마철이라 비가 자주 오
고 온통 그 흐린 하늘 아래 모든 것이 젖어있다.
　난 밝은 태양 아래 그림이 더 순조롭게 진행이 되는 체질이라 그
런지 작업이 죽죽 처지는 것 같고 집중이 안 되지만, 기본 맥락은 유
지하려고 노력하지. 배정 씨가 연락이 와서 유경희 씨랑 만나 간단
히 점심을 했지.
　남동생은 어떤지?
　인생은 짧음에도 불구하고 문득문득 예기치 않았던 일들이 생기
니까, 어찌 보면 그래서 우리가 살고 있는 것이 아닌가 할 때가 있지.
　생로병사가 인생의 조건이라면 죽음도, 병도 다 생의 일부분인
것을 어찌 하겠나. 남동생이 부디 잘 회복되기를 바라고, 힘들고 간
호 각별히 잘할 수 있기 바라.
　진선이는 두 군데 인턴 나가느라 바쁘고 서울 외국인학교 친구

들, California 친구들, Boston 친구들 만나느라고 바쁘지.

그 애도 역마살이 끼었는지, 이 땅 저 땅 돌아다니고, 이 집 저 집 이사 다니느라(부모 잘못 만나) 스트레스를 많이 받고 있지만, 속으로는 꾹꾹 참고 잘 견디려 노력하는 것 같아.

그러면서 신앙이 많이 자라고 있는지 모르지.

영섭이, 영섭이 아빠, 진선이, 나 모두 뿔뿔이 헤어져서 이산가족이라.

나만이라도 중심을 찾아 잘 잘살려고 노력하는데, 내 작품이 중심이고 또 운이 좋으면 남자를 만날 수 있는 복을 신이 나에게 주시겠지.

난 이혼 도장을 찍을 때 모든 것을 각오했기 때문에 마음은 참 평안하지만, 애들 생각하면 안타깝지.

지금 너랑 같이 고른 Bach 음악을 듣고 있다. 神성 人성이 이 땅에 가득히 Bach의 선율이 흐르고 있는 것 같다. 음악이 있어서 고맙고, 인간이 있어, 땅이 있어서, 사랑이 있어서, 자식이 있어서, 친구가 있어서 고맙다.

잘 지내기 바라고 모든 일들이 다 잘 해결되기 바라.

11층 아파트 안에서 정란 · 1999

정연희씨. 박영숙씨. 박혜숙씨 에게 :

조용한 아침, 지난 몇일 동안 여러 상념이
젖어있다가 글을 쓰기로 했습니다. 쓰여지는
것은 각자의 입장 (리나리게 돌변하라거면 이익) 에
따라 다른 내용으로 건단 될 수도 있다는
것을 알았기 때문에 세분께 같이 보냅니다.

우리가 마주에 와서 얻은 것도 많지만 얼은것도,
배운 것도 많습니다. 작품전시회 는 통해 배운것을
이야기 합시다.
그동은 제가 미국땅에서 involve 했던 group
전을 통해 보면 대충 두가지 방법이 있던 것
같습니다.
하나로 작품의 경향, 수준으로 서로 작가로서(의
professional respect 를 할수 있는 작가들이
3어 의견을 합하여 art museum 이나 art
center 등에 group exhibition proposal을
넣어 전시회가 가능케되거나, (정연희씨나 박영숙
(씨나가선정했으면하는것은 박혜숙씨도좋지요)
또 하나는 art museum, art center, college gallery
등 non profit 단체여서 curatorial exhibition
을 마련하지요. 그럴때 는 theme, image medium
등으로 curate 을 하여 그성격에 따라
각가와 작품을 찾아
전시회 title 이대스은 보통 curator 가 전시
엮은 의도 등의 essay 를 쓰게 되지요. (그중에는
이방인 등이게 누는 소위 multi - Culturalism

보 고 싶 은 영 준 에 게

햇볕이 맑고 밝은 창가 작은 책상 앞에 앉아서 글을 쓴다.

11층 동남향이라 아침 햇볕이 참으로 따뜻하고 예쁘지. 창 너머 고대 뒷산인 개운산이 모래흙 운동장 뒤로 잔잔히 보이지.

진선이가 가서 신경 쓰이고 먹여주느라 애쓴다. Jason도 열심히 동반해 주느라고 힘들겠지. 고맙구나.

요즈음 타고르의 시집을 읽다가 좋은 글귀를 보아 여기 적어 본다.

어찌하여 등잔불이 꺼졌나요?

나는 바람 때문에 등잔불이 꺼지지 않게 나의 외투로 등잔불을 가렸습니다.

그래서 등잔불이 꺼졌습니다.

어찌하여 꽃이 졌나요?

나는 간절한 사랑으로 가슴에 꽃을 끌어안았습니다. 그랬더니 꽃이 졌습니다.

어찌하여 냇물이 마르게 됐나요?

내가 물이 필요해서 냇물을 가로막아 둑을 쌓았습니다. 그래서 냇물이 마르게 되었습니다.

어찌하여 거문고의 줄이 끊어졌나요?

내가 이 거문고의 줄을 당겨서 힘겨운 가락을 연주하려 하였습니다. 그래서 거문고의 줄은 끊어지고 말았습니다.

요즈음 도올 '김용옥' 씨의 강의가 TV교육방송에서 50회에 걸쳐 나오는데 제목은 '노자와 거지'. 매일 보고 있는데 Beatles의 'Let It Be', 그냥 그대로 내버려 둬.

'그냥 그대로 내버려둬'. 버릴 수 있는 양 살 수 있는 마음으로 비우고 지내려고 노력하지. 작품도 화면을 꽉 채운 듯 비우고 비운 듯 꽉 채워진 화면을 만들려고 노력하지.

한참 전 우리들은 빛이 보이는 화면을 이야기했었지. 빛이 가득할 수 있는 화면을 이야기했었지. 박혜숙에게 안부 전해. 정말로 좋은 작품을 해낼 수 있는 좋은 작가인데.

내 글씨는 항상 이렇게 엉망이다.

천천히 차분히 잘 써내려 가려다가도 생각이 흐르는 대로 따라

가다 보니 손끝이 못 쫓아가네. 아무튼 모든 것이 너에게 고맙고 감사하다.

이 방 햇볕이 한겨울인데도 더울 듯이 따뜻하다. 캘리포니아를 그리워하며…

정란 · 2000

보 고 싶 은 영 준 씨 께

　　　　지금 2층 서재 창가에 저녁노을이 떨어지며 하루해가 뉘엿뉘엿 지고 있다.
　2층 책상이 남서쪽에 놓여있어 해 지는 장면을 볼 때마다 나의 생과 나이를 생각해 보곤 한다.
　1월 Andrew Shire 개인전 준비는 이제 거의 끝내야 되는데 딱 떨어지게 무르익어 가고 있지 않으니 내 심상이 산만한 탓인지 노력 부족인지 실력 부족인지, 아니면 색을 마구 휘갈기며 써야 풀리는 화면이 추운 이 겨울 때문에 동결이 되었는지 아무튼 이제부터 2주가 고비이다.
　LA에 23일 도착이고, 진선이가 20일쯤 LA 가니 오랜만에 아들 딸과 함께 X-mas와 Holiday를 보낼 수 있게 되었지.
　San Francisco는 여전하지?
　2월 1, 2, 3일 신세 지자꾸나.

아까 책들을 정리하면서 89년도 유럽에 갔었던 사진이 몇 장 나왔다.

어제 일 같은데 벌써 10년 이상이 지났으니 앞으로 10년에는 얼마나 나이 든 모습이 될지. 그때만 해도 젊었었나 봐. 내 나이 마흔 살 때였으니.

내일모레 쉰두 살이 되네. 그래도 일흔 살에 비하면 새댁일 테니 아직 젊다고 생각하고 살아야지. 이제 이 북한산 골짜기에 어두움이 드리우기 시작하려고 한다.

뒷마당에 산비둘기, 까치, 꿩도 한 마리 나타났었지.

잘 지내길 바라고, 언제나 따뜻한 우정에 감사하고 있지.

평창동 산기슭에서.
정란 · 2000

사 랑 하 는   노 정 란   씨

　　　　　　　　　벌써 태평양을 지나고 NY 가까운 상공
에 와있나 봅니다.

　서울에서 많은 일들과 식구들로 머리가 꽉 차서 떠났는데, 지금은
NY에 도착해서 해결할 일들과 영익이 모습이 눈앞에 떠오르지요.

　무엇보다 3月에 두 개나 있는 NY 전시회를 준비해야 하지요. 천
장 작품을 두어 개는 더 그려야 하니, 벼락공부하는 셈이에요.

　노정란 씨 전시회를 못 보고 떠나니 맘이 무겁고 아쉽기 짝이 없
지만 용서해 주기 바라요. 시댁에서도 내가 꼭 필요한 시간에 특히
지원 아빠가 도움이 필요한 중에 두고 오니 아쉽고 송구스럽지요.
예술가가 되는 일은 가족에게 죄스럽고 외로운 고행 길인가 봐요.

　그러나 일산병원 천장에 매달린 그림들을 올려다보며 내 그림들
이 다른 이들의 가슴속에 위로를 줄 수 있다면, 난 축복받았다고 느
꼈지요. 그래요. 노정란 씨 우리의 모든 노력은 헛되지 않아요.

지금 외롭고 힘들어도 정란 씨가 남을 위해 헌신하고 화가로서 노력한 것, 자신의 복으로 돌아올 것을 믿어요. 좋은 전시회 하고 매일매일 행복을 빌어요. 꽃을 심듯이 자기를 위하고 물 주며 밝게 살아요.

나에게 고마운 친구예요.

연희 올림 · 2000

노   란   이   에   게

              화창한 햇빛 아래 꽃들이 터지고, 난 그 속에서 황홀함에 경련을 일으킨다.

아침마다 감사를, 난 자연 속에서 찾고 느끼며 호흡하고 있어. 전시회는 성황리에 시작되고, 난 내 속에 두더지처럼 웅크리고 앉아, 나를 들여다보는 시간을 더욱 많이 갖고 있다.

옛날 같으면 전시회 시작하고 돌아다니고 cafe에 가고 등등… 헌데 이제는 작품을 모두 가지고 간 공간을 다시 응시하며, 더더욱 내 속에 파묻히게 돼.

결국, 산다는 것은 자기 속의 갈등을 하나씩 하나씩 떨구고 자유 속에 자신을 던지는 것이겠지. 그림은 할수록 신비하고, 할수록 심연의 세계로 나를 이끌고 간다.

어두운 밤 홀로 등불을 든 자 같은 마음으로 어두움에 하나씩 발을 디딜 때 홀로의 외로움과 홀로의 충만 속에 빠지게 되는 것이겠지. 나는 이곳에서 시간이 지나면 지날수록 모든 사람들과 단결을 원하는 자신을 발견하게 돼. 스스로 놀라울 때도 있어.

결국 이제부터의 우리 나이는 과일을 고르듯 시간을 정확히 아껴야 할 것 같아. 옛날엔 어슬렁거리는 시간이 참 많았었는데, 이제는 내가 해야 할 일이 무엇인가를 더 철저히 알게 된 것이지.

너는 날 보고 또 이기적이라고 할지 모르지만, 난 내 마음속의 외침에 내가 정확히 순종하는 것이 나와 타인에게 성실한 것이라 믿고 있다.

그림을 그린다는 것, 이것은 선택된 자가 고독의 길을 걷는 것이고, 예술가를 친구로 둔 자나 가족은 아픔을 동시에 나누어야 하는 운명인지도 몰라.

내 그림은 여전하고, 지우는 것—검은 덩어리를 끝없이 지우고 빛에 도달되려는 내 의지를 자연과 종교와 함께 같이 가는 길이라 생각한다.

그림은 영원히 충만하고 영원히 갈증을 느끼게 하기에, 과정과 과정만이 있다는 생각을 하게 돼. 너는 한국의 딸로 타고난 감성의 소유자다.

이미 25세까지 너에게 부딪쳤던 그 찬란한 감성들을 이제는 철학과 종교를 합한 자기만의 차원으로 끌어올려 표현할 때, 그림 한 점

한 점에 자기 세계가 나오는 것이겠지.

노란아!

지난봄 전시 끝나고 너에게 쓴 편지가 그냥 내 note 위에 있어. 무엇을 하든 끝내기 전에 다음 일이 계속되는 내 생활 덕에 편지를 못 부쳤구나. 보내준 혜숙 편지와 check 잘 받았어.

혜숙이한테는 잘 전했고, 편지 모두 고맙다.

난 왜 이리 바쁜지. 한 번에 두 가지 일을 못 하는 내 성격 때문에 허둥지둥 매일 그렇구나. 8月 16日부터 Sunnyvale 전시는 시작되었고, opening reception은 9月 9日이라, 요사이는 그림 못 그리고 애들 때문에 이리 뛰고 저리 뛰고, 전시 brochure 보내고, 뭐 그런 생활이야.

내 서울 전시는 10月 26日~11월 4일이야. 11月 5日 한용진 선생님이 현대화랑에서 개인전이 있어서 서울서 만나 뵐 수 있겠지. 내게는 아버지 같은 귀한 스승이시지. 세월이 흐를수록 감사하는 마음뿐이다.

건강하고, 또 편지 쓸게….

SF에서 June · 2001

사 랑 하 는   노 정 란   씨

    3주일 전에 NY을 떠나서 지원이랑
Paris와 Spain을 여행하고 있어요. 지원이 수술경과가 좋아서 다
행이고, 이 여행이 회복에 퍽 도움이 되는 듯해요. 거의 10년 만에
다시 온 Paris는 역시 빛나는 문화의 도시, 모든 거리가 다 예술품
인 듯해요. Spain의 고대 도시들, 성당, 궁전들 모두 그 화려한 역사
를 헤아리고, 특히 Prado Museum에서 Goya의 작품에 감명 받았
지요. 또한 Millet의 숭고한 농촌 풍경 따뜻함이 가슴에 닿지요.
 나 자신이 참 게으르고 보잘것없는 화가처럼 느껴지고 화실에 가
고 싶어져요. 서울 간 지 오래돼서 고향 생각도 나고….
 한편 모든 것에 감사한 맘이에요.
 언제 함께 여행하길 바라요. 늘 건강하시길…….

love 연희 · 2001

노   란   씨   께

　　네 마음만큼 따스하고 정겨운 이 방에
서 편히 쉴 수 있게 해줘 고마운 마음이네.
　　너와 이 산을 두고 가는 마음, 심히 서러우나 곧 볼 것이니 마음을
가다듬고 있지.
　　정말 항상 큰마음으로 대해 주는 네가 고마울 뿐이야. 다음에
올 때 내가 영섭 아빠를 아침에 보며 Good Morning할 것을 믿으
며…. 정말 고마워.
　　벚꽃이 만발하고, 황사가 불고…. 이것이 인생이여! …안녕.

June · 2002

보 고 싶 은 노 란 이 에 게

아침저녁 이곳에도 싸늘한 날씨가 시작
되었다.

밖엔 투명한 낙엽들이 완성을 이룬 후 그의 길을 가고 있어.

자연은 언제나 침묵 속에 묵묵히 완성을 이루고 있지. 시간이 이
토록 빨리 지나가 이제는 시간의 흐름을 느끼지도 못하고 있다.

헌데 벌써 한 해의 마지막 달력이 남아있지. 애 둘이 없는 생활은
고요하고 적적하지만, 이 시간을 실제로 우리는 얼마나 기다렸니!
몸에 에너지만 좀 있었으면 좋겠어.

작품에 매달리다 늘 지치곤 해. 그리고 아침에 다시 재생되고 일
어나, 힘찬 하루, 감사의 하루, 노력의 하루를 보내려고 하지. 우리
어머니들이 얼마나 열심히 사셨는가를 생각해 보며 말이다.

너의 집 창문에서 아침이면 일어나 산을 바라보았던 그 마음을

생각해 본다. 우리는 화가라는 덕에 미에 대한 많은 것을 느끼고 감사하지만, 때때로 그 감성 때문에 시달릴 때도 많아. 이제는 모든 동경을 내 안에서 찾을 시간인 것 같아. 먼 것을 무엇인가 동경했던 그 세계가 내 안에 있다는 것을 알기 위해 그토록 갈증을 느꼈었나 봐. 그리고 늘 고대인의 예술세계를 꿈꾸고 있어. 여전히 생각해 봐도 고대인의 정신은, 영혼은 너무도 신神과 가까웠다는 생각을 한다. 그래서 그들의 작품은 그리도 단순하고, 숭고하고, 고요한 위대성에 도달되었겠지.

주위가 조용할 수 없는 이 시대에 사는 우리는, 우리 자신을 유배지로 만들려고 노력하기 전에는 다다를 수 없는 시간이었고 공간이었을 것 같아.

화가로서 삶을 산다는 것, 사회적으로는 서투르지만, 우리 내부의 그 풍요로운 느낌과 감동은 얼마나 축복 받은 자들인지 몰라.

물론 작품을 할 때, 그 힘든 세계와 신적인 세계에 도달되려고 master의 꿈을 꿀 때는, 더 없이 힘들고 고달프고 의심되고 죽고 싶을 때도 있지만….

이런 고통도 달게 받을 테니, 단 한 점만이라도 이런 세계의 작품을 그리고 싶은 것이지. 요사이 NY의 미술은 거의 다시 painting으로 돌아갔어. 이런 시간이 다시 올 줄 알았지. 정말 그림만큼 멋있는 예술은 없는 것 같아, 한순간의 인간의 정신과 온 영혼을 딴 세계로 금방 전환시키는 것은.

지금 MOMA(SF)에서 릭터^{Richter} 작품(40년 동안 작품) 전시회가 있어. 난 이것을 Chicago에서 보았지만, 다시 가고 싶어. 만약 네가 가능하다면 1月 중순까지니까 와 봐. 회화의 모든 세계가 그의 작품에서는 있으니까.

구상부터 추상으로, 또 다시 구상으로 말이야. 그의 세계는 진실하고 엄숙하고 엄청난 고요까지 곁들여 있어. 그의 그림을 보며 추상에 대해 많이도 생각해 봤어. 나는 네가(Realism 실력도 아주 좋으니까) Realism을 시도 할 때가 되지 않았나 생각해 본다.

나는 물론 계기가 있어 Realism을 그리게 되었지만, 진짜는 여기서 추상화 50년 전시회를 보고, 추상화의 한계점과 결국 De Kooning과 Mark Rothko를 벗어나지 못한다는 것을, 결국 그 안에 모든 것이 있다는 것을 느낀 후 작품이 바뀌기 시작한 거야.

우리는 늘 새로운 세계에 대한 꿈을 꾸는 사람들이지. 카뮈의 말대로 "고대의 폐허 위에 내린 오늘 아침 새벽이슬" 이것이 나의 생의 철학이고 내 예술세계라고 했어. 즉 전통 위에 아침이슬같이 맑은 새로움이겠지. 아무튼 내 의견이니 참고로 생각해 봐.

너의 색감은, 언제나 얘기하지만, 놀랄 경지이니까. 그 위에 너의 사상이 들어가면 커다란 세계에 도달될 것이라 난 믿기 때문이다.

아무튼 작품 열심히 하고, 진선이 그 귀여운 것 SF에 좀 보내. 미셀은 26日 비행기표가 없어 23日 출발하려고 해. 그곳에 친구도 많이 있지만 잘 좀 부탁한다.

노란아!

우리 모두 잘들 했어, 애들도 잘 커주고, 모든 것이 감사할 뿐이야. 특히 너의 넓은 마음을, 따스하고 깊은 너의 마음과 사랑을, 늘 감사해하고 있다.

또 편지 쓸게. 몹시 보고 싶다.

With Love June

P.S 미셀 편에 약 더 보낼게.

노   란   이   에   게

오로지 자유와 그림만 그리웠던 때, 얼마나 내가 힘들게 Danville에서 93LB 몸무게를 갖고, 밤마다 기를 쓰며 작업했었는지. 밤 11시부터 새벽까지, 새벽 5시쯤 되어서 2층 침실로 올라갈 때는 이미 내 몸은 녹초가 되었고, 나는 가끔 자신에게 묻곤 했었다.

왜 나는 작업을 중단할 수 없나? 왜 재주도 없는 것이 작업을 중단하지 못하나? 대답은 항상 나도 몰랐었어. 창조하고 싶은 이 욕망이, 나는 그림을 그리지 않으면 그냥 불안하고 우울해지기에, 식구들, 꼬마애 둘, 남편께 그토록 죄의식을 느끼며 작업해 왔었지. 얼마 전에 화랑 주인이 와서, 대학원 때 작품부터 쭉 오늘날까지 몇 점씩 보며, 지나온 과정을 보며, 내가 세상을 향해 무엇인가를 찾기 위해, 표현하기 위해 멀리멀리 갔었는데, 결국 내가 찾은 것은 내 속에 있다는 결론을 내렸지.

노란아! 우린 이렇게도 힘들게 여태껏 버텨왔어. 너와 나와 우리 몇 친구들, 얼마나 미국에서 애들과 씨름하며 버텨왔니. 이제 나이가 들어, 그 좋던 눈에 돋보기를 써야 글을 읽게 될 만큼 시간이 흘렀다. 어떻게든 그림 그리겠다고, 표현하지 않으면 견딜 수 없던, 내 꼴을 생각하며, 너도 얼마나 진선이 어린것 데리고 대학원 다니느라 애썼니.

우리 모두 장하게 버텨왔어.

내가 왜 이 말을 하느냐 하면, 너 좋은 남자 만나 행복할 수 있다면, 그림 안 그려도 좋다고 하던 너의 말에 내가 얼마나 가슴 아픈 충격을 받았는지 아니?

노란아, 물론 난 여자 혼자 사는 것이 얼마나 힘든지 누구보다도 잘 안다. 헌데 재주가 그토록 많고, 30년 동안 화가로서 살아온 네가 할 말은 아니야.

너의 지금 환경을 화가의 입장만으로 놓고 본다면, 애들 다 크고 시간 너무 많고 얼마나 작업하기 좋은 때니. 유배지는 인간을 죽일 수도 있지만, 자기 자신을 가장 키울 수 있기도 해. 역사적으로 많은 사람들이 유배지에서 최고의 사명을 완수도 했지. 물론 이런 극한 상황에서도 인간은 환경을 크게 이용할 수도 있다는 얘기지. 나는, 너처럼 색감 감각과 재주가 있는 네가, 삶의 목적과 가치를 작업하는 데 두었으면 해. 인연이란 닿으면 네가 노력하든 안 하든 만나게 되어있어. 그러니 그림에만 중심을 두고, 그 길을 깊고 묵묵히 가면, 모든 것은 이루어지게 되어있다고 난 믿고 있어. 사상을 키우고 작업에만 총력해 봐. 어제 <Before the Light Balls>라는 영화를 보았어. 쿠바의 시인 얘기야. 군사혁명이 일어나고 낙인찍힌 문인이 되어 도망갈 때 자기가 쓴 원고지만을 비닐봉지에 넣어 가슴에 차고, 튜브에 몸을 싣고, 바다에, 신의 섭리에 맡기는 그 장면을 보며 가슴이 시려 죽을 것 같았다.

창조하지 않으면 견딜 수 없게 태어난 사람들이 예술가야.

나는 네가 다시금 삶의 진정된 의미와 예술가로서의 진실된 사명을 가졌으면 하는 진실한 바람이다.

그동안 네가 두고 간 사진을 부치지 못한 것은, 너에게 긴 편지를 심장으로부터 나오는 편지를 쓰고 싶어서야.

지난 Thanksgiving day부터 1월까지 작품을 내 마음이 차도록 그리지 못해, 갈증이 너무 너무 났었어. 근 한 달 외출도 않고 작업을 하니, 이제 조금 숨을 쉬는 것 같아.

엄마가 돌아가신 이후 난 누구에게 편지 쓰는 것도 또 전화하는 것도 다 절제하고 오로지 책과 작품에만 주력하고 있다. 애들이 크기를 얼마나 우리 기다렸니. 애들 pick up하고, lesson 데리고 다니고, 죽어라고 저녁 해야 하고, 남은 시간 쪼개고 또 쪼개고 에너지가 없어 그토록 힘들었던 때, 하루에 coffee를 열 잔씩 마시고 정신을 차리고 애쓰며, 우리 버텨왔어. 헌데 이 시간, 기다리고 또 기다리던 이 시간이 되었는데—노란아, 제발 작업에만 목적을 두어 봐.

난 네가 좀 더 너 자신을 중심에 두고 흔들림 없이 작업하기를 바라.

그래서 좋은 그림, 미래에 속하는 그런 그림, 단 몇 점이라도 그리고 가야 되지 않겠니!

나는 명예, 유명해지는 것, 돈, 이런 것은 이미 떠난 지 오래야. 내가 그림을 그리는 것은 진정한 평화와 미래의 인간들에게 단 한 점이라도 감동의 작품을 남겨주는 거야.

네가 자고 간 이 손님방에서, 난 아침마다 저 그리스 조각 La Victory de Samothrace 작품을 보며 교훈을 삼곤 한다. 아침마다 난 저 작품 앞에서 명상을 해.

2000년의 시간도 더 지난 저 작품. 작가 미상인 저 작품, 신이 인간의 손을 빌려서 한 저 작품, 그래 세월이 지나면 이름 명예 이따위 것은 정말 아무것도 아니라는 것을 가르쳐 주는 저 작품, 오로지 예술만이 남아 고고하게 신의 역사를 느끼게 해주리라 믿어. 그래서 인간들에게 미래의 인간들에게 예술작품을 통해서 신을 느끼게 하는 것이지.

그 한 가지 목적으로 충실히 작업할 때, 우리 영혼 속에서 피어오르는 그 희열과 신의 존재를 감지하며, 얼마나 평안과 진정한 행복을 느끼겠니.

너는 이 맛을—이 경탄할 만큼 고귀한 이 맛을—이미 알고 있어. 제발 흔들리지 말고, 목적을 인간에게 두지 말고, 한 가지 일만 해. Master들이 남겨놓은 삶의 표현인 책 읽고 작업 열심히 해. 한 번 기차 바퀴가 돌기 시작하면, 그 거대한 속력과 힘이 미래의 시간에 사는 사람에게 커다란 힘을 줄 수 있을 거야. 노란아, 새벽 3시가 넘었다.

몹시도 피곤한데 의식은 샛별처럼 맑아. 글씨가 엉망이다. 건강하고, 봄이 시작되었다.

어둠을 뚫고 태어난 봄에, 이 봄이 너에게 새로운 생이 시작되기 바라. "티파샤의 봄은 신들로 가득하다." 카뮈의 글 중 시작되는 부분이야. 이 단 몇 줄의 글 속에 온 우주가 표현되어 있지. 경탄할 만큼 아름다운 글이야. 그의 세계를 난 얼마나 경이롭게 찬탄하는지.

이 예술의 맛, 이 예술의 거대함. 우리가 갈 길이야.

안녕.

Love June

보 고 싶 은 노 란 이 에 게

3月 중순인가? 지금이. 꽃들이 현란하
게 피어있어. 커다란 나무엔 잎이 생기기 전 하얀 꽃들이 천지를 덮
고 사쿠라 꽃이 이 동네엔 가득하다.

어떻게 시간이 흐른지 모르게 쫓기듯 지나간 시간이었지. Palm
Spring에 Mr. 유 골프친구들과 같이 며칠을 다녀온 후, 갑자기 미
셸 아빠가 병원에 입원해 큰 수술을 했어. 병원이라면 그 냄새부터
질색인 내가 어두운 밤 몇 사람 없는 병실 복도에 앉아 수술을 기다
리다, 책을 보다 하며, 소설 속에 주인공같이 현실감각이 전혀 없는
나 자신에게 놀랐어. 도대체 나라는 이 인간은 무엇이 현실이며 무
엇이 비현실인지 이토록 감각이 없는 것이, 미국에 살면서 생긴 병
인지, 아니면 태어나기를 그토록 이상한 머리 구조 의식 구조로 생
겨났는지, 이해할 수가 없었다. 매일 1주일을 병원에 가는 것이, 그
독방인 깨끗한 병실이 그토록 낯설 수가 없었어.

내가 앉아있는지 서있는지, 또 간호원이 수시로 들락거리는 것도 모두가 영화 속 장면같이 느껴졌어. 미셸 아빠는 이제 퇴원을 해 집에 있어. 수술 경과는 좋은데 당뇨병이 있으니 조심해야지, 평생을. 아무튼 그동안 Palm Spring 가기 전에 Mrs. 최가 사진을 찍어왔기에 보낸다.

오늘은 네가 유난히 생각나는데, 내가 Danville로 이사하고 얼마 후 너를 방문했을 때 나를 보며 너무 슬픈 얼굴로 "너 어쩌면 이렇게 늙어가니!" 하며 슬퍼했던 너의 모습이 생각나. 친구 이상의 형제 같고 언니 같았던, 측은해하던 너의 얼굴이었어.

그때는 정말 이곳에 이사 와 애 둘을 데리고 잠자기를 기다렸다가 한밤에 작업하던 때였지. 지금 네가 나를 보면 그 소리를 또 할 것 같구나.

도대체 나라는 인간은 왜 현실성이 이렇게 없는 것일까? 가끔 생각해 본다.

나의 무심함 때문에, 타인에 대한 무심함 때문에, 실수투성이지만 또 해야 할 일에, 순서조차도 모르고 매일 그림 그리는 순간만이 나를 찾는 것 같아. 아니 정말 나를 알 수 있는 시간일 거야.

그래 모든 것을 항상 뒤로 미루다 세월이 많이 흘러가 버렸어. 아무튼 편지를 안 해도 원망 한 번 안 하는 네가 고맙고, 나를 이해해

주는 것 같아 늘 감사하고 있다.

헌데 과연 인간이 타 인간을 이해할 수 있을까? 정말 불가능하다고 느껴. 정말 나이가 들면 들수록 인간 개개인이 별과 같은 존재가되어, 홀로 생각하고 느끼고 표현하며 살다가는 것이 아닐까 싶다.

아무튼 모든 것이 멀어지고, 그러면 자기의 spaces는 더 넓어지는 것이기에 생이 더 깊어진다고 릴케는 얘기했지. 나도, 친구도 힘들 때 릴케의 시가 지탱시켜 주었어. 그래서 예술은 위대하며 미래의 사람과의 연결이 이루어지는 것이겠지.

아무튼 얘기가 길어졌구나. 어떻게 지내는지? 작품은 열심히 하고 있겠지!

건강하고, 시간이 늦어 미안해.

다시금 일어나서 거대한 날개를 펴며 비상하고 싶어진다. 끝없는 image와 passion을 가지고….

With Love

SF에서 June

PS: 작품 보증서는 Mrs. 최에게 직접 보내줘.

보 고 싶 은 노 란 이 에 게

이가 득득 갈릴 정도로 이틀을 앓고, 이제 겨우 정신을 차렸어. 백연희 씨 편에 사진이랑 모든 것을 보내려고 했는데, 너무 짐이 많아서 네 아크릴물감은 누구도 다 못 가지고 가는 바람에 부탁할 엄두를 못 냈어.

그동안 일이 밀려 Oakland Museum curator가 내 글을 써준다는 것을 오늘 겨우 약속을 해서, 저녁식사를 같이하며 얘기하려고 해. 도대체 이런 일을 하는 것이 너무도 힘든데, 더구나 너에게 이 일을 맡겨 너무 미안하구나.

오늘 너에게 Ritzi Catalog를 보내니 Ritzi 크기만 한 것으로 해줘. 약간 작아도 OK. 이곳에 부친 그 style대로 하면 될 것 같아. Color 사진은 세 장 중 한 장은 잘못 나왔고, 한 장은 그 작품이 마음에 안 들어서 한 장만 넣을 생각인데, 한 장 넣는 것이 좀 치사할 것 같아, 모두 흑백으로 해도 OK야. 빨리 모든 것 정리해 보낼게. Oakland

Museum curator는 17일까지 글을 써서 mail로 내게 보내주겠다고 했으니까.

평론가의 글 실을 면을 생각해 되는대로 급히 보낼게. 그러면 네가 수고 좀 해. 신세는 서서히 갚을 테니까. 나는 그곳 시간 일요일 6월 16일 5시 30분에 도착할 예정이야.

비행기표를 사 왔어. 그러니까 너에게 또 나와 달라고 부탁할 판이구나.

액자는 내 소품22×30inch 다섯에서 일곱 점, 24×48inch 아홉 점을 모두 plaxi glass한 면을 대고, 거울 붙이는 style(백연희 씨 판화처럼)로 할 생각이야. 작품전 끝내고 가지고 와야 하니까.

팔리면 좋지만, 내 원대로 되는 것이 아니니까.

color 사진이 마음에 안 들어 slide 세 점을 보내니, 이것으로 color 사진이 되면 catalog에 넣어도 되겠지. 난 거액을 들일 생각은 없으니까, (돈도 없고) 네가 알아서 해줘.

그리고 혹 네게 더 부탁할 것 있으면 하고, 17일 구역 예배, 24~27일 시댁식구 몰려오고, 정신이 없다. 매일 바쁘게 지내고 있어.

노란아, 마음이 급해 그만 쓴다. 안녕

Ritzi catalog에 사진 부친 그대로 디자인하면 될 거야.

노   란   이   에   게

어두움이 깔리는 시간이다. 세 식구가 TV 보고 난 2층에 앉아 책을 읽다, 네가 보고 싶은 마음이 안개처럼 피어올라 글을 쓴다. 내가 저번 보낸 편지는 잘 받았는지 아직 답장이 없어 궁금하다. 요사이 이곳 날씨는 꽤나 싸늘해 전기담요를 틀어놓고 멀리 산을 내다보고 있다.

6월 전시회를 위해 작업 열심히 하고 있어. 더 지체하지 말고 올봄엔 slide를 gallery에 올리려고. 늘 허무함을 느끼지만 작업을 해야 편안하니, 주중엔 기를 쓰고 있다.

아침에 애 둘 다 학교 보내고, 안개가 끼거나 비 오는 숲엘 간다.

자연이 이렇게 부드러운 줄 미처 몰랐어. 자연은 부드럽고 숲도 풀도 하늘도 그냥 그냥 존재해 있다. 우리가 찾아가 자연과 같이 동화되지 않으면 뼛속 깊은 휴식이 있을 수 없다는 것을 느껴.

어제는 비가 왔어. 참으로 부드러운 아침 일찍 너와 같이 갔었던 (여름에 갈대를 땄던) 곳을 차로 drive하며, 그 비에 많은 말이 한곳을 향해 서있는 것을 보았지. 난 많은 사람들이 말을 많이 그리는 이유를 몰랐는데, 요사이 난 자연 속에 말馬의 선이 너무도 힘차고 탄력 있고 아름답다고 느꼈어. 말의 선은 너무도 부드럽고 힘차, 마치 자연처럼. Parking하는 데 차 한 대가 서있더구나. 아침에 비를 맞으며 누가 차 속에 앉아 책을 보고 있었어. 아침 8시 40분은 참으로 이른 시간이었는데, 난 생각했지. 내리고 싶었어. 걷고 산 위로 올라가 비를 맞으며 산책이 하고 싶었어. 난 혼자 생각했다, 위험하지 않을까 하고. 하지만 인간을 믿고 내가 차 밖으로 나가지 않으면 난 산 꼭대기에, 구름 걷히고 부드러운 비가 오는 산을 볼 수가 없는 거야. '그래, 부딪치자, 부딪치지 않으면 무엇과도 만날 수 없는 거야'라고 생각하며 산 위로 올라갔어. 많은 공기, 많은 안개, 더 많은 빛이, 내겐 필요한 거였지.

산 위로 뻗어 오르는 구름과 안개 같은 부드러운 비와 물소리를 들으며, 참으로 뼛속 깊이 휴식을 느끼며, 걷고 또 걸었어. 부딪쳐야 되고, 자연 속에 자신이 하나가 되어야 된다고 생각하며, 깨끗한 마음으로 집에 와 작업했다.

요사이 내 그림은 점점 거칠어지고 있어. 흰 스트로크 위에 더 거친 tone과 색깔과 선이 들어가고 있다. 6월 전시회가 가능하며 정말 꽝꽝 두드리고 작품을 보여주고 싶은 마음이야. 한용진 선생님이 두손화랑 주인께 편지 내주시겠다는 걸 그만두시라고 했어.

넌 그 이유를 잘 알고 있겠지! 난 무엇 하나도 한 선생님께는 폐 끼치기가 싫은 거야. 어서 네게 편지가 와야 구체적인 계획을 세울 수 있을 텐데. 살아가면서 더욱 느끼는 것은, 인간적인 인간의 생을 살며 만들 수 있다는 것은 너무도 큰 축복이라 느껴. 나이가 들면 들수록 진짜 인간을 만나는 것이 얼마나 힘든가를 느끼며, 점점 대인관계가 없어지는 것을 느끼지. 너와 가까운 곳에 살면서, 또 낄낄대고 울고불고 떠들고 싶다.

《인간의 조건》이란 일본소설에서, 어디를 가나 인간적인 인간은 있다고 했지만, 진짜 인간을 만난다는 것은 확실히 복이라 느껴. 노란아, 불은 켜기 싫고 글씨 쓰는 note가 점점 어두워지고 있다. 저녁에서 밤이 되는 시간이 인간을 가장 외롭게 한다고 했던가.

요사이 아무리 추워도 난 차고 문을 열어놓고 작업해. 많은 빛과 공기가 나와 내 그림에 필요하고, 앙상한 나뭇가지 위에 높은 산을 보고 있으면, 나도 내 그림도 모두 자연의 일부처럼 느껴지거든. 무엇에도 불구하고 인간에게 주는 제일 깊고 넓은 휴식은 자연이란 생각을 해.

그래서 우리는 결국 자연 땅으로 돌아가는 것이겠지. 어두워지고 있다. 산의 선들이 뚜렷해. 네가 보고 싶고, 6월24~31일 전시회를 꼭 가능하게 해다오, 부담을 절대 갖지 마.

너와 같은 날 같은 장소에서 전시회를 한다는 것은 여러 가지 감동을 준다.

우린 서로의 아픔을 고뇌를 너무도 잘 아니까. 3월 서울엔 진달래와 개나리가 피겠구나.

마음이 답답할 때 자연 속을 거닐며 하나가 돼봐. 자연과. 그러면 작업할 힘이 뼛속부터 피어오르지. 건강하고, 작품 열심히 해. 꼭. 편지 기다린다.

어둠 깔리는 저녁, June

고 마 운 영 준 에 게

봄이 북한산 골짜기에 가득하다.

너의 간절한 편지를 받고 한없이 한없이 울었다.

정말로 긴긴 편지를—사랑, 남자, 인생, 예술—쓰고 싶었지만 복받쳐 오르는 이 감정과 생각들이 내 마음과 머릿속을 흔들어 놓아 도저히 글이 손이 안 잡힌다.

조금 더 먼 훗날 내가 입을 열 수 있을 때 우리 이야기할게.

나에게 한 가지 분명한 것 너에게 약속할 수 있는 것은 그림을 손에서 놓지 않겠다는 것뿐이다. 나머지 과거나 미래의 일은 나도 모르겠다.

너의 깊은 편지 참으로 고맙다. 나의 마음을 길게 길게 전하고 싶지만 지금 이렇게밖에 못 하는 나의 이 마음 상태를 이해하고 용서해 주기 바란다.

지난주 봄비가 좀 뿌려 뜰에 라일락, 목련, 수선화, 백합, 튤립, 백

매화, 목수국, 감나무, 목단, 대나무들을 한없이 심어놓았다.

병아리가 물 한 번 먹고 하늘 한 번 쳐다보듯이, 난 그림 한 번 매만지고 땅 한 번 파고 했지.

언제 하루해가 지는지 모르겠어. 땅속에 생명은 이어지고 우리는 그림 속에 생명이 이어지겠지. 영준아!

너의 깊은 마음에 항상 고맙고 우리들의 우정을 하느님께 감사하지. 가을에 오면 오래오래 머물러. 많은 곳을 가보고 많은 이야기를 하자꾸나. 건강하고 좀 살도 좀 쪄라.

Mr. Lew께도 안부 전해줘.

정란 · 2001

사 랑 하 는 노 정 란 씨

　　　　지난주에 이 화실 집으로 이사 들어온
후 처음으로 친구 편지를 받았지요. 이제는 찾아오는 것은 bill뿐이
없는데… 항상 잊지 않고 정성스러운 맘을 보내주어 고맙지요.

　지난 몇 달 화실로 출퇴근하며 이곳에 익숙했지만, 막상 침대와
밥상을 들고 와서 내 집으로 정을 붙이려니 쉽진 않아요.

　화실이 꽤 크고 천장이 높고 그 옆에 큰방 하나가 침실이자, 서재
이자, 식당이지요. 그야말로 본격적인 single life와 artist life style
이에요.

　문짝 하나 열면 그림이 줄줄이 서서 기다리니 특히 부엌이 화실
속에 있으니 하루 종일 그림 곁에 붙어있어요.

　이것이 내 인생과 예술에 좋은지 아닌지 두고 봐야지만, 우선 NY
에서 오고 가는 기운과 시간을 절약하고 비용도 절약하지요. 무엇
보다 그림과 책 속에 한 번 푹 묻혀보고 싶기도 해요.

좀 단조롭고 고독하지만, 어차피 예술가의 길을 택한 이상 감수해야지요.

그래도 문득문득 애들 키우며 온 가족이 함께 살 때, 또 예전에 언니들과 재잘거리며 밀려다닐 때가 기억이 나고 향수를 느끼지요. 무엇보다 저 화려한 NY의 야경이 밤엔 아름다운, 낮에는 모두 콘크리트의 숲과 소음으로 변해요.

북악산 골짜기에 당신 화실이 퍽 부럽지요. 나도 어서 북악산이 보이는 청운동 화실을 잘 이용할 날도 오겠지요. 당신네 부부 생각하면 내 맘 흐뭇하고, 그 작은방의 삼절 요를 잘 모신다니까… 하하.

가을에 만나요.

연희가 · 2002
내 새 전화번호: 212-967-8292

사랑하는

노정란씨, 편지 받고 반가웠어요.
우리가 한번 만나자는 약속도 일년이
넘어가고 이 무서운 CoRona Virus가
2년은 더 계속한다니 한번 만날려면
오래 삽시다.
나 역시 화초, 마당 가꾸며 매일
화실에서 뭔가를 꼬적거리며 살아요.
인간이 그렇지만 TV 보고 전화하며
역시 우리는 인간이 필요하다고 느껴요.
다음주 쯤에 영준씨랑 Mack 쪼로
만날 계획하고 있어요. 일년만인가봐요.
지난 인생을 돌아다 보기도하는, 요즘은
내가 언제간 사라질 시간이 끝이 온다고
느끼며, 내가 세운 CHIM FOUNDATION의
(Create, Healing, Inspiration & Mind)
장래를 잘 준비하느라고 변호사 만나고
서류 정리하고 Board Member 교체하고
구상은 일은 의거 시간 많이 쓰고 있는데

이 노력이 열매를 맺기 바라지요. 나는
하느님께서 분에 넘치게 복을 주셨으니
나도 이세상에, 하느님께 좋은 선물은
드리고 떠나고 싶지요. 미술 장학생과
음악회는 계속 하게되고, 장애인들을
위한 예술 프로그램은 진정한 사명감과
열정이 요구 되는데 나는 그것을 참 즐겨요
처음엔 섭섭직 하지만 좀 알게 되면
너무 사랑스러운 인간들이지요.
요즘은 On Line 으로 10명을 가르치고
음악시간 오가시간 모두 잘 되어가요.
부모들이 떡 들기로 떡 가족같아요. 한편
지원아빠가 측은하고 가슴아프지만 몇년
지나면 좋은 친구가 되서 손주들과 만날
수 있겠지요. 미움이 아니라 단지 내
인생을 정리 해야 했고 맞다는 곤목이었지요.
식구들과 자식에게 미안하기 끝이 없어요
한편 새 아기들은 태어나고 우린 낙엽이
되고 만계음이 되야지요. 영익이가 둘째
딸 잘낳고, 곧 진선이가 아들 순산하면
모든것은 축복으로 이어져가기 바래요. 연희.

영   준   에   게

　　벌써 9월이다. 그러나 이곳 서울은 아직도 장마철인 듯 습기와 열기가 꽉 차있어 정말 햇볕과 태양빛이 그립다. 요새는 자주 캘리포니아의 밝은 빛과 쾌적한 기후 서늘한 밤 기운이 그립다.

　　뒷마당의 수영장도….

　　언젠가는 다시 돌아가야겠지만 곧이 될지 멀리 될지는 모르겠다.

　　유경희 씨가 다녀갔다. Olive oil과 vinegar 병 잘 받았어. 고마워. 손님들 초대하면 네 이야기하면서 맛있는 식사를 할 수 있겠다. 유영식 총재께서 오시면 꼭 쓸게.

　　진선이가 LA 있는데, 지난주에 친구 wedding 들러리 서고, 6일 ERE 시험 보고 중순경에 서울로 와서 1년 연대 한국어학교 다니고, 다시 미국에 대학원 내지 직장으로 돌아갈 계획을 한다.

　　이제 우리는 옆에서 신의 사랑스러운 은총의 가호가 있기만을 바랄 뿐, 해줄 일이 별로 없는 것 같다. 영섭이와 진선이가 혼자 어린 나이에 멀리 떨어져 지내야만 되어, 지난 10년간의 공간과 시간이 안타까울 뿐이지.

요즈음 햇빛이 없으니 정말 그림이 안 된다.

마음이 해이한 탓도 있겠지만, 햇빛이 참다운 이유랄까.

내 그림은 정말 햇빛이 찬란하게 빛나는 날 작동되는 것 같아. 영섭이 아빠하고는 주말부부로 지내고….

모든 것이 덤덤하다. exciting한 일이 없다.

감각과 이상, 꿈이 늙지 말아야 하는데. 잘 지내고 곧 또 보고 싶구나.

서울에서 정란 · 2002

정　　　연　　　희　　　　　　씨　　　께

　　　　　　거의 한 달 이상 밝은 햇빛을 못 보는 이
서울 하늘 아래에서 캘리포니아의 밝은 빛, 서늘한 밤공기, 건강하
게 피어있는 꽃들이 그립습니다. 언젠가 다시 돌아갈 땅이라고 느끼
는 캘리포니아에서들 다시 만나서 작업하며 서로 위로하며 삽시다.
　지원이와 사위가 도착했는지요. 옆에 있으면 의지도 되나 그래도
신경 쓸 일이 생기겠지요. 가족이 가까이 살 수 있는 것이 참 좋은
것 같아요.
　진선이가 9월 중순 오면 1년간 연대 한글학교 다니며 이곳에서
지내요. 영섭이 아빠하고는 주말부부로 지내고요. 이것저것 조건이
작품에만 전념 할 수 있음에도 불구하고 감각적인 에너지와 신체적
인 기운이 딸리는 것 같아요. 다 마음이 해이한 탓이겠지요.
　햇빛이 찬란할 때 제 작품도 찬란하게 나오나 봐요. 이 습기와 구
름이 빨리 거두어지기를 바라지요. 거의 하루에 한 번 이틀에 한 번

자하문 터널을 지나며 청운동댁 화실을 넘겨다봅니다.

가끔 댁 앞에 차를 주차하고 시내 볼일도 보러 나가요. 요즈음 장마철이 안 끝나 많이 습한데 환기 등등이 어떤지요. 그림들을 생각합니다.

모든 것이 풍요롭고 거대한 New York 생활을 많이 즐기시기 바라며, 작품으로 인한 좋은 일들이 많이 생기시길 바라요.

너무 애쓰시지 마시고 서울에도 자주 오세요.

북한산 골짜기에서… 노정란 · 2002

보 고 싶 은 영 준 에 게

며칠 전 너와 전화를 끊고 여운이 남아
글을 쓴다.

이곳은 늦가을 바람이 몰아쳐 황금빛 낙엽이 집 앞과 골목길, 뒷
마당 가득 뒹군다.

생은 짧은 것인 듯, 윤회하듯이 내 주위를 맴돌며, 혼란스럽게 아
니면 포기시키며 실감 안 나게 흐르고 있다. 세월과 작품에 집착을
하기엔 내가 게을러진 것 같고 포기하기엔 나 스스로 바보고…

내 작품에 무언가에 전환점이 와야 될 것 같아. 매일 먹만 갈고 있
다. 일필휘지할 때에 작업이 내 궤도를 찾겠지.

캘리포니아가 그립다. 풍요롭고 따뜻하고 여유 있고 한결 같고
그곳에 안주할 수 있는 것을 감사하게 생각하려무나. Steve는 이제
그곳에서 안정을 하겠고 Jennifer가 어떻게 될지.

5년 내 어디서든 안정을 하겠지. 내년 7월부터 2년 반 'Peace

Corps' 가는 것은 결정적인 것 같아. 그 후 master degree 공부한 후 결혼하겠지,

애들의 안녕과 행복을 바랄 뿐이지. 그렇지만 다 자기 복과 팔자 소관 아니겠니. 요즈음 이 집의 전망과 추위를 즐기고 있다.

김숙이가 표화랑에서 전시가 있다고, Honey 강아지는 진선이와 나 사이에서 응석만 부리고 실컷 먹어서 뚱뚱해졌지. 영섭 아빠는 문화와 역사적으로 풍요롭지만, 현대적인 생활시설로는 후진 Cairo에서 안정 찾느라 바쁘단다.

1년 후 방문을 해야 될 것 같고, 모두들 건강하고 각자의 일이 잘 되길 바리지. 5월 안에 San Francisco에서 만나자. 그 안에 좋은 작품 많이 해놓을 수 있게 노력하자.

항상 든든하게 마음 따듯한 친구인 네가 많이 그립다.

정란 · 2002

정   연   희   씨

　　　　　　　뉴욕의 생활이 다시 시작되셨겠네요.

　짧은 인생 오다가다 자꾸 지나가요. 추운 화실에서 정리 좀 하다
가 무릎도 시리고 한 것 같아 부엌 식탁에 앉아 글을 써요.

　저는 박영덕화랑 전시 진행이 이것저것 다 찜찜하지만 안 하는
것보다 하는 것이 좋지 않겠느냐고들 해서 2월18~28일에 진행할
거예요.

　그저께 사진 찍어서 모래 간단한 브로슈어 인쇄 시작해요.

　이젠 전시회 자체가 의미가 없는 것 같기도 하고요. 이번 전시 끝
나면 좀 더 역량 있는 화랑에서 좋은 작품으로 전시할 수 있으면 좋
겠네요.

　삼한사온의 겨울 기후 속에서 이 북한산 골짜기는 조용하고, 청
운동댁 길도 조용한 것 같아요. 나이 들수록 주위의 좋은 분들을 자
주 보고, 좋은 것들을 서로 깊은 마음으로 나눌 수 있는 시간들이 아

쉬워지고, 주위가 더 많이 복잡해질수록 더욱더 외로워지는 것 같아요.

정연희 씨, 제가 항상 따르고 또 배울 것도 많고 존경할 것도 많은 친구이자 또 선배이신데 요즈음 마음 많이 상하시고 또 깊이 상처받으신 것 같아서 제 마음도 언짢아요.

살다 보면 부대끼는 일, 실망하는 일이 생기고 그러면서 좀 더 강해진다고 할까. 뻔뻔해진다고 할까, 무뎌진다고 할까 뭐 그렇게 되는 것 같아요.

인생은 짧은데 중요하고 큰 일 먼저 생각하세요.

내가 할 수 있는 일에만 성실히 또 진지하게 하며 또 거기에만 의의를 주고 살면, 주위에 따라다니는 작은 일들은(사람 관계, 오해, 작은 상처, 어떤 손해) 큰 의미가 없어요.

정연희 씨의 마음씨가 곱고, 곧고, 깊고, 진실하기 때문에 더욱더 이해 안 되는 부분이 있을 수 있지만 사람이라는 게 다 다르고 장단점이 있고 흥이 있고 정이 있는 것이라고 생각해요.

시간이 너무 많이 흐르기 전에 적당한 기회를 보아 두 분이서 조용히 길게 차분하게 이야기하실 수 있는 시간은 필요한 것 같아요.

주위 사람이 무슨 이야기를 전하든 듣든 신경 쓰지 마세요.

누구든 서로 좋은 친구로서 좋은 인간관계를 아름답게 가지기를 바라지요. 그러기 위하여 각자 노력하는 길밖에 없어요.

부부관계, 자식, 형제관계 사회에서 친구 사이에 각자 내가 부족하고 내가 바보다 하고 사는 것이 차라리 편한 것 같아요.

저는 아무 조언할 자격이 없는 사람이지만 그냥 정연희 씨 마음이 안돼서 그러는 것이에요.

영익 아빠하고 좀 더 많은 시간을 보내시기 바라며, 아프지 마시고 좋은 작업 많이 하실 수 있기 바라요… 국제 전략 연구원IT Think Net 전시 장면 사진 보냅니다.

2월 28일 작품이 교체될 때 영익 아빠 회사에 연락하여 처리하겠습니다.

빙판길 미끄러지지 마세요.

평창골에서…

노정란 씀 · 2003

보 고 싶 은 영 준 에 게 …

추석의 긴 휴일이 지나고, 보름달도 기울기 시작하겠지.

캘리포니아 태양과 서울의 태양의 차이를 몸으로 느끼며, 이 초가을의 공기를 숨 쉰다.

Sabina Lee Gallery 캘리포니아 전시는 주인의 역량 한계를 본 것 같고(기대는 안 했지만) 내 작품의 나가야 할 방향을 다시 객관적으로 본 것 같았지. 가장 큰 기쁨은 네가 전시장에 등장하여 화랑을 가득 채워주었지. 거기가 어디 그 먼 곳인데 내려왔니! 난 할 말이 없다. 정말 고맙구나.

너에 대한 고마움을 언제 다 갚고 죽겠니. 언니의 신문 스크랩도 고맙다고 전해주어.

한국의 올망졸망하고 오손도손한 풍경도 나를 감싸주듯 정겹지만, 캘리포니아의 힘과 큰 규모와 찬란한 빛과 바다가 나를 자꾸 부른다.

특히 옛 친구들이. 이제 다시 옮겨 준비를 해야 할 것 같다. Steve 와 Jennifer의 home과 안정을 위해서라도.

다음 미국 출장 때는 SanFrancisco행이니 그때 너를 그곳에서 만나자. 신세도 지고. Take care…

정란 · 2004

정   연   희   씨

Hand phone 배터리가 끊겨서 전화가 끊어졌네요. 죄송합니다.

이곳 평창동 산골짜기에도 봄이 다시 찾아와 튤립, 히아신스, 수선화 등이 예쁘게 올라와요. 생명들이 살아있다는 자체가 큰 위안이 돼요.

강하고 건강한 캘리포니아의 봄도 성큼성큼 다가와 꽃 천지 세상이 되고 있겠고, Golden Gate Park의 깊은 봄도 아름답고 포근하겠지요.

큰 전시들 여러 곳에 치르고 다니시며 열심히 일하시는 모습에 존경이 갑니다…. 다만 이제들 연세가 있으시니까 건강에 무리 가게는 하지 말라고요.

휴식과 쉼이 있어 나와 내 작품을 객관적으로 볼 수 있는 비움의 시간과 공간이 필요한 것 같아요. Oakland Hill의 studio 진행하시는 것 멋있게 잘되시기 바라고요.

저도 마음은 항상 캘리포니아 중간쯤 한적한 시골의 농가 주택 studio를 설계하며 수영장도 파보지만, 아직은 좀 시기를 지켜보아야겠네요.

햇볕 맑은 캘리포니아에서 다들 다시 만나, 서로 위로하고 도와주며 용기 주며 작업하며 좋은 일생의 벗이 될 수 있기를 바라요.

저는 그냥 항상 마음이 외로워요

집에서도, 밖에서도, studio 작업실에서도. 애 아빠가 옆에 있어도. 아마도 자식들과 떨어져 있고 또 한국이나 미국이나 다 마음이 안정 안 되어서 그런가 봐요.

그냥 현재 내 상황에서 할 수 있는 일에 작업이나 teaching에 최선을 다하는 것뿐이에요. 이러면서 세월이 흐르고 몸과 마음이 늙어가는 것이겠지요.

인생은 아름답고 자연과 계절은 그래도 아름다운 것이겠지요. 4월 말 만납시다용.

서울에서, 노정란 · 2006

노   정   란   씨

서울 전시회가 잘됐다니 축하해요. 그 때쯤 나도 서울 가는 준비로 바쁘다 보니 축전도, 꽃도 못 한 것 양해해 줘요.

요즘 하도 세상이 어수선하니 우리 화가들의 마음도 편한 것은 아니지만, 그래도 화실에 처박힌 것이 나 개인과 사회에 이바지하는 것이겠지요.

한 달 후로 다가오는 전시회 생각만 안 한다면 좀 더 잘 그릴 텐데, 뭔지 초조감이 찾아옵니다. 쪼다! 항상 맘이 너그럽고 능력이 있는 노정란 씨 생각을 가끔 합니다.

곧 만나기 바라요.

연희

노　　　정　　　란　　　　　씨　　께

안녕하세요. 전화 받고 인사가 늦습니
다. 허리는 별 차도가 없어서 아직은 멀리 운전은 삼가고 있는 중입
니다.

침도 맞고 있고 또 미국 의사에게 주사, 약 등 모든 것을 다 하고
있지만 차도가 느린 것 같습니다. 시어머니가 한 일주일 오셔서 Bill
이 일어나고 일도 하는 것 같더니 요즘은 다시 slow입니다.

저는 누워서 작은 스케치 정도는 하려고 노력하고 있고 대부분
천장을 보며 그동안 무엇이 잘못되어 왔는가 자기성찰을 하고 있습
니다.

원래 태어나기를 organize된 성격이 부족하게 태어났으니 어떻
게 잘 집중을 해보나… 흰 천장만 바라보며 생각이 깊습니다.

우울한 것을 떨치려고 노력하고 있지만, 아무래도 좀 억울한 생각
이 드는 것은 어쩔 수 없는 것 같아요. 요즘 작품은 잘되시는지요?

영준 언니께 8월 작품전 소식 들었는데 역시 작품전이 있으면 또 작품이 되는 것 같아요. 힘드시겠지만 또 열심히 그 멋있는 칼라(색)작품 해내시기 바라요.

노정란 씨는 색깔이 정말 좋으니 영준 언니 보고 좀 보고 공부, 연구 좀 해보라고 했지요. 항상 염려해 주셔서 감사해요.

LA에 반 고흐 전시가 왔는데 무지무지 좋았어요.

이 그림은 인쇄가 나쁘지만 진짜 보니까 아름다웠어요. 배경의 파랑이 훨씬 더 짙은데 정말 좋더라.

죽기 1년 전에 테오의 아들의 탄생을 위해 그린 그림이래요.

박혜숙 올림

노　　정　　란　　　　씨

　　　　　　　　엊그제 반가운 편지 잘 받고, 다시 한번
서울 친구 친척, 북한산, 북악산 동네 길을 생각해 봅니다. 요즘 한
창 초여름의 더위가 밀려오고 녹음이 파랗게 우거졌겠지요.

　　여기도 꽤 더운 날들이 있고 특히 집 짓는 일은 날씨가 좋아서 잘
진행되고 있어요.

　　제법 모양이 갖춰져 가고 요즘 실내에 배치며 욕실 tile, 부엌
cabinet, 조리대 etc. 그런 것들 결정하느라고 분주한데, 누구랑 의
논하면서 한다면 재미있고 안심 되겠어요.

　　모든 결정과 부담을 혼자 책임지려니 정말 여러모로 힘들어요.
자꾸 가격은 올라가기만 하고…

　　마당이 넓어서 좋다고 하지만, 그것 꾸미는 일도 보통이 아니지요.

　　차츰 1~2년 더 잡고 마당 정리는 천천히 하려고 해요.

　　지난 두 달 동안 SF에서 머물면서 전시회를 두 개 해내고, 개인전

은 며칠 전 좋은 성과로 끝난 셈이지요. 내가 즐겨 그리는 천장걸이 그림이 좀 더 전파될 길이 생기는 것도 같아요.

화랑 신경 쓸 것 없이 남은 인생 하고 싶은 것 하려고 해요. 어차피 '자유'를 택한 삶인데… 지금은 SF에서 NY으로 가는 비행기 안에서 한잠 자고 몇 시간 푹 쉬니 좋군요.

도착하면 큰언니가 NY에 온다고 했고, 딸, 손녀, 영익, 정우 다 만날 수 있어서 벌써 가슴이 따뜻해 와요. 이렇게 보고픈 사람들 멀리 두고 혼자 열심히 사는 것이 무슨 가치가 있는지요? 8月엔 아빠랑 온 식구 SF에서 모이지요. 피서 겸 SF에 언제든 놀러 와요. 9月에 꼭 만나고요. 더 행복하세요.

연희 올림 · 2008

노 란 언 니 보 세 요

봄이 왔어요.

뜰 앞에 얼마나 꽃들이 흐드러지게 피었는지요. 언니가 보면 얼마나 좋아할까 싶어요.

새봄이 왔으니 정신을 가다듬고 그림을 멋지게 그려볼까 합니다. 언니 작품의 그 멋진 색깔들처럼 화려하게.

(누군가 화려하고 우울한 외출이라고 언니 그림 보고 말했던가?) 아름답게. 아무 뜻 없이 그려봐야지.

언니 문 앞에 최욱경과의 만남을 그린 연보라 그림도 생각나네. 오늘은 파, 시금치, 토마토도 심어야 해요.

야채 정도는 마당에 심어 보려고요.

어느 날 '청포를 입은 손님'이 오면 마당에서 딴 야채들로 쌈을 싸 먹어야지. 인생은 무엇일까요.

되게 허무한 나날이 지나가고 있어요. 햇살은 왜 이리 좋은지.

버드나무 새싹도 돋아나고 목련 꽃도 피었어요.

나는 늘 혼자서 마당을 기웃거리고 캔버스를 기웃거리고. 그림책을 기웃거리고. 봄은 왔는데 임은 사라지고 없군요.

쓸쓸하게 살다 가는 게 인생인가 봐.

할 일이 참 많아요. 기도를 열심히 하며. 오늘도 힘차게.

샘솟는 팔뚝으로 힘차게 살게 해달라고 기도했지요. 잘 때도 기도하지요. 따뜻하게, 엄마 품에 안긴 아이처럼 아무 걱정 없이 포근하게 자게 해달라고.

어느 날 또 다시 산처럼 든든한 애인 품에 안겨, 걱정 없이 잠잘 수 있으면 좋겠다고 기도도 하지요. 가난하지만 빛나고 거룩하게 살게 해달라고도 기도하지요.

혹시 홍성원 씨랑 연락되면 준리 언니에게 무슨 일이 있나 물어봐 주세요. 전화 연락이 안 되거든요.

참 고맙고 좋은 언니였는데 어디로 가셨는지.

2년 전에 그 언니가 대작 하나 팔아줘서 가난한 애인과 1년을 잘 살았는데. 여기저기 삶의 곳곳에서 고마운 분들을 만나며 살아왔지요.

목숨을 부지해 왔지요. 언니도 참 고맙지요.

뉴욕 여행은 얼마나 멋졌던가. 김양수 씨께도 연락해서 1~2년 후에는 전시도 해봐야지요.

좋은 그림, 정말 좋은 그림, 가슴이 찡하고 눈물이 핑 돌고 그리고 멀리멀리 우주 멀리까지 마음을 열어주는 그런 그림 그리고 싶어요. 뜻 없이 그냥 그리고 싶어요. 되겠지요. 그렇게 믿고 살지요.

명상도 하고, 기도도 하고, 꽃도 가꾸고, 그림도 그리고, 참 좋은 평화로운 나날이지요. 마음은 늘 쓸쓸하지요. 하지만 삶에는 계절이 있고 사랑에도 계절이 있지요.

흘러가는 거지요. 흘러가다 보면 무슨 일이 있든지 할 것이고, 없더라도 흘러가다가 영원으로 가는 거지요. 될 수 있으면 빨리 영원으로 날아가고 싶어요.

낡은 가방 같은 이 육체와 과거와 기억과 한과 불안과 병고와 이런 생로병사는 버리고, 빨리 빛의 세계로 전속력으로 날아가야지.

별들이 춤추는 천사들과 성인들과 돌아가신 아버지와 돌아가실 어머니와 임들이 있는 나라의 '집'에 가고 싶어요. 니르바나는 Home Coming이라는 뜻이래요.

Be Here Now! 여기가 지금 집이라고, home이라고 그럴 수 있다고도 합니다. 열반, 깨달음, 신과의 합일, 거듭남, 그러면 여기가 home이라고 합디다.

늘 집이, 어렸을 적에 엄마 아버지가 있던, 잠시 안전하고 행복했고 걱정 없었던, '가정'을 그리워하지요. home을 마련하는 데 나는 실패에 실패를 거듭했지요. 그래도 늘 따뜻한 home을 '품'을 원했

361

고 원하지요.

Be Here Now! 바로 여기 지금 다시 시작하는 거지요.

시선을 맑게 새로 태어난 아이처럼 눈부시게 사물과 하늘과 바람과 대지를 숨 쉬고 살아야지요. 외롭다고 하지 말아야지요. 하나가 되어 삶의 구석구석에 빛나는 존재의 경이와 반가움으로 살아야지요. 언니, 언니는 늘 힘차게 밝고 건강하고 잘 웃고 잘 울지. 이제 마지막 10년이 남았을 뿐입니다. 생생하게, 언니답게, 20세기에 처음 그림 그리던 그 청춘으로 매일매일 사세요.

언니 안녕 또 쓸게요.

고마운 언니, 꼭 잘 있어야 해요.

LA 산등성 대나무 숲에 앉아서 · 2016

엽서 잘 받았어요.
제가 선택해서 그렇게 살고 있지만
쓸쓸한 저의 집에 언니가 와서
하루 푹 묵으시게 무척 좋았어요.
언니는 기가 힘차고 밝아서. 잠시
저도 힘찬 기운을 느낄 수 있고
삶에 대한 희망도 느꼈어요.

저는 외롭긴 하지만 사실 혼자
사는게 싫지 않아요. 그림그리는것도
너무 에너지 많이 들어서, 그림그리고
정원 가꾸며. 시간을 내가 다
쓰는게 좋아요. 성격상 남자의
도움을 받지 못하니. 다만 제
그림이 잘 되서, independant

사 랑 하 는   노 란   언 니

　　　　여행자에게 하룻밤을 재워주시는 따뜻
함이 특별한 기억으로 남아 있습니다. 언니의 삶의 구석구석, 아름
다움이 가득해 무척 즐거웠어요.

　　한 번 더 뵙지 못하고 떠나게 되어 우산을 전해드려요. 비 오는 날
우산을 선뜻 주신 고마움 또한 잊지 않을게요. 귀한 그림을 한 점 받
아와 언젠가 언니가 캘리포니아에 올 때 또 하룻밤 가서 자고 그림
한 점 가져갈게요. 오랜 시간의 우정 귀하게 여깁니다. 새해 복 많이!
　　혜숙 올림

　　　　　　　　　　PS 언니 책 너무 멋있어요…
　　　　　　　　　　　　　　　2016

사 랑 하 는   노 란   언 니

엽서 잘 받았어요.

제가 선택해서 그렇게 살고 있지만 쓸쓸한 저의 집에 언니가 와서 하루 주무신 게 무척 좋았어요.

언니는 기가 힘차고 밝아서 잠시 저도 힘찬 기운을 느낄 수 있고 삶에 대한 희망도 느꼈어요.

저는 외롭긴 하지만 사실 혼자 사는 게 싫지 않아요. 그림 그리는 것도 너무 에너지 많이 들어서, 그림 그리고 정원 가꾸며 시간을 내가 다 쓰는 게 좋아요. 성격상 남자의 도움을 받지 못하니.

다만 제 그림이 잘돼서 independent하게 미니멈으로 자신의 삶을 유지할 수만 있으면 좋을 것 같아요. 조카와 같이 사는 것은 제게 좋은 영향을 주고 있어요.

17세 나이가 나이인지라 맑고 깨끗하니 화가의 companion으로는 최고의 품성이라고 생각합니다. 저도 더 부지런해지고 시간을 쪼개 쓰느라 무척 분주해요. 곧 운전을 하게 될 테고 3년 있으면 독립할 테니 금방 지나가겠지요.

언니가 California에 오신다니 참 좋아요. 경치 좋은 곳에서 살게 되기를 바라요. 전시할 화랑 한두 군데 있으면 경치 좋은 데서 사는 게 나쁘지 않을 것 같아요.

저는 그림을 더 많이 그렸어요. 조카 오고 나서 마음이 급하고 시간이 귀하니까 그런 것 같아요. 붓질이 급해지면서 약간 다른 시리즈가 나와요.

소품을 원래 잘 못하는데, 한때 2~3년 전에 하다가(사비나 전시 그때 언니가 본 것) 영 아닌 것 같아서 다시 대작을 해왔어요. 하고 싶어서라기보다는 할 수밖에 없어서, 그것밖에는 잘되지 않아서 대작을 해왔는데.

다시 중간 사이즈로 try해 보려고 해요.

요즘 경제 사정이 다음 달 rent비가 없는 상황이라 너무너무 불안해서 잠이 안 와요. 막 기도하고 마음을 안정시키고 겨우 잠들고 아침에 일어나면 눈앞이 캄캄해요. 그림은 어느 방향으로 잘되어 가고 있다고 생각돼요.

새로우면서도 가장 오래된 것 expressionistic한 brush, 추상이면서 무언가를 드러내는 것, 불확실하면서 무언가를 그 과정에서 드러내는 것, 제가 표현하고 싶은 것인데. 조금 더 하면 좋은 그림이 나올 거라고 믿고 있고, 몇 년 후엔 제 그림을 deal할 수 있는 미국 화랑을 찾겠다는 목표로 하고 있어요.

당장 rent비가 없어 불안하니 더 그림 그리러 달려가요.

불안을 잊고 싶어서 1월에는 대작 취급하는 미국 화랑 몇 군데에 slide를 보내려고 준비 중이에요. 사진이 좀 어둡게 나오고 clean 하진 않지만 요즘 그림 화실 전경 사진을 동봉합니다.

사이즈는 주로 84×84inch, 96×72inch인데 제가 예전에 짜놓은 canvas가 이거밖에 없어서 그렇게 하고 있어요. 제 그림은 거칠고 또 어떤 이유인지 알지만 말로 표현은 안 되는 이유로써(제 의식의 scale이 세상과 잘 안 맞는 것 같은) 그림 팔기가 쉽지 않아요. 계속 정진해서 큰 dealer 만나는 데에 희망을 걸고 있어요.

사실 진심으로 제가 원하는 것은, 미니멈 생활을 할 수밖에 없었던 그림을 그리며 그 한계를 뛰어넘으며, 좀 더 진지하고 좋은 그림을 그리는 거예요.

제게 필요한 것을 추구할 수 있는 시간이 몇 년 더 있었으면 해요. 가끔 언니가 말하던 최욱경(?) 일찍 죽은 화가 생각을 해요.

그 작가가 얼마나 더 좋은 그림을 그릴 수 있었을까? 그리고 얼마나 힘겨웠을까?

사실 솔직히 말하면, 일찍 죽은 게 부럽기도 해요. 저는 화가로서의 외로움과 끊임없는 경제난, 물감 구하기도 쉽지 않은 상황 속에서 저도 빨리 날아오르고 싶거든요.

그림은 이제 시작인 것처럼 느끼니 그림을 마음껏 더 그리고 싶기는 하지만, 정말 좋은 그림을 그리고 싶고 조금 더 시간을 갖고 싶지만, 생활의 불안이 너무 심해 빨리 날아올라 훨훨 자유롭고 싶기도 해요.

언니, 그 시애틀 같이 가신 언니에게 제 사정을 얘기해 주실 수 있을까요?

미국 다음에 오실 때 그림을 하나 가져가시고 제가 우선 몇 달을 버틸 수 있도록 저를 도와주실 수 있을지?

제가 1월 rent비만 겨우 마련한 상태인데, 정말 불안해서 미치겠어요. 1월은 친구 화가가 900불을 주어서 겨우 해결했어요.

소품 하나 가져가시고, 대작은 제가 10,000불 받았는데 몇 번에 나누어 주셔도 되는데, initial 첫 번을 우선 주실 수 있으면 제가 이 난국을 헤쳐나갈 것 같아요.

teaching도 더 알고보고 있어요. 저는 commercially successful한 작가는 아니지만, 정말 진지하게 작업을 하는 작가라고 언니가 잘 말씀드려 주시면 정말 고맙겠어요.

언니 시어머니가 돌아가셨다는 말 영준 언니께 들었어요.

빨리 미국에 오시게 되었으면 좋겠어요. 그래도 제 인생에 노란 언니, 영준 언니, 정연희 씨 만나 두손화랑에서 전시 했던 봄날이 제일 화려하고 멋지고 다정한 시절이었어요.

저는 가끔 정말 붓을 꺾는 정신적 위기를 넘겨왔지만 그래도 계속 그려왔어요.

그 시절이 그립군요. 아무것도 모르고 그토록 찬란했던 기개에 가득 차있던 청춘의 시절이었지요. 그런 삶이 삶이었구나, 이제 모든 순간들이 정말 귀한 삶 자체였음을 느껴요.

아마 지금의 삶도 이 위기도 귀한 삶으로 느껴지는 때가 있겠지요.

아직은 건강하고 그림에 대한 열정이 겉으로가 아니라 안으로 안으로 더 깊이 타오르고 있고, 조금은 더 무엇이 진정한 화가의 삶인가를 알 것도 같으니까요.

세상으로부터의 자유 그리고 그림에 대한 깊은 사랑과 충실함 아름다움과 자유, 그리고 인간적 깊이에 그림을 통해 도달해 가는 과정….

언니, 이런 부탁은 드리는 게 예의가 아니라고 생각되어 몹시 고민했어요. 그런데 다음 달이 막막하니까 도저히 불안해서 견딜 수가 없어 글을 썼어요. 이해해 주시기 바라요.

올해 California엔 비가 많이 와요. 저는 비가 오면 그렇게 좋을 수가 없어요.

갑자기 누군가와 함께 있는 것 같아요. 크고, 시원하고, 빗소리처럼 다정다감하고, 하늘과 대지만큼 큰 벗이 밤새 제 곁에 있는 것 같아요.

그리고 구름과 하늘 공기가 너무 깨끗해져서 좋고, 저의 마당의 나무들이 물을 실컷 받아서 생생해서 기쁘고, 겨울이면 수선화가 하나하나 솟아나 흰 꽃을 피우는 게 선비처럼 단아해요. 곧 프리지아가 마당에 활짝 피기 시작할 거고, 4월이면 백합의 시절이지요.

나이가 들면서 시절의 아름다움과 무상함이 더 절실해요.

저의 집에 방문하셔서 너무 좋았고요. 다음에도 꼭 하루는 저의 집에서 주무세요. 너무 한빈하여 미안하지만 저에게는 너무 귀한 방문이니까요.

저는 정말 외로워요. 그런데 제가 그렇게 사는 것을 원하니 할 수 없어요.

언니 그럼 몸 건강하시고 좋은 그림 그리세요. 그리고 Mr. Shin에게 다정하고 따뜻하게 하세요. 이제는 인생의 마지막 시절들이니, 따뜻하게 감싸 안고 자연과 함께 지구 위의 마지막 날들을 귀하게 보내시기 바라요.

저는 살고 싶고, 더 좋은 그림 그리고 싶고, 그리고 이 위기를 이겨 나가는 데 힘을 쓸 거예요. 여태까지도 지켜주셨는데 길이 있겠지요. 언니도 꼭 얘기해 주세요.

저는 좋은 그림으로 빚을 갚겠어요.

그럼 몸조심 건강, 건강 유의하시고 좋은 연말 지내세요. 진심으로…

박혜숙 올림 · 2016

보 고 싶 은 친 구 . 사 랑 하 는 친 구 에 게

보내준 편지 정말 잘 받고 E-mail 시대에 이런 편지를 받으니 이상하게 마음이 찡했어.

너의 부엌에 앉아 글을 쓰는 노란 씨를 생각하면서, 정말 너와의 만남을 신께 깊게 감사드리고 있다. 나도 아침이면 부엌 식탁에 앉기 전 늘 밖을 보며 드로잉을 하던 너의 모습을 생각해 본다.

정원은 엉망이지만 네가 앉아서 열심히 그림을 그리던 모습이 이상하게 뇌에 박혀 그리울 때가 많아.

정말 이토록 세상을 살며 믿고 의지하고 그리워할 수 있는 친구가 있다는 것은 얼마나 축복인가 생각해 본다. 이곳은 겨울이 짧아 늘 겨울은 그리운 어린 시절같이 내 마음을 적시고 있어. 작업은 열심히 하겠지?

6월 말 NY에서 한 선생님이 전시회가 있어 갈 여정이야. 영선 언니가 그곳에 와서 5박 6일을 같이 지내려고.

한 선생님이 편찮으셔서 이곳엘 아주 들어오셨는데 전화를 드릴수가 없어(마음이 너무 아파서) 찾아가 뵐 생각이야. 내가 선생님을처음 뵌 것이 내 나이 열세 살이었는데, 정말 세월도 청춘도 다 가고이제는 정말 인생이 무엇인지 모르겠구나.

그림은 매일 하는 데도 여전히 어렵고—.

대원군 초상화 그림 고맙다. 다음, 또 다음 세대들이 우리 그림을가지고 이토록 우정을 나누며 삶을 산다면 우리의 보람이겠지?

노란 씨! 제발 몸조리 잘하고 아프지 말고—오랜 동안 친구가 되어줘. 내 인생에 정말 감사한 친구여! 모자라고 늘 이상주의와 감상에 빠져 실수투성이인 나를 잘 보듬어 주는 커다란 마음 늘 감사한다.

다음 미국 방문은 가능하면 10월이면 좋고 10월 말이면 여기서하는 나의 작은 전시회로 네가 있었으면 좋겠어. 이제 애들 걱정 그만하고 노란 씨 건강이나 열심히 챙겨.

이곳에 오면 SF Museum도 새로 개장해서 더 좋아졌고 하니 같이 다닐 것 생각만 해도 기쁘다.

정연희 씨는 어제 서울 간다고 들었어. 기쁜 시간 같이 보내. 혜숙이는 가끔 전화해 인생이 너무 허무하다고—. 그래도 우리는 예술가로서의 삶을 감사해야겠지. 탐미주의. 이상주의로 살 수 있음을.

보고 싶다. 건강하고—.

밤이 너무 깊어 글씨가 엉망이야. 마음만 받아줘. 나는 대원군 그
림의 모자 패션이 너무 좋아.

With Love 영준이가 · 2016. 9

내가 세상에서 가장 믿고 보고 싶은 노란이에게

노란아! 오늘은 한용진 스승님 생신이야.

스승님께 축하 글을 쓰니 네 생각이 너무도 나서 펜을 들었어.

헤겔은 시인 횔덜린의 생일이면, 홀로 그의 생일을 자축하며 하루를 보냈는데 죽는 날까지 그날을 지켰다는구나. 인간에 대한 이 깊고 숭고한 마음과 사랑이 우주 가득히 퍼졌을 거야.

나의 스승님 80회 생신에 제주도까지 나를 대신해서 가준 너의 정상과 그 우정을 난 죽어서도 잊지 않을 거야. 벌써 3년 전 일이구나.

정말 너와 한용진 스승님을 생각하면 내 인생이 풍부해지고 축복받은 인생 같아.

허점투성이인 나를 늘 감싸주고 아껴주는 너, 그리고 마지막까지 가지고 계시던 자신의 작품을 제자인 내게 보내주신 스승님의 은혜를 내가 어떻게 갚을 수 있겠니!

스승님이 점점 쇠약해지신다는 소식을 듣고 생성과 소멸의 신비를 가끔 생각하게 돼.

인생이 때로는 길면서도 또 때로는 짧게 느껴지기에, 우리는 이토록 어렵고도 힘든 예술을 끝까지 붙잡고 때로는 자족감에, 때로는 회의에 가득 차서 삶의 열정을 이어나가는 것이겠지.

만일 내가 작업을 안 했다면 어땠을까?

애들 어릴 때 그토록 힘든 시간을 예술과 현실 사이에서 어렵게 버틴 것, 그래도 우리가 잘 견딘 것 같다.

너의 어머님의 태몽과, 나의 어머님이 태몽이 같았던 것도 이미 우리는 대학에서 또 LA에서 가깝게 살며 서로 힘 합해서 이번 생애 작업하고 오라는 하늘의 섭리인지도 몰라.

대추나무에 대추가 산 가득히 덮였다는 그(너와 내가 태어날 때 그 꿈은)만큼 작품을 많이 하고 오라는 뜻이었을까? 삶의 이 보이지 않는 신비를 어찌 알 수가 있겠니?

항상 너에게 감사해. 그리고 수원시립미술관에 작품 소장되는 거 네가 신경 써준 것만으로도 너무 고마워. 모든 사물은 있을 자리를 찾아가는 것이니까.

만일 안 되어도 괜찮아. 너의 그 마음이 고맙고 또 고맙다.

사랑과 함께. SF에서 영준이가 · 2017. 11. 4

사랑하는 노정란 씨, 편지 받고 반가웠어요.

우리가 한 번 만나자는 약속도 1년이 넘어가고 이 무서운 Corona Virus가 2년은 더 계속된다니 한번 만나려면 오래 삽시다.

나 역시 화초, 마당 가꾸며 매일 화실에서 뭔가를 끄적거리며 살고 있어요. 인간이 그립지만 TV 보고 전화하며 역시 우리는 인간이 필요하다고 느껴요. 다음 주쯤에 영준 씨랑 마스크 쓰고 만날 계획하고 있어요. 1년 만인가 봐요.

지난 인생을 돌아다보기보다는, 요즘은 내가 언젠가 사라질 시간이 곧 온다고 느끼며, 내가 세운 CHIM FOUNDATION Create, Healing, Inspiration, Mind의 장래를 잘 준비하느라고 변호사 만나고 서류 정리하고 Board Member 교제하고 귀찮은 일을 위해 시간 많이 쓰고 있는데 이 노력이 열매를 맺기 바라지요.

나는 하느님께서 분에 넘치게 복을 주셨으니, 나도 이 세상에 하느님께 좋은 선물을 드리고 떠나고 싶지요.

미술 장학생과 음악회는 계속하게 되고, 장애인들을 위한 예술 프로그램은 진정한 사명감과 열정이 요구되는데 나는 그것을 참 즐겨요.

장애인들을 보면 처음엔 섬뜩하지만 좀 알게 되면 너무 사랑스러운 인간들이지요. 요즘은 On Line으로 열 명을 가르치고 음악 시간, 요가 시간 모두 잘되어 가요.

부모들이 퍽 즐기고 퍽 가족 같아요. 한편 지원 아빠가 측은하고 가슴 아프지만 몇 년 지나면 좋은 친구가 되어 손주들과 만날 수 있겠지요. 미움이 아니라 단지 내 인생을 정리해야 했고, 막다른 골목이었지요.

식구들과 자식에게 미안하기 끝이 없어요.

한편 새 아기들은 태어나고 우린 낙엽이 되고 밑거름이 돼야지요.

영익이가 둘째 딸 잘 낳고, 곧 진선이가 아들 순산하면 모든 것은 축복으로 이어져 가기 바라요.

연희 · 2021

사 랑 하 는   노 정 란 씨

　　　　　　인생의 어려운 고비를 겪고 있는 노정
란 씨를 꼭 한 번 보려고 기다렸는데, 운수 나쁘게 covid를 만나서
나 혼자 떨어져 지내야 하니 너무 억울하고 안타깝기만 해요.
　그래도 전화 목소리가 한결 건강히 들려서 맘이 좀 놓이고 있어요.
　우리가 전생부터 인연이 맺혀져서 40여 년을 함께 나누며 인생과
예술의 길을 걸어오며, 서로 배우고 북돋을 수 있었던 것은 하늘의
큰 축복이라고 믿어요. 앞으로의 인생길이 얼마 남든지 우리는 예
술과 우정과 사랑으로 나머지 생을 꽃피우며 살아요. 더 행복한 할
머니가 되어 손주, 아들, 딸에 둘러싸여 여생을 복되게 살아요.
　당신 힘차고도 화려하고 깊이 있는 그림이 막 시작되고 있어요.
나에게 베푼 사랑과 관대함을 늘 고맙게 느껴요. 서울에서 만나요.

　　　　　　　　　　　　　　　　　　　　　　연희 · 2022

사 랑 하 는   노 정 란   씨

　　　　　　　지금은 찬비가 하루 종일 내리는 겨울
이지만 머지않아 푸른빛 향기 나는 봄철이 올 것을 기다립시다. 올
겨울은 유난히 추운 듯해요. 화실에서 코가 시릴 정도이니…
　발 아픈 핑계도 있어서 요즘은 안방에서 주로 사무를 보며 지내요.
　뉴욕 다니는 것이 점점 힘들어지고 비용도 너무 들어서 한동안
Rent를 주려고 복덕방을 연락하고 있어요. 많은 것을 정리해야 할
때가 왔나 봐요. Rent를 주려면 그림을 다 운반하려니 큰일이지요.
　당신 말처럼 이 몸과 이 맘 빼놓고는 아무것도 소용없는데… 그
래도 일생의 연인이었던 그림은 다 내 곁에 있어주길 바라지요.
　당신이 기운이 없어 10호 자리 그리는 중이라니 꺼지지 않은 열
정에 가슴이 찡해요. 우리 모두가 목숨을 걸고 창작을 해온 용사, 무
사들이에요.
　하루하루 건강이 회복되어서 성탄을 즐겁게 지내고 곧 2월이 오

면 비도 끝난 후에, Temecula 당신 집 마당에 붕붕 나는 에미나이들이 갈게요.

　부디부디 잘 챙겨 먹고 자고 오래 삽시다.

LOVE 연희가 · 2022

Younhee C. Paik
Columbus Finds the Way, oil on aluminum, 198×244cm, 2015
Museum of Sonoma County, California. USA 소장

Young June Lew
Moon Shape Jar Allegory #1,2,3, acrylic, charcoal on canvas,
203×112cm, 198×168cm, 198×168cm, 2021
Asian Museum, San Francisco, California, USA 소장

Hyesook Park
Gayagum Sound, 213×335cm, Mixed on canvas, 2017
Denver Art Museum, Denver, Colorado, USA 소장

Mystic 88-48, mixed on Korean paper, 86x86cm,1988,Racine Art Museum,
Racine, Wisconsin,USA 소장

Mystic 88-49, mixed on Korean paper, 86x86cm,1988,Racine Art
Museum,Racine, Wisconsin, USA 소장

화가 노정란, 삶의 고백

초판 1쇄 인쇄 2025년 3월 13일
초판 1쇄 발행 2025년 3월 31일

지은이 | 노정란
발행인 | 강봉자, 김은경

펴낸곳 | (주)문학수첩
주소 | 경기도 파주시 회동길 503-1(문발동 633-4) 출판문화단지
전화 | 031-955-9088(마케팅부) 031-955-9530(편집부)
팩스 | 031-955-9066
등록 | 1991년 11월 27일 제16-482호

ISBN 979-11-93790-99-1 03810